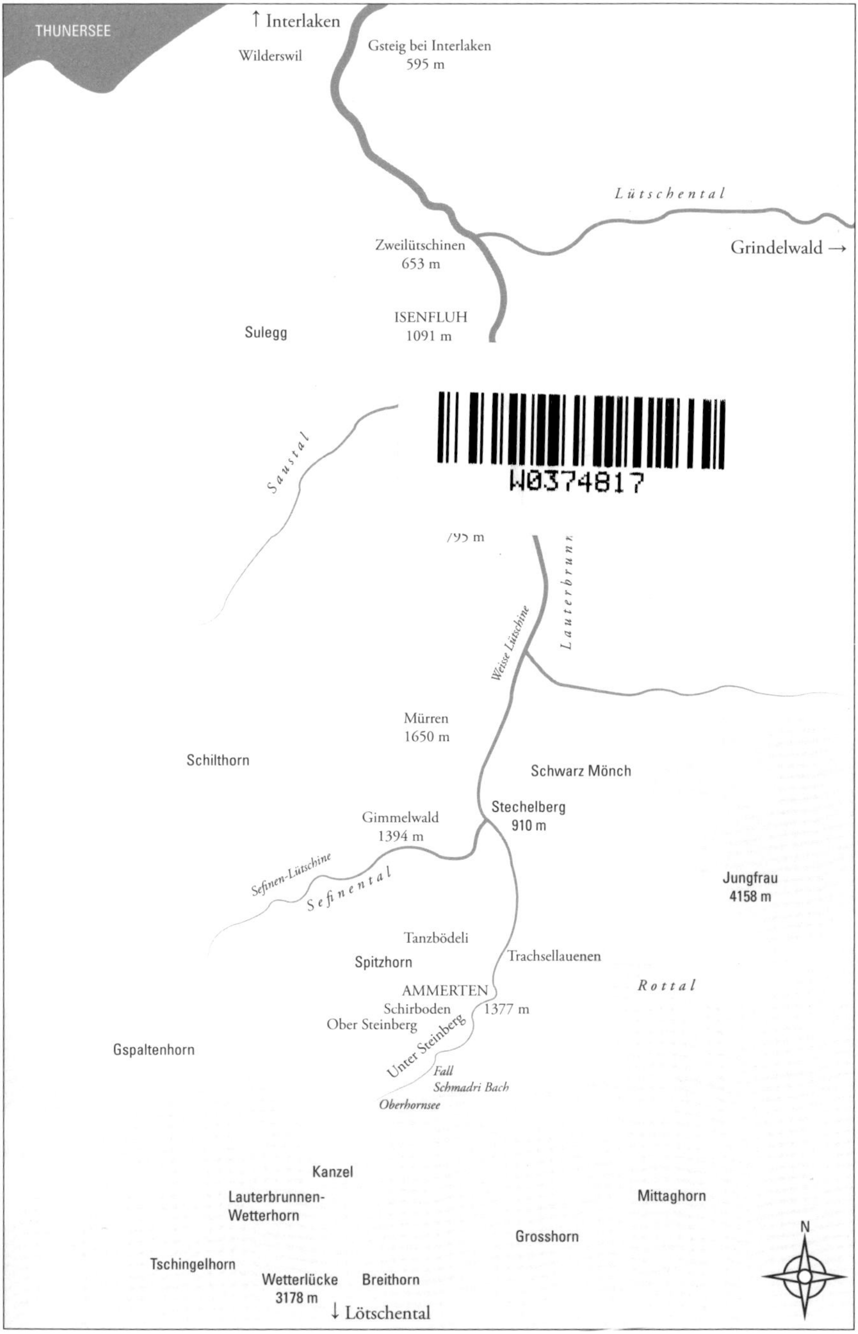
THUNERSEE
↑ Interlaken
Wilderswil
Gsteig bei Interlaken
595 m
Lütschental
Grindelwald →
Zweilütschinen
653 m
ISENFLUH
1091 m
Sulegg
Saustal
795 m
Lauterbrunn
Weisse Lütschine
Mürren
1650 m
Schilthorn
Schwarz Mönch
Stechelberg
910 m
Gimmelwald
1394 m
Sefinen-Lütschine
Sefinental
Jungfrau
4158 m
Tanzbödeli
Spitzhorn
Trachsellauenen
Rottal
AMMERTEN
Schirboden
1377 m
Ober Steinberg
Unter Steinberg
Gspaltenhorn
Fall
Schmadri Bach
Oberhornsee
Kanzel
Lauterbrunnen-
Wetterhorn
Mittaghorn
Grosshorn
N
Tschingelhorn
Wetterlücke
3178 m
Breithorn
↓ Lötschental

Therese Bichsel

Die Walserin

Therese Bichsel

Die Walserin

Eine Familie wandert
durch die Jahrhunderte

Roman – Zytglogge

Für meinen Mann Hannes und die Monte-Rosa-Gruppe,
die mich auf vielen Walserwanderungen begleiteten

Die kursiv gedruckten Briefauszüge von Anna Ammeter-Stücker (S. 129ff) sind Originalzitate.

MIX
Papier aus verantwortungsvollen Quellen
FSC® C068066
FSC
www.fsc.org

2. Auflage 2015

Lektorat: Hugo Ramseyer
Cover: Steinfrau am Oberhornsee, Lauterbrunnental (Foto: Therese Bichsel)
Umschlagrückseite: Wetterlücke zwischen Breit- und Tschingelhorn (Foto: Therese Bichsel)
Satz und Druck: Schwabe AG, Druckerei, Muttenz/Basel

Printed in Switzerland
ISBN 978-3-7296-0898-6

www.zytglogge.ch

Inhalt

Vorwort

Der Name ist sofort da: Barbara.

Schemenhaft erscheint sie, entschwindet, taucht wieder auf. Eine junge Frau im späten Mittelalter. Sie lebt im Lötschental, dann im hinteren Lauterbrunnental, abgeschieden von der Welt. Die Sonne bestimmt ihr Leben, die Jahreszeiten, die Natur, ihre Nächsten – Mann, Sohn, Vater, Schwester, Schwager. Und der weltliche Herr, dem diese Leute gehören.

Barbara, denke ich, war auch in ihrer Heimat ein bisschen fremd. In der engen Gemeinschaft im Lötschental fiel sie auf, man grenzte sie aus. Im Lauterbrunnental waren alle Ausgewanderten Fremde. Man nannte sie die Walser oder Lötscher. Sie waren Teil der grossen Wanderbewegung der Walser, vom Wallis in die Alpentäler südlich des Monte Rosa, ins Graubünden und Tessin, in den Vorarlberg und ins Berner Oberland.

Die Lütschine im Lauterbrunnental erhielt ihren Namen wohl von den Lötschern. Auch andere Namen gehen auf die Walser zurück – bekannte Familiennamen wie von Allmen, Brunner, Feuz, Rubi und Ammeter. Sie besiedelten die hohen Alpen im Tal – Mürren und Gimmelwald sind Walsergründungen. Nicht alle hatten Bestand. Vom Weiler Ammerten blieben nur Hausfundamente, ein Mühlstein und die Schneide eines Beils.

Die Ammeters zogen weiter ins kleine Dorf Isenfluh im vorderen Lauterbrunnental und waren dort das häufigste Geschlecht. Aber im späten 19. Jahrhundert wurden die wirtschaftlichen Verhältnisse in Isenfluh so eng wie einst im Lötschental. Deshalb wanderten einige Ammeter-Familien in den Kaukasus aus.

Zur ersten grossen Wanderung im Spätmittelalter gibt es kaum Quellen. Die Auswanderung der Ammeters im 19./20. Jahrhundert dagegen ist gut dokumentiert.

Die Geschichte dieser Wanderung durch die Zeiten nahm ihren Anfang mit Barbara, stelle ich mir vor. Sie wanderte über die Alpen in die Fremde. Ihr Weg war schwierig – wie jener der späteren Auswanderinnen Elisabeth, Anna und Martha auch.

Th. B.

I BARBARA

Lötschen, Hornung 1300

Ein dumpfer Knall. Brausen, Krachen. Ihr Traum zersplittert. Sie ist hellwach, versucht das Halbdunkel zu durchdringen. Conrad. Seine Augen sind geweitet, er hat sich auf dem Stroh aufgerichtet, horcht wie sie auf das Tosen, das immer lauter wird. Ein Hund heult auf in der Nachbarschaft. Er greift nach ihrer Hand und drückt sie so fest, dass es schmerzt.

Sturmluft fährt durch die Stube, ein ungeheurer Druck trifft das kleine Haus, dann ein Stoss. Das Haus ächzt in seinen Grundfesten. Conrads Fingernägel bohren sich in ihre Hand. Sie schreit auf vor Angst und Schmerz. Das Haus aber, dessen Stämme erst im vergangenen Jahr zusammengefügt und verstrebt wurden, birst nicht, jedenfalls nicht in diesem Augenblick.

Conrad ist aufgesprungen, er zieht sie hoch. Atemlos stehen sie an den Gucklöchern, die Lederhaut zur Seite geschoben. Die Schneemassen stürzen auf beiden Seiten am Haus vorbei. Sie glaubt Balken auszumachen, die vorbeigeschleudert werden. Und da – ist das nicht ein Arm, der aus der Flut herausragt und wieder verschwindet? Die Lawine treibt Bäume mit sich in einem letzten Schwall, ergiesst sich in die Tiefe, ins Bett der Lonza. Schneestaub erfüllt die Luft, dann ist es vorbei. Stille senkt sich übers Haus, über das Tal. Die übliche Stille der Nacht – wie wenn nichts geschehen wäre.

Barbara zittert. Sie weiss es in diesem Moment, dreht sich zu Conrad. Er hat sich aus der Erstarrung gelöst, versucht vergeblich die Aussentür zu öffnen, schlägt gegen das Holz, stösst mit seiner Schulter dagegen. Die Tür wird nicht aufgehen, nicht jetzt. Aber wenn im Frühjahr der letzte Schnee von den Dächern getropft ist und die Schneefelder im Tal oben geschmolzen sind, ist es Zeit zu gehen.

Sie sieht ein Bild vor sich. Der Prior segnet das Paar, das vor ihm kniet. Das war im vergangenen Herbst, in der Kapelle von Kippel. Sie war knapp sechzehn, die Väter hatten die Hochzeit abgemacht. Ihr war es recht gewesen – und der Vater froh, sie aus dem Haus zu haben. Da Conrad, der zweitjüngste von fünf Brüdern, in seinem Heimatdorf Lötschen nur wenig Boden erben wird, hatte ihnen sein Vater ein Stück Land zwischen Wiler- und Tännerbach am Talhang gegenüber abgetreten.

Giätrich heisst der kleine Weiler auf der Schattseite. Bis vor einigen Jahren duckten sich nur ein paar Stadel unter die Tannen und Lärchen am auslaufenden Hang. Nun sind ein paar neue Häuser entstanden, denn wo will man sonst hin, in Lötschen wird das Land unter den vielen Nachkommen in immer kleinere Äcker aufgeteilt.

Man sagt so einiges über Giätrich. Früher sollen die Schurtendiebe – kurzgewachsene, dunkle Gestalten mit furchterregenden Masken – von hier aus in Lötschen eingefallen sein. Man sagt, diese Leute seien von der Sonnauf die Schattseite verdrängt worden, als die jetzigen Bauern über die Berge hierherzogen. Auf der Schattseite hätten sie Not gelitten und darum Raubzüge in die neuen Häuser auf der Sonnseite gemacht. Inzwischen sind die wilden Gesellen verschwunden, nur Steine ihrer Feuerstellen und einige Stämme ihrer Häuser sind geblieben. Conrad und Barbara haben sie für ihren Hausbau verwendet. Haben sie sich versündigt?

Conrad gibt sein nutzloses Poltern und Anrennen gegen die Tür endlich auf, lässt sich aufs Stroh sinken und schliesst die Augen. Barbara legt sich neben ihn, zieht die Decke über beide. Sie sind vom Schnee eingeschlossen, aber unversehrt. Sie schmiegt sich an ihn. Eine kleine Atemwolke ist vor ihrem Mund, als sie spricht. «Erinnerst du dich an die Worte des Priors in der Mitternachtsmette an Weihnachten?»

Er antwortet fast tonlos, die Augen noch immer geschlossen. «Im Namen des Herrn Peter von Turn hat er den Armen Land versprochen. Über die Schneeberge wandern müssten wir. Aber wir haben doch unser Haus hier auf der Schattseite.»

«Wir können dort unter den hohen Alpen auswählen, hat er gesagt.» Sie netzt die Lippen mit der Zunge. «Conrad, es geht nicht um Äckerchen und kleine Alpen wie hier im Tal. Wir werden ein grosses Stück Land für uns haben und ein neues Zuhause schaffen, für uns und unser Kind.»

Er reisst die Augen auf. «Unser Kind?»

«Das Blut blieb aus, schon zweimal. Mein Bauch wölbt sich ein bisschen. Das sind untrügliche Zeichen, sagt meine Schwester. Annamaria muss es wissen mit ihren drei Kindern.»

Freude zuckt über sein Gesicht, dann verschliesst es sich wieder. «Ich weiss noch nicht einmal, ob unser Vieh noch lebt – unser einziger Besitz. Wie willst du die Wanderung über die Lücke zwischen den Bergen überstehen, wenn du hochschwanger sein wirst?»

«Wir sind Ende Hornung. Das Kind wird im Herbst kommen, meint Annamaria. Dann sind wir längst drüben und haben uns eingelebt. Wir werden ein grösseres Haus bauen als dieses hier – an einem Ort, der sicher ist vor der weissen Gefahr. Wir sind verschont geblieben. Aber wir dürfen das Schicksal nicht herausfordern», sagt sie bestimmt. «In Giätrich haben wir keine Zukunft, Conrad, hier wächst kaum etwas, der Wind pfeift um unser Haus, der Schnee von den Bergen bedroht es im Winter, der Tännerbach im Sommer. Die Schurtendiebe zürnen, dass wir aus ihren Steinen und Stämmen neue Häuser bauten.» Ihr Ton ist beschwörend. «Bitte, Conrad. Nicht nur unser weltlicher Herr rät uns, drüben neu anzufangen, und gibt uns die Erlaubnis dazu. Das war ein Zeichen unseres obersten, geistlichen Herrn.»

Zweifel nagen an ihm. Sie wirft das Haar zurück, blickt ihm herausfordernd ins Gesicht. Barbara ist am vierten Tag des Christmonats geboren, ihre Eltern haben sie nach der tapferen, heiligen Barbara benannt. Der Name passt. Ein anderer wollte die Babe auch, hatte ihr Vater gesagt. Sie spricht nicht darüber, und es kümmert ihn nicht – der Vater hat sie ihm gegeben. Nach der Heirat sind sie nach Giätrich gezogen, weil die Kammern in seinem Elternhaus, die sie mit den Brüdern und deren Ehefrauen teilten, zu eng wurden. Der Vater, die Brüder und viele Leute aus dem Dorf haben geholfen, dieses Haus zu bauen. Einige runzelten die Stirn: «Nach Giätrich an den Schattenhang zieht man nicht, hier treiben die bösen Geister ihr Unwesen», hiess es. Sie haben Recht bekommen. Und nun will Babe weiterziehen. Land will sie und ein neues Haus, jenseits der Berge.

Man hat ihm gesagt, sie sei eigensinnig. Trotzdem wollte er sie und keine andere. Viele Jahre schon hat er sie beobachtet, wie sie, stolz, grossgewachsen, mit der Schwester durchs Dorf schritt. Am Brunnen krümmte sie sich nicht über die Wäsche wie die andern Frauen und Mädchen, sie rieb sie mit geradem Rücken, richtete sich zwischendurch auf, strich sich eine Strähne aus der Stirn. In der Kapelle setzte er sich immer so, dass er Barbara, die auf der Seite der Frauen zuäusserst sass, im Auge hatte. Dann schienen ihm die lateinischen Messen des alten Priors nicht gar so lang. Er musterte ihr dunkles, geflochtenes Haar, die glatte Stirn und gesenkten Lider, und eine grosse Ruhe überkam ihn. Und nun erwartet sie ein Kind. Die Lawine ein Zeichen? Vielleicht.

Er legt den Arm um Barbara. Ihre Züge zeichnen sich im frühen Morgenlicht deutlicher ab, sie schaut ihn an, und seine Worte formen sich wie von selbst. «Wir gründen drüben einen neuen Hausstand», erklärt er. «Ich bin bereit, unser Tal zu verlassen. Ich tue es für unseren Herrn. Und für dich, Babe, für unser Kind.»

«Danke, Conrad.»

Stimmen sind zu hören, Conrads Vater ruft nach seinem Sohn, seine Stimme zittert. Conrad läuft zum Guckloch, ruft dem Vater zu, dass sie unversehrt sind.

«Wir graben euch aus, habt Geduld» – die Stimme von Walter, seinem jüngsten Bruder. Conrad hört das Stechen und Kratzen von Schaufeln.

Von neuem packt ihn der Zweifel. Soll er sie alle verlassen, Lötschen verlassen? Es gibt andere Täler, der Prior erzählt manchmal davon, wenn er mit dem Lateinischen fertig ist und in ihrer Sprache redet. Er, Conrad, ist noch nie durch die Lonzaschlucht ins grosse Tal hinuntergestiegen. Es gab keinen Grund dafür. Die Berge besteigt man bis zur Höhe der Alpen, die man im Sommer bestösst, wenn der Schnee zurückgewichen ist. Und nun soll er mit Sack und Pack über die versteckte Lücke zwischen den Schneebergen hinten im Tal und nie mehr heimkehren?

Er springt hoch und geht zur Tür, dreht Barbara den Rücken zu, horcht. Erst als die Stimmen lauter werden, die Schaufeln gegen die Tür stossen und sie endlich aufgeht, der Vater im Türrahmen steht, wird ihm wohler. Er hat vorhin unter dem Eindruck der Lawine, die sie fast unter sich begraben hat – er bekreuzigt sich –, überstürzt seine Zustimmung gegeben. Jetzt aber dringt helles Tageslicht ins Haus, das standgehalten hat, der Vater und die Brüder schlagen ihm auf die Schulter, er ist zurück im Leben, wird mit ihnen die andern Häuser ausgraben. Er schaut zu Barbara. Sie starrt hinaus auf den Schnee.

Barbara geht auf den Wegen, die durch die Schneemauern links und rechts noch enger geworden sind, zwischen den von der Sonne dunkelbraun gebrannten Häusern hindurch, manchmal rutscht sie mit ihren um die Füsse gebundenen Schuhen, fängt sich auf. Der Himmel ist bedeckt, aber es schneit nicht mehr, nachdem in den vergangenen Tagen fast ununterbrochen grosse Flocken aus den Wolken fielen. Wie Decken haben sie sich über die Felder, Wiesen und Wälder gelegt, alle Geräusche erstickt. Im Dorf türmt sich der Schnee zu grossen Haufen.

Die Leute im Dorf grüssen sie mit Ehrfurcht. Die Barbara und der Conrad haben überlebt. Gott hat sie am Leben gelassen. Das hat einen Sinn. Den Paul und die Cresentia hat er nicht verschont, vielleicht haben sie gesündigt, wer weiss es schon. Ihr Haus stand weiter oben am Hang, der Ausläufer der Lawine, die sich mit grosser Wucht den Weg vom Bietsch Horn hinunter gesucht hat und seitwärts ausgebrochen ist, hat das Haus erfasst und mitgerissen. Die übrigen Bewohner am Schattenhang und das Vieh sind nicht betroffen. Man weiss doch, dass Giätrich Gefahren ausgesetzt ist, dass sich dort die Schurtendiebe herumtreiben. Dieses Wissen missachtet man nicht ungestraft. Trotzdem: Man hat geholfen, die Toten aus dem Schnee zu graben, hat sie ins Dorf zurückgetragen, wird ihnen Weihwasser spenden. Sie liegen aufgebahrt in der Wohnstube des Ignaz, Vater von Paul. Der Prior hat den Versehgang gemacht und für das Seelenheil von Paul und Cresentia gebetet. Am Abend werden alle noch einmal hingehen und in der Stube der Toten dreimal den Rosenkranz vor sich hinmurmeln.

Auch Barbara wird noch einmal bei den Toten beten. Nun aber schreitet sie durchs Dorf dem Martibiel zu, wo die Kapelle steht. Sie trägt wie die andern Frauen im Dorf eine schwarze Haube, auch Jacke und Rock sind schwarz.

Aber ihre Schürze leuchtet blau, das ist unüblich, Blau ist selten und kostbar. Barbara hat die Schürze von ihrem Vater erhalten, als er einmal ins grosse Tal des Rottens hinuntergestiegen ist, zum Markt. Am Abend hat er ihr die Schürze hingelegt. Sie hat den glänzenden Stoff zwischen den Fingern gerieben und sich ungläubig bedankt. Wortlos hat er das Haus verlassen.

Und nun, als hätten ihre Gedanken ihn herbeigerufen, tritt er plötzlich zwischen den Häusern hervor, stockt in ihrem Angesicht. «Guten Tag, Vater.» Sie will auf ihn zugehen, erklären, wie sie gerettet wurden, denn er wird wie alle von der Lawine in Giätrich gehört haben. Aber er dreht sich um, geht mit grossen Schritten davon, wie wenn er verfolgt würde.

Der Vater meidet sie, wie er es immer getan hat. Die Mutter hat sie bei der Geburt verloren. Wenn Annamaria nicht gewesen wäre, ihre Schwester, hätte er sie weggegeben. Annamaria, sechs Jahre älter, war ihr eine kleine Mutter. Und dann kam Conrad, sie spürte seinen Blick auf sich in der Kapelle. Er war anders als ihr Vater. Gedankenverloren streicht sie über den schimmernden Stoff. Sie hat die Schürze erstmals im vergangenen Jahr am Tag ihrer Vermählung getragen.

An diese Hochzeit, an die stolze Braut, herausgeputzt mit schwarzer Samtkappe und diesem himmlischen Blau, erinnern sich auch die Leute in Lötschen, die ihr mit den Augen folgen. Aber jetzt ist nicht einmal Sonntag, und Barbara trägt ihre leuchtend blaue Schürze, man schüttelt den Kopf. Gerade erst ist sie verschont worden, und nun das. Wenn das nur gut kommt.

Barbara spürt die Blicke, lässt sich aber nicht aufhalten, nicht heute. Sie biegt ein nach Kippel, wo sich die dunklen Häuser wie eine Herde Schafe um die Kapelle drängen. Einen Moment hält sie inne, blickt in die Ferne, wo sie das tief im Schnee versunkene Häuschen über dem Einschnitt der Lonza wahrnimmt, ihr kleines Haus, das sie an genau jener Stelle errichteten, die den Blick zur Kapelle freigibt. Vielleicht hat die Muttergottes darum ihr Haus geschützt? Barbara öffnet die Tür der hölzernen Kapelle, stellt fest, dass sie allein ist und laut beten kann. Sie taucht die Finger ins Weihwasser und bekreuzigt sich. Im Namen des Vaters und des Sohnes und des Heiligen Geistes, Amen. Vor dem Bild der Maria mit dem Jesuskind fällt sie auf die Knie.

«Heilige Muttergottes, ich danke dir. Du hast Conrad und mich vor der Lawine bewahrt. Ich hatte nicht einmal mehr Zeit, um deinen Beistand zu bitten, es ging alles so schnell. Die Schneemassen rissen das Haus von Paul und Cresentia mit, der Herr sei ihnen gnädig. Um unser Haus teilten sie sich. Du hast uns verschont. Vielleicht, weil es der Wille des Herrn ist, der noch etwas mit uns vor hat? Ich habe es als Zeichen genommen, verehrte Muttergottes. Als Zeichen, dass wir nicht hierbleiben, sondern die Reise auf die andere Seite der Schneeberge antreten sollen. Diese Reise, von welcher der Prior in der Messe sprach im Auftrag unseres weltlichen Herrn. Bin ich vermessen, versündige ich mich? Conrad teilte meine Meinung in der Früh. Aber dann, nach unserer Rettung, sah ich Zweifel in seinen Augen. Vielleicht habe ich ihn zu etwas gedrängt, das nicht gut ist. Bitte, heilige Maria,

Muttergottes, lass mich wissen, was ich tun soll. Bitte.» Sie hebt das Gesicht zu jenem der Muttergottes, tastet es mit den Augen ab nach Spuren des Wiedererkennens, nach einer Antwort. Aber da ist nichts. Das Gesicht der Muttergottes ist glatt und undurchdringlich, der goldene Heiligenschein blendet Barbara fast.

Der Boden ist kalt unter ihren Knien, sie erhebt sich, beugt das Knie noch einmal, schaut zur Muttergottes mit flehendem Blick, erhält keine Antwort, geht durch den Mittelgang davon. An der Tür dreht sie sich noch einmal um. Und da sieht sie, was sie wissen will, es ist ein Wunder: Ein Sonnenstrahl fällt durchs kleine Fenster, die Muttergottes mit dem Kind auf dem Arm wirkt belebt, blickt sie an. Barbara dreht sich um und geht hinaus, erfüllt von diesem Zeichen. Bereits versteckt sich die Sonne wieder hinter einer Wolke, das Licht ist erloschen. Nun ist sie sicher. Barbara ist warm, auch wenn der Schnee unter ihren Schuhen knirscht und ihre Knie schmerzen.

Sie klopft an die Tür der Schwester, und Annamaria macht auf, Jakob und der kleine Paul hängen an ihrer Schürze, Maria, die Kleinste, trägt sie auf dem Arm. Annamaria beugt sich vor und legt die Arme um sie.

«Gott sei gelobt für deine Rettung, Babe.» Sie setzt die Kleine auf den Boden, die ihren Brüdern nachkriecht, die weggerannt sind. Die beiden Schwestern setzen sich auf die Bank bei der Feuerstelle. Annamarias blaue Augen sind weit aufgerissen unter dem krausen, hellen Haar, sie mustert die Schwester, wie wenn sie nicht glauben könnte, dass sie unversehrt ist.

Barbara nimmt ihre Hände. «Annamaria. Wir werden im Frühjahr über die Lücke zwischen den Bergen wandern und in einem Tal drüben ein neues Leben anfangen.»

«Über die Lötschenlücke auf den Gletscher wollt ihr?», fragt die Schwester verständnislos.

«Ich meine die andere Lücke zwischen den Bergen hinten im Tal, jene, die uns hier verborgen bleibt, dort, wo manchmal die Wolken heraufquellen. Der Prior hat in der Christnachtmesse davon gesprochen, du erinnerst dich? Nicht nur Joseph und Maria seien aufgebrochen. Auch einige von uns sollten es tun, damit wir nicht verarmen im Tal. Wir können neu anfangen jenseits der Berge, und euch bleibt mehr Boden, um hier zu überleben.»

«Aber doch nicht du, Babe – Barbara. Gerade erst seid ihr errettet worden. Conrad und du seid frisch vermählt, du bist mit Kind!»

«Gerade darum, Annamaria – unser Kind soll nicht auf dem kargen Boden von Giätrich aufwachsen. Es soll es gut haben auf einer fruchtbaren Alp jenseits der Berge. Davon hat der Prior gesprochen, nicht wahr? Die Lawine ist ein Zeichen, und in der Kapelle vorhin habe ich ein weiteres Zeichen erhalten.» Sie erzählt der Schwester vom Sonnenlicht auf dem Gesicht der Muttergottes. «Es war, wie wenn sie zu mir gesprochen hätte. Die Muttergottes wird mit uns sein auf unserem Weg. Der Prior wird uns seinen Segen geben und der Herr von Turn unsere Reise wohlwollend zur Kenntnis nehmen – er will das Land nutzen, das sein Sohn Johann durch die Heirat mit

Elisabeth von Wädenswil erworben hat. Einige Lötscher werden mit uns kommen. Vielleicht auch eure Familie, Annamaria?»

Es poltert in der Stube, Werner, Annamarias Mann, den sie nicht bemerkt haben, steht plötzlich in der Tür. «Du weisst nicht, was euch auf der andern Seite der Berge erwartet. Könnt ihr tatsächlich Land nehmen? Werdet ihr fruchtbare Äcker bestellen können? Ich bin Lötscher und werde nirgendwo anders hingehen, mein Weib und meine Kinder auch nicht.» Werner schlägt mit der Faust auf den Tisch, blitzt die Frauen unter seinen buschigen Augenbrauen an. Er stampft aus der Stube, wirft die Haustür hinter sich zu.

Annamaria ist zusammengezuckt, sie setzt sich gerade hin. «Es ist nicht nur Werner, Barbara. Auch ich kann mir nicht vorstellen, hier wegzugehen. Ich kenne nur unser Tal und möchte nichts anderes kennenlernen. Hier bin ich zu Hause. Unser Vater ist alt, vielleicht wird er mich bald noch mehr brauchen als jetzt. Und dich auch, Babe.»

«Der Vater braucht nur dich, Annamaria. Du hast ihm das Haus geführt, dich hat er in seine Entscheidungen einbezogen. Über mich schaut er hinweg. Erst vorhin, auf dem Weg zur Kapelle, bin ich ihm begegnet, und er ist vor mir geflohen wie vor einer Erscheinung, hat mich nicht einmal gegrüsst.»

Annamaria ringt mit sich. «Barbara. Du gleichst Mutter so sehr mit deinen dunklen Augen und Haaren, auch wenn du grossgewachsen bist im Gegensatz zu ihr. Vielleicht quält ihn dein Anblick.»

Barbaras Kehle ist trocken. «Ich bin ihr Ebenbild? Aber dann müsste er doch umso mehr meine Nähe suchen. Ich verstehe Vater nicht.» Sie erhebt sich. «Du wirst mir fehlen, Annamaria.»

Die Buben streiten nebenan, die Kleine schreit. Annamaria steht auf, nimmt Maria auf den Arm. «Das letzte Wort ist noch nicht gesprochen, nicht wahr? Was meint Conrad?»

«Conrad denkt gleich wie ich.» Barbara umarmt die Schwester zum Abschied. «Wir brechen auf, wenn der Schnee geschmolzen ist.»

Lötschen, Ostermonat 1300

Barbara ist am Spinnen, stetig zupfen ihre Hände Fasern vom Spinnrocken, die Handspindel dreht emsig, der Faden wird immer länger, bis sie nach der Spindel greift und ihn aufwickelt, bevor sie mit dem Zupfen fortfährt. Es ist dunkel in der kleinen Stube, obwohl draussen heller Tag ist. Alles Dunkle lastet auf ihr. Sie erhebt sich, entfernt die Lederhaut von den Gucklöchern. Das hereinfallende Licht zeigt ihren leicht gerundeten Körper, bei ihrer Grösse aber fällt die Rundung nicht ins Gewicht, sie bewegt sich noch immer behende. Sie dreht sich um und setzt sich wieder auf den dreibeinigen Hocker. Zupfen, Faden spinnen, rasches Drehen der Spindel. Sie muss kaum hinschauen, es geht alles wie von selbst.

Plötzlich hält sie inne, der Faden bricht ab. Sie horcht. Plopp – plopp-plopp. Es tropft. Der Schnee tropft von den Dächern. Tauwetter hat eingesetzt. Sie springt auf, wirft alles hin, ist im Nu vor dem Haus, streckt die Hände aus. Ein Tropfen formt sich am Rand der Schindel, er ist durchsichtig, wird grösser, zieht sich in die Länge und fällt auf ihren Daumen, kühl ist er, läuft an ihrer Hand entlang, fällt in den Schnee, der matschig in ihre mit Riemen um die Füsse gebundenen Schuhe dringt, sie erschauert.

Sie blickt zum spitzen Bietsch Horn, das sich hoch über Giätrich auftürmt. Seit dem Hornung ist keine weitere Lawine auf Giätrich heruntergekommen, das Horn hat sie verschont, hat die Schneemassen auf anderen Wegen – um Giätrich herum – ins Tal geschickt, die Schurtendiebe, die vielleicht dort oben den Schnee anstossen, haben ihre ehemalige Wohnstätte von weiterem Unbill verschont.

Conrad und sie sind aus freiem Willen auf die Schattseite gezogen. Eigentlich war es ihr, Barbaras, Willen. Eine Frau nimmt sich hinter den Willen ihres Mannes zurück. Wenn sie es nicht tut, straft er sie dafür. Nicht Conrad. Die Falte zwischen seinen Brauen wird schärfer, wenn sie ihm widerspricht, aber er lässt sie gewähren. Manchmal liest sie etwas wie Bewunderung in seinen Augen. Sie schämt sich dafür, dass sie sich erhebt. Sie kann nicht anders.

Barbara schabt mit dem Fuss eine Linie in den Schnee. Sie war es, die nach Giätrich wollte. Es war ihr zu eng mit den Schwägerinnen und Schwägern. Das Stöhnen und Knarren in der nächtlichen Kammer, das Seufzen, Schnarchen und die unterdrückten Laute, wenn sich einer der Männer im Dunkeln sein Recht nimmt. All das ist sie nicht gewöhnt, war mit Annamaria allein in der Kammer, aber die Schwester ist schon lange weg, sie haben nicht neben dem Vater in der Stube geschlafen, bei ihnen ist alles anders.

Sie, Barbara, ist anders. Ihre Füsse sind kalt vom Schnee, aber es macht ihr nichts aus. Sie zeichnet eine zweite Linie quer in den Schnee, nun ist es ein Kreuz. Unwillkürlich richtet sie sich auf, blickt in die Ferne, da, das spitze Türmchen der Kapelle auf dem Martibiel in Kippel, dongdong, die kleine Glocke ruft, Barbara lässt sich auf die Knie fallen, sie spürt die Tropfen nicht, die ihr ins Haar fallen, über das sie wieder einmal keine Haube gezogen hat.

Muttergottes, heiliger Martin, heilige Barbara, betet sie, den Blick noch immer auf die Kapelle gerichtet. Nun hat das Tauen eingesetzt, es lässt sich nicht mehr aufhalten. Ich bin es, die hier weg will, weg aus dem Schatten, weg aus Giätrich, über die Berge, vielleicht ist es vermessen. Aber unser Herr schickt uns, er will es so, es ist nicht nur mein Wille. Ihr Heiligen seid mit mir. Ich werde euch vermissen, heiliger Martin, deine Kapelle in Kippel, heilige Barbara, deine Kapelle in Ferden. Das Murmeln des Priors, seine Segnungen, die Wärme der Kerzen, der Duft des Weihrauchs. Nirgendwo sonst ist es so hell und warm wie bei euch in euren Kapellen. Die Muttergottes ist mit uns, sie wacht über uns. Und die heilige Barbara wird mich begleiten, nach ihr bin ich benannt. Letzthin war ich in ihrer Kapelle in Ferden. Ich habe mir das Bild von ihr mit dem Turm eingeprägt. Sie liess sich nicht einsperren. Ich auch nicht. Danke für alles, Muttergottes, heilige Barbara. Amen.

Sie bekreuzigt sich, steht auf, streicht sich über die Stirn. Plopp-plopp-plopp. Sie lächelt. Ihr Haar ist nass, sie spürt es jetzt, ihr Rock trieft. Es ist ihr alles einerlei. Sie hebt den Rock an, geht rasch hinein. An der Feuerstelle schiebt sie die Glut zusammen, bläst hinein, bis die Flammen züngeln, schiebt den Kessel über das Feuer. Sie wird das Essen bereiten für Conrad, der bald aus dem Dorf zurückkommt, wo er mit andern zusammen der Familie der verstorbenen Cresentia hilft, ein neues Haus aufzurichten. Man traut sich nicht mehr, in Giätrich zu bauen.

Recht haben sie. Auch sie traut Giätrich nicht mehr. Sie weiss nicht, was ihr den Mut gibt, nicht nach Wiler zurückzukehren, sondern es anderswo zu versuchen. Ist es der Wille des Herrn? Andere kommen ihm nicht nach. Wenn nur Conrad nicht kleinmütig wird – sie braucht ihn an ihrer Seite. Barbara streicht sich über den Leib. Conrad, sie und das Kind. Zu dritt können sie es schaffen.

Lötschen, Wonnemonat 1300

Sie hat es noch im Ohr, das Fallen der Tropfen vom Dach, das Platschen auf die Steinplatten vor dem Haus, endlos, plingplong, platsch, platsch, den ganzen Frühling über. Es kam ihr vor, wie wenn die Tropfen für die Meinung der Lötscher stünden. Ein Tropfen fiel rechts vom Dach, platsch, er war für das grosse Wandern, dann fiel ein Tropfen links, platsch, und sprach sich dagegen aus, und so ging es hin und her. Im Dorf hat man sich gestritten, manche waren dafür, andere dagegen. Einige sahen das Auswandern im Zeichen des Herrn. So sah auch sie es: Hatte sie nicht der Prior von der Kanzel herab dazu aufgefordert, standen nicht der weltliche und der geistige Herr dahinter? Andere sprachen vom Teufel, der sie in die Bergwildnis locke und sie zwischen Felsen und Abgründen in Schnee und ewigem Eis begraben werde. Man werde nur gehen, wenn der weltliche Herr sie zwinge – solle er doch seine Landsknechte schicken.

Barbara schüttelt den Kopf, setzt Schritt vor Schritt – so stetig, wie die Tropfen gefallen sind. Die Tropfen haben sie nicht von ihrem Weg abgebracht, so wenig wie die Steinplatten davon ausgehöhlt wurden. Conrad jedoch war einer der Zweifler gewesen, er hatte sich in der Nacht endlos auf seinem Lager gewälzt, sie hatte es gehört, sich schlafend gestellt. Es war alles gesagt, er war einverstanden. Aber dann starrte er sie auf einmal an wie eine Fremde, wie wenn der Teufel ihr die Worte eingeben würde. Im Handkehrum schloss er sie in die Arme, drückte sie so fest, dass ihr die Luft wegblieb. «Babe», stöhnte er, «was wird nur aus uns, welches ist der richtige Weg?» Sie hatte ihm vom Zeichen erzählt, das ihr die Muttergottes in der Kapelle gegeben hatte, in seinem Gesicht zuckte es. «Wenn du nur Recht hast, Babe, wenn nur alles gut kommt …».

Jetzt stehen sie vor ihrem Haus, die Lasten bereits am Rücken. Conrad zieht die Tür zu und schaut am kleinen Haus mit seinen festgefügten Stämmen hoch. Barbara weiss, was er denkt: Dieses Haus hat uns Schutz geboten, auch zur Zeit der grossen Lawine. Und nun verlassen wir es, ziehen ins Ungewisse. Sie senkt den Kopf. Schon zieht er los, setzt seinen Stab mit Nachdruck, rammt ihn fast in den Boden bei jedem Schritt. Sie spürt das nasse Gras an ihren Beinen, geht hinter ihm her. Auf dem Steg überqueren sie die Lonza, er reicht ihr die Hand. Dann schreiten sie auf Kippel zu, das Bietsch Horn zu ihrer linken Seite zeichnet sich gross und schwarz ab vor dem verblassenden Nachthimmel.

Als Treffpunkt haben die Auswanderer die Kapelle bestimmt, der Prior will ihnen den Segen spenden. Barbara kann es nicht glauben, dass sie die vertrauten Umrisse zum letzten Mal sieht. Der Kerzenschein in der Kapelle, die Stimme des Priors, die die Weltenläufe und das Jenseits erklärt, der Duft von Weihrauch – wie soll sie ohne auskommen? Gibt es jenseits der Berge etwas Ähnliches, wenn da kaum Menschen sind?

Als Erste langen sie vor der Kapelle an. Er lehnt sein schweres Traggestell mit Arbeitsgerät, Werkzeugen, Kochkessel und Vorräten gegen die Kirchenmauer und nimmt ihr den Rückenkorb ab, der Decken und Kleider enthält, darunter auch die blaue Schürze. Die zwei Ziegen, die sie am Strick mit sich führen, meckern laut, als sie sie festbinden.

Unsicher blickt sie sich um. In den Gucklöchern glaubt sie Gesichter zu sehen, aber wenn sie genauer hinsieht, sind sie weg. Nur eine Tür öffnet sich plötzlich, und Annamaria tritt aus dem Haus, im Hintergrund ist Werners polternde Stimme zu hören. Annamaria umarmt die Schwester, schiebt ihr ein Säcklein mit Dörrschnitzen in die Schürzentasche, drückt Conrad die Hand und verschwindet im Haus, dessen Tür sich geräuschlos hinter ihr schliesst. Der Vater lässt sich nicht blicken.

Die Stille ist gespenstisch. Sie versuchen die Dämmerung mit den Augen zu durchdringen. Da. Gestalten erscheinen im Halbdunkel an der Hausecke: der bärtige Wilhelm, die verhärmte Elsi und ihre drei Söhne mit ausgefransten Hosen, Elsi hat die Augen gesenkt. Heinrich und Agathe, ein kräftiges, junges Paar in zerlumpten Kleidern, ebenfalls aus Ferden, stellt sich neben die Familie, in Heinrichs Hand liegt ein Rosenkranz. Auch aus Kippel tauchen Leute auf: Ulrich und Ursula mit den Töchtern Lena und Agnesa, deren Wohnhaus letztes Jahr abgebrannt ist, und Jacob und Greta, ein älteres, kinderloses Paar. Und auf einmal ist auch Walter da, Conrads jüngster Bruder, mit seiner Frau Christina aus Wiler. Walter blickt trotzig in die Runde, die schüchterne Christina, deren hellblondes Haar im Halbdunkel leuchtet, verbirgt sich hinter ihm. Barbara mustert die Gesichter und nickt für sich. Alle haben gute Gründe zu gehen.

Die Glocke setzt ein mit ihrem Geläut, die Wanderer betreten die Kapelle, knien vor dem Altar nieder. Der alte Prior zündet die Kerzen an. Er betet mit ihnen und zeichnet jedem mit dem Finger ein Kreuz auf die Stirn. «Möge Gott mit euch sein auf eurer Wanderung, eure Familien sollen gedeihen und sich vermehren», murmelt er. Dann dreht er ihnen den Rücken zu und fällt selbst auf die Knie vor der Muttergottes und Christus am Kreuz, laut fleht er und bittet um ihren Segen, mehrmals schlägt er mit der Stirn auf den Boden. Die Auswanderer scheint er vergessen zu haben. Mit gesenkten Häuptern verlassen sie die Kapelle. Draussen schultern sie ihre Lasten, binden die Ziegen los und machen sich auf den Weg.

Der Morgen ist frisch, obwohl es Ende Wonnemonat ist. Bald ist Brachmonat, dann Heumonat, so viel Arbeit wartet – sie darf nicht daran denken. Jenseits der Berge wird es noch viel mehr zu tun geben. Auf der Höhe von Wiler sieht sie ihr Häuschen gegenüber, klein steht es am auslaufenden Hang zusammen mit ein paar anderen – es wird nun als Heustadel gebraucht werden, niemand will mehr an die Schattseite ziehen, vom zerstörten Haus von Cresentia und Paul ist nur ein kahler Fleck am Hang geblieben, Conrad und Barbara sind die letzten, die Giätrich verlassen. Sie beschleunigt den Schritt. Im Dorf bleiben die Türen geschlossen, als die Wanderer durchziehen. Als sie die enge Reihe der dunkelbraunen Häuser abgeschritten haben, dreht sich Barbara um. Und siehe da: Alle stehen sie vor ihren Häusern mit bleichen Morgengesichtern und schauen ihnen nach – geräuschlos sind sie auf die Schwellen getreten und verschwinden wieder.

Auch im kleinen Ried zeigt sich niemand. Aber in Blatten ist alles anders: Burkhard, der zweitälteste Müllersohn, der die Mühle nicht erben wird und schon gegen dreissig geht, tritt ihnen mit schweren Schritten entgegen, gefolgt von seinen Brüdern und anderen jungen Burschen. Ein Wort gibt das andere, noch einmal wollen ihn die Brüder abbringen von seinem Vorhaben, doch er lacht nur, klopft ihnen auf die Schultern, stösst die Burschen in die Rippen und setzt sich an die Spitze der kleinen Gruppe. Barbara würdigt er keines Blicks, obwohl sie weiss, dass sie ihm früher gefallen hat, denn immer wenn sie am Dorfbrunnen wusch, war er plötzlich da, scherzte mit den Frauen und Mädchen, schaute aber nur sie an. Der Vater mag ihn nicht, er schickte ihn weg, als er vorsprach. Burkhard winkt den Männern und Frauen beim Abschied zu, bald liegt auch Blatten hinter ihnen.

Es ist nun hell, Licht fällt auf die Gruppe, die braunen Kittel, kurzen Hosen und Hüte der Männer, die schwarzen Röcke und Hauben und weissen Schürzen und Ärmel der Frauen. Alle wanken sie unter den Lasten, Breithacken, Sensen und Heugabeln sind auf die Tragen der Männer gebunden, Sicheln glänzen in den Körben. Die grösseren Kinder gehen ernst neben den Eltern her, die Ziegen zerren an ihren Stricken.

Beim Kreuz am Dorfeingang von Eisten warten Ruedi und Anni, ihren Bub mit der Spaltlippe versteckt Anni hinter ihrem Rücken. Wegen Gilyan leben sie ausserhalb des Dorfs, die Leute wollen ihn nicht sehen, man sagt, der Kleine bringe Unglück, Gott habe das Paar gestraft mit diesem Kind. Sie schliessen sich ihnen an. Die Gruppe teilt sich, nimmt die kleine Familie auf, man begrüsst sie nicht freudig, aber Ruedi ist willkommen, er ist der beste Erbauer von Häusern in Lötschen, man zieht ihn bei, wenn gebaut wird, und vergisst das Kind mit der Spaltlippe.

Barbara bleibt stehen, sie zählt mit den Fingern und braucht zweimal beide Hände, um die Wanderer zu zählen. Einundzwanzig sind es. Zweiundzwanzig werden es sein im Herbst, sie streicht über ihren Leib, einen Moment fällt die Schwere des Tages von ihr ab. Conrad mahnt, weiterzugehen, sofort spürt sie wieder die Last auf ihren Schultern.

Das hölzerne Kreuz am Dorfausgang von Eisten bleibt hinter ihnen zurück, jetzt steigt der Weg an nach Fafler. Sie kennt die Alp hinten im Tal, vor dem Alpabzug spielen dort manchmal Fiedler auf. Das helle Grün der Lärchen und das dunkle Grün einzelner Tannen leuchtet in der ersten Sonne, der Pfad führt in Schlaufen nach oben auf die Alp. Ein paar Hütten stehen hier, noch verschlossen, im Brachmonat wird die Alp bestossen.

Burkhard, der sich an die Spitze gesetzt hat, gewährt ihnen eine kleine Rast am Bach, sie nehmen die Tragen und Körbe von den Schultern, schöpfen Wasser. Keiner schaut zurück ins Tal, alle mustern heimlich die Felsen und Schründe, den Schnee und das Eis und die Berggipfel, die sich vor ihnen türmen und unbezwinglich scheinen. Demütig senken sie die Köpfe. Heinrich lässt den Rosenkranz durch die Finger gleiten und murmelt «Ehre sei dem Vater und dem Sohn», dann das Vaterunser und das Ave Maria, und bei der Wiederholung des Ave Maria stimmt einer nach dem andern ein: «Gegrüsst seist du, Maria, voll der Gnade, der Herr ist mit dir». Gestärkt stehen sie auf, schultern ihre Lasten und stapfen hinter Burkhard her, der ihnen den Weg ins innere Faflertal weist und auf die Lücke oben im Tal zeigt, die mit Schnee überzogen ist.

«Da», sagt er und steht breit vor sie hin, «die Lücke, über die das Wetter zieht. Haben wir nicht Glück? Über der Lücke ist nur Blau, keine Wolke zu sehen. Der Herr ist mit uns. Nach sieben bis acht Wegstunden, vielleicht auch etwas mehr, sind wir am Ziel, zuhinterst im Tal der lauteren Brunnen. Es ist schön, dieses Tal. Aber ihr müsst es euch verdienen, jeder muss sein Bestes geben, damit wir vor dem Einbruch der Nacht ankommen.» Sie mustern den kräftigen Burkhard bewundernd. Er kennt sich aus, hat vor kurzem den Weg erkundet und ist wieder zurückgekommen. «Ich werde euch anführen», hat er gesagt, und das tut er nun. Er missfällt ihr nicht, der Burkhard – aber Conrad ist ihr vertrauter.

Burkhard zieht mit grossen Schritten aus. Die Gruppe fällt auseinander, vorne die Männer, dann die Kinder, zuhinterst die Frauen, die sicher sein wollen, dass nicht eines der Kinder verlorengeht. Das Tal wird steinig und öde, sie lassen die letzten Lärchen hinter sich. Schweiss steht auf den Stirnen, vorsichtig setzen sie die Füsse. Dann passiert es doch, Anni gleitet auf einem nassen Stein aus, sie fällt. Aus ihrem Tragkorb purzelt der Kochtopf, ein Säcklein Mehl giesst eine weisse Spur ins Gras. Burkhard blickt streng, Ruedi schimpft mit seiner Frau wegen des vergeudeten Mehls. Sie reibt sich den Knöchel, stemmt sich hoch, hebt den halbleeren Mehlsack zurück in den Topf und den Topf in den Korb. Der spaltlippige Gilyan kommt heran und bläst auf den schmerzenden Knöchel. Ruedi will ihn verscheuchen, Anni streicht ihm übers Haar. «Weiter», sagt Burkhard, aber Greta macht ein Zeichen, nimmt ein Tuch aus ihrem Korb, bückt sich und bindet es um Annis Knöchel. Greta kümmert sich um Alte, Kranke und Schwangere. Man sagt in Kippel, sie wolle vergessen machen, dass sie keine Kinder geboren hat. Burkhard drängt. Anni schreitet tapfer vorwärts, obwohl sie leicht hinkt.

Der Anstieg ist steil, die Ziegen bocken oder springen voraus, manchmal lassen die Wanderer ihre Stricke schleifen, sie haben genug mit sich selbst zu tun. Die Frauen sind noch weiter zurückgefallen, Anni ist in ihrer Mitte. Die weisse Lücke oben im Tal gleisst in der Sonne. Werden sie sie je erreichen? Die Lasten schwanken bedenklich, die Leiber darunter wanken, Anni fällt plötzlich mit einem Schmerzschrei auf die Knie. Die Männer, bereits weiter oben, erstarren, Ruedi und Conrad kommen zurück, Ruedi lädt sich Annis Korb vor den Körper und Conrad greift nach Barbaras Korb, sie wehrt sich nicht, weil ihr schwindlig ist. Burkhard streift ihren schwangeren Leib mit einem Blick, als sie sich bückt, um das Leder ihrer Schuhe enger zu binden, er wendet sich ab. Ohne Last geht es. Barbara sieht die Männer als wankende Punkte oben am Hang, die sich stetig fortbewegen, sie muss ihnen nur folgen.

Höher und höher steigen sie, der Blick der Wanderer ist fragend, die Fusssohlen brennen. Vielleicht wartet dort oben das Fegefeuer … Oder ist es der Himmel, der sich ihnen öffnet? Dieses tiefe Blau, entscheidet Barbara für sich, bedeutet den Himmel. Man muss nur Fuss vor Fuss setzen. Sie will auf die andere Seite der Berge gelangen, das ist ihr Weg. Oder vielleicht doch nicht? Ist diese Wanderung vermessen, werden sie darum gequält? Sie macht das grosse Kreuz, bitte hilf mir, Maria, hilf uns, gegrüsst seist du, Maria, voll der Gnade, der Herr ist mit dir und auch mit uns, er wird uns nicht verlassen.

Ein Singsang ertönt, die Männer haben ein Heiligenlied angestimmt. Die Worte des Liedes sind ihr entfallen, das Blut pulsiert in ihrem Kopf, aber sie stimmt ein in die Melodie wie die andern Frauen auch, die Melodie trägt sie den Berg empor, die Ziegen und grösseren Kinder springen fast den Berg hoch, sie sind steile Hänge gewohnt, und wer nicht springen kann, setzt Schritt vor Schritt und singt, die Lücke leuchtet weiss und verheissungsvoll.

In ihren Augen ist ein schwarzer Fleck, sie reibt die schmerzenden Augen, nein, der Fleck bewegt sich, schwingt sich in die Lüfte, es ist ein Adler. Er zieht seine Kreise weit und hoch, bevor er plötzlich hinunterstösst und aus ihrem Blickfeld verschwindet, dann wieder auftaucht, kreist und kreist, sich immer höher schraubt, bis sie ihn aus den Augen verliert.

Die Sonne steht hoch im Mittag, als sie an die Schneegrenze gelangen und sich erschöpft setzen. Ein paar Nüsse, etwas Käse, Trockenfleisch und Brot stärken sie, Barbara bietet Annamarias Dörrschnitze an. Sie streckt sich aus, schliesst die Augen. Hinter ihren Lidern brennt Feuer, es ist, wie wenn sie in ihrem Haus in die Glut bläst, die Flammen züngeln und lecken, sie überlässt sich diesem Glühen. Sie muss eingeschlafen sein, schreckt hoch, als Burkhard in die Hände klatscht.

Die ersten Schritte auf dem Weiss sind schwierig, Schnee dringt in die Schuhe, sie rutschen. Michel, Wilhelms Jüngster, gleitet aus, rutscht über die Schneewächte hinaus, fällt. Sie starren auf den kleinen Körper, aber der Kleine richtet sich sofort auf, er weint nicht einmal, steigt wieder zu ihnen auf, sein Vater droht ihm mit dem Finger, fordert ihn auf, achtsamer zu sein. Burkhard warnt, weiter oben dürfe solches nicht mehr passieren, es gäbe Schründe und Spalten im Schnee. Er packt ein langes Seil aus, die Frauen und Kinder greifen danach, auch Barbara, die Männer gehen daneben. Conrad keucht unter der doppelten Last, die er trägt, sie möchte den Korb wieder an sich nehmen, weiss aber, dass sie es nicht schaffen wird mit dieser Last. Durst quält sie, sie greift mit der freien Hand in den Schnee, stopft ihn in den Mund.

Sie steigen und steigen. Ein paar Mal rutscht jemand aus, kann sich aber am Seil festhalten und kommt wieder hoch. Barbara spürt die Füsse nicht mehr im nassen, kalten Leder ihrer Bundschuhe. Trotzdem schwitzt sie unter der schwarzen Haube, auch wenn die Luft in dieser Höhe, seit sie über den Schnee gehen, kühler ist. Zurückschauen ins Tal, wo sie hergekommen sind? Sie wagt es nicht, will nicht erstarren wie einst Lots Frau. Nun glaubt auch sie es: Es ist vermessen, was sie tun, angestachelt von ihrem weltlichen Herrn, der nie über diese Lücke gegangen ist. Aber es ist zu spät, sie können nicht mehr zurück, würden das Gesicht verlieren, wenn sie zurückkehrten, man will sie nicht mehr in Lötschen.

Schneebrücken tauchen vor ihnen auf, sie stocken, aber Burkhard schreitet stetig voran, die Brücken tragen, später im Jahr werde es schwieriger sein, bemerkt er. Sie steigen in weiten Schlaufen über Schnee und Eis empor, weichen den Spalten aus, Burkhard sucht den sichersten Weg, und sie taumeln hinter ihm her. Auch als eine der Schneebrücken hinter ihnen einbricht, halten sie nicht inne, aber ein Murmeln setzt ein, wer hat es angestimmt? Ihre Lippen formen sich wie von selbst zu den Gebeten

Ich glaube, Ehre sei, Vaterunser, Gegrüsst seist du, Heilige Maria, und sie wiederholen das Ave Maria immer von neuem, winden sich mit ihm hoch, die Last zählt nicht, Anni hinkt nicht mehr, es läuft sich wie von selbst, sie sind in einer Art Trance.

Und dann stehen sie zwischen den Flanken des kleineren Horns und des breiten Horns, stapfen durch Schneeverwehungen und haben es geschafft, das ist die weisse Lücke. Burkhard steckt seinen Wanderstab in den Schnee, und die Männer tun es ihm nach, sie nehmen die Lasten ab. Die Familien lagern sich auf den Traggestellen der Männer, schliessen die Augen vor der blendenden Nachmittagssonne. Selbst die Kinder sind verstummt, Agnesa legt den Kopf in den Schoss ihrer Mutter Ursula und fällt sofort in Schlaf.

Nach einer kurzen Rast scharen sie sich um Burkhard und blicken zum ersten Mal hinunter in ihr neues Tal. Es ist grün, hat Felsriegel, mehrere Bäche durchziehen es, Tannen wachsen die Hänge empor, kein Haus ist zu sehen. Sind die hohen Alpen unbewohnt? Sie staunen. Der Herr hat nicht zu viel versprochen. Vielleicht wird ihr Mut belohnt. Barbara fasst nach Conrads Hand, er drückt sie.

Die Ziegen meckern, sie fühlen sich nicht wohl im Schnee. Burkhard drängt zum Aufbruch. Ein letztes Schneefeld liegt vor ihnen, noch einmal halten sie sich am Seil. Dann gelangen sie in steiniges Gelände, ihre schmerzenden Füsse finden Halt, Burkhard rollt das Seil ein. Die Gruppe fällt auseinander, das Braun der Männer ist vorn, das Schwarzweiss der Frauen hinten, die Kinder halten mit, nur die Kleinsten, Michel und Agnesa, reiten zusammengesunken auf den Achseln ihrer Väter. Lange Zeit folgen sie einem Bachlauf, tief fällt die Nachmittagssonne ein. Dann verschwindet der Bach plötzlich, und als sie herankommen, sehen sie, dass er über den Fels in die Tiefe fällt. Sie müssen den Hang entlanggehen, damit sie den hohen Felsen ausweichen können, aber auch so müssen sie über eine Stufe mit vereistem Fels hinunterklettern, sie stützen sich, reichen einander die Hand.

Am Fuss der Fälle breitet sich ein Wasserbecken aus. Sie staunen, die Männer binden ihre Schuhe auf, stecken ihre Füsse ins Wasser. Das gehört sich nicht für Frauen, sie schauen nur zu, die Knaben spritzen Wasser. Die Stimmung ist so fröhlich wie sonst nur, wenn Musikanten zum Tanz aufspielen, die Männer fassen ihre Frauen bei den Händen, sie taumeln umher, bis Burkhard mit barscher Stimme zum Aufbruch mahnt. Die Männer binden ihre Schuhe noch einmal.

Der Hang fällt steil ab, sie passieren einen kleineren Wasserfall, dann einen Tannenwald. Burkhard sagt, nur noch ein kleines Stück Weg, dann sind wir dort. Die Sonne ist fort aus dem Tal, sie leuchtet nur noch die Berggipfel aus, mit gesenkten Köpfen wandern sie, Anni hinkt deutlich, Barbara schleppt sich dahin. Die Ziegen rupfen am Gras, bleiben zurück, sie müssen sie wieder an den Strick nehmen.

Im Tal schlängelt sich ein weisser Bach. «Da sind wir», sagt Burkhard und rammt seinen Stab mitten auf der Wiese in den Boden. «Hier, wo die Bäche zusammenfliessen, bauen wir unsere Häuser. Genug Wasser für eine Mühle gibt es hier auch», seine Augen funkeln.

Da tritt Greta vor, weist auf einen grossen Felsblock, der erhaben am Hang thront. «Es bringt Unglück, wenn wir hier bleiben. Die Steinfaust mit dem erhobenen Mahnfinger warnt uns davor, uns hier niederzulassen.»

Barbara schaut am Hang hoch, und nun sieht auch sie die steinerne Faust mit dem Finger, sie erschrickt wie die andern.

«Ach was», meint Burkhard, «nirgendwo sonst in der Gegend finden wir eine solche Wiese mit ebenem Land.»

Heiner widerspricht: «Das ist ein Fingerzeig Gottes, wir dürfen ihn nicht missachten. Greta ist nur ein Weib, aber sie hat Recht.»

Ruedi wirkt bekümmert: «Wo ein solcher Fels herabgestürzt ist, können auch andere niederstürzen und uns unter sich begraben. Auch ich bin der Meinung, dass wir nicht hier unsere Häuser bauen sollten.»

Burkhard runzelt missbilligend die Stirn, gibt aber nach. «Also gut, dann ist es der nächste Hang da drüben, auch er ist sonnig, aber wir werden uns jedes ebene Stückchen Land erkämpfen müssen – ihr wollt es so.»

Sie schleppen sich weiter an diesen recht steilen Hang, der frei ist von grossen Felsen – der Mahnfinger ist nicht mehr sichtbar.

Burkhard stösst seinen Stab in den Boden und blickt sich um. «Das Land können wir morgen aufteilen. Ruedi, wir werden froh sein um deine Kenntnisse beim Hausbau. Du bist unser wichtigster Mann in den nächsten Wochen.»

Ruedi nickt. Gilyan liegt neben ihm im Gras, man sieht seine Spaltlippe nicht in der Dämmerung, er schläft wie die beiden Kleinen, die von ihren Vätern ins Tal hinuntergetragen wurden. Die Frauen melken die Ziegen, die Familien scharen sich um sie, trinken die Milch aus dem Melkeimer, essen ein Stück Roggenbrot dazu und etwas Käse, dann legen sich alle hin.

Barbara und Conrad haben sich eine weit ausladende Tanne ausgesucht. Nahe beim Stamm, auf den Nadeln, breitet Barbara die Decke aus. Beide drehen sich noch einmal der Lücke zu, die oben im Tal zwischen den beiden Hörnern im letzten Tageslicht leuchtet. «Sind wir tatsächlich über die Berge und diese Lücke gekommen?», fragt Barbara zweifelnd. Conrad zuckt nur mit den Schultern. Sie zieht die Decke hoch.

Da – etwas schimmert vor ihren Augen. Es sind Blüten, die so weiss leuchten wie die Lücke oben. Sie zieht den Zweig heran, fährt mit der Hand über die feinen Blättchen, zeigt Conrad die Blüten. «Das sind Blüten vom sauren Kirschbaum, Ammeren, ich hätte nicht gedacht, dass sie hier oben wachsen», murmelt er, und beim nächsten Atemzug entspannt sich sein Gesicht im Schlaf. Ammeren, Ammeretten, Ammerten – das Wort zergeht in ihrem Mund, sie glaubt den Geschmack der sauren Früchtchen auf ihrer Zunge zu spüren.

II BARBARA

Ammerten, Heumonat 1300

Sie sitzt auf der Bank vor dem kleinen Haus, die Hände um den Bauch gelegt. Wie lange ist sie nicht mehr so untätig dagesessen? Die Sonne ist fort aus dem Tal, glänzt aber noch auf der Lücke oben zwischen den Hörnern – dort, wo sie vor zwei Monaten über Eis und Schnee herabgekommen sind. Schnell haben sie gemerkt, dass die Lücke nicht nur die Verbindung ist zu ihrem Heimattal, sondern auch das Wetter anzeigt. Wenn über der Lücke Wolken aufsteigen, wechselt das Wetter. Man muss das Heu sofort zusammenrechen, um es noch trocken einbringen zu können. Der stete Blick zur Lücke begleitet sie durch den Tag – er ist Verheissung und Schrecken zugleich.

Einmal türmten sich die Wolken dort oben, und dann brach Regen wie eine Sintflut über sie herein, sie glaubten, der letzte Tag sei gekommen. Zum Glück standen ihre Häuschen damals schon am leicht ansteigenden Hang. Der Bach schwoll mächtig an, er rauschte bedrohlich, wälzte Äste und grosse Steine mit sich. Sie starrte in seine grauen Fluten, hörte die halbe Nacht seinem Grollen zu, bis es gegen Morgen leiser wurde.

In Lötschen gibt es Lawinen und die wilde Lonza. Werden sie hier, im Tal der lauteren Brunnen, von neuem bedrängt? Der Bach wird sie nicht vertreiben, auch wenn sie inzwischen wissen, dass er weiter unten im Tal oft überschwemmt. Darum wohnen so wenige Leute im grünen Tal. Das haben sie bei den Gängen zur Messe erfahren, auf dem weiten Weg hin zur Kirche Gsteig und zurück nach Ammerten. Der Name für diesen Ort, den Conrad und sie einfach so in die Luft geworfen haben, ist von Burkhard und den anderen aufgenommen worden und geblieben. Die Blüten der Ammeren sind inzwischen zu sauren Früchtchen gereift.

Seit die Häuschen stehen, fühlt sie sich in Ammerten zu Hause. Die Siedlung ist ein Wunder, aus dem Nichts – nur aus ihrer Hände Arbeit – in wenigen Wochen gewachsen. Sie faltet die Hände, dankt der Muttergottes und der heiligen Barbara, die über sie gewacht haben, dass dieses Werk gediehen ist. Der Geruch des frischen Holzes ist in ihrer Nase. Die Männer haben Lärchen gefällt, das beste Bauholz hier, und die Bauplätze ausgeebnet. Sie haben die Stämme an den Enden bearbeitet und verschränkt, die Wände sind in die Höhe gewachsen, jeden Stamm haben sie mit vereinter Kraft noch höher gewuchtet, die Frauen und Kinder haben die Zwischenräume zwischen den Stämmen mit Moos abgedichtet. Die Schindeldächer sind mit schweren Steinen belegt, von denen es hier genug hat. Noch viel mehr davon hat es auf dem oberen Steinberg in ihrer Nähe.

Gleich nebenan befindet sich das Haus von Conrads Bruder Walter und seiner Frau – sie sieht Christina werken vor dem Haus, ihr hellblondes Haar leuchtet, die Schwägerin winkt und sie winkt zurück. In der Nähe stehen fünf weitere Häuschen für die übrigen Familien. Alle zusammen haben sie unter Ruedis Anleitung gebaut, gleich nachdem sie als Erstes einen gemeinsamen Acker angelegt und Sommerroggen ausgesät hatten. Im Brachmonat war das Wetter ziemlich trocken, nur wenige Male haben sie sich abends völlig durchnässt unter ihre Tannen gelegt. Die längsten Stämme haben sie für das Haus von Heinrich und Ulrich verwendet, ihre Frauen Agathe und Ursula sind Schwestern, sie haben wenig Mittel und teilen sich ein Haus. Heinrich hat jeden Abend viele Rosenkränze gebetet, und auch tagsüber bewegen sich seine Lippen fast ständig im Gebet. Da drüben sitzt er, sein Oberkörper zeichnet sich als Schatten ab, er ist über den Rosenkranz gebeugt, während Agathe aufrecht neben ihm sitzt, die Haare streng nach hinten gekämmt, kein Härchen schaut unter ihrer Haube hervor. Mit Sorgfalt haben sie die Schwellen der Häuser gelegt und mit Weihwasser besprengt, damit die bösen Geister keinen Eingang finden.

Da, sie hört Meckern und Blöken – endlich sind Wilhelms grosse Buben mit den Ziegen und Schafen zurück. Schafe gibt es in Ammerten, seit Burkhard mit den beiden Buben auf dem Markt in Unterseen war, das noch um einiges weiter entfernt ist als die Kirche in Gsteig. Frühmorgens sind sie aufgebrochen und spät zurückgekehrt, für jede Familie haben sie ein bis zwei Schafe gekauft. Peter treibt die zwei Ziegen und das Schaf zu ihrem Haus, Barbara kniet sich hin, lässt mit geübten Zügen die Milch aus den Eutern der Ziegen schiessen. Die Milch schäumt im Eimer und wirft Blasen, sie wischt sich ein paar Spritzer von den Armen.

Plötzlich steht Conrad neben ihr, erschöpft fährt er sich mit der Hand über die Stirn. Sie gehen ins Haus, er lässt sich auf die Bank fallen. «Heute haben wir wieder an Burkhards Stadel gebaut. Er hat sich den besten Platz gesichert.»

Barbara schiebt ihm Käse, Ziger und den Rest vom Brot hin, das sie vergangene Woche mit den andern Frauen im neuen Ofen hinter den Häusern gebacken hat. «Und Ruedi, was meint er?»

«Ruedi führt aus, was Burkhard will. Burkhard hat ihm einen guten Platz für sein Haus gegeben, nach Burkhards Stadel werden wir jenen von Ruedi bauen.» Er greift nach dem Melkeimer und trinkt die frische Milch in gierigen Zügen. «In Lötschen war alles klar – es gab das gemeinsame Gut und das Land, das man vom Vater geerbt hat. Hier müssen wir neu aufteilen, nichts ist klar.» Er kaut an der Brotrinde.

Sie weiss, dass es ihm nicht liegt, für seine Rechte zu kämpfen. Manchmal möchte sie selbst hinstehen und Burkhard entgegenhalten, aber sie kann es nicht tun, weil es sich nicht ziemt für eine Frau. «Burkhard macht viel für uns, er hat den Weg ausgekundschaftet, Ammerten für uns gefunden, auf dem Markt die Schafe und Salz besorgt. Er verhandelt mit den Leuten aus dem Tal, man anerkennt ihn als unseren Anführer.» Sie verteidigt Burkhard, obwohl sie es nicht will.

«Du hast wohl Recht», sagt er und senkt den Kopf. Aus einer Laune heraus fährt sie ihm mit den Fingern durch das widerspenstige Haar, eine zärtliche Geste, die sie schon fast vergessen hat. Er legt die Hand auf ihren

Leib. «Barbara, es zählt nur, dass es dir gut geht. Und deinem Sohn. Er soll Johan heissen wie mein Vater.»

Erwartet sie einen Sohn? Sie weiss es nicht. Männer haben es einfacher im Leben, sie können für sich selbst handeln. Darum wünscht auch sie sich einen Sohn.

Sie setzen sich beide draussen auf die Bank, schauen zu, wie Burkhard vor seinem Haus an zwei grossen Steinen zu meisseln beginnt. «Burkhard will hier oben eine Mühle betreiben», sagt Conrad. Die Schläge hallen in ihren Ohren und klingen von den Bergen zurück. Barbara erschrickt: «Hoffentlich weckt er nicht die wilden Herren im Rottal.» Beim schlimmen Unwetter vor ein paar Wochen war ein Tosen und Heulen aus diesem unwirtlichen Tal mit den rötlichen Felsen gedrungen, der Himmel war über ihnen zusammengebrochen. Beim nächsten Kirchgang hatten ihnen die Talleute von den wilden Rottalherren erzählt, die dort hausten – niemals würden sie sich in deren Nähe niederlassen. Burkhard hatte über diese Geschichten nur gelacht. Erst als der letzte rötliche Schimmer im felsigen Tal erlischt, hört das Hämmern auf, Bäume und Häuser verschwinden in der Dämmerung.

Die Rottalherren sind zur Ruhe gekommen, denkt Barbara, es ist noch einmal gut gegangen. In Lötschen gibt es die Schurtendiebe, die die Leute erschrecken und Felsbrocken über die Hänge hinunterwerfen, aus Rache, weil man sie auf die Schattseite vertrieben hat. Hier sind es die Rottalherren, die Schrecken verbreiten aus ihrem unwirtlichen Tal heraus, das einst eine fruchtbare Alp war mit einem Passübergang zu den Walsern. Aber die Rottalherren wüteten immer grausamer, einer verfolgte ein Hirtenmädchen, bis es über die Felswand zu Tode fiel. Da stürzten Felsen und Eis herab und begruben das fruchtbare Tal unter sich. Diese Geschichte erzählt man sich im Tal.

Barbara fröstelt. Conrad nimmt sie bei der Hand, sie folgt ihm ins Haus, liegt bald neben ihm auf ihrem Strohsack, hört das Rauschen der Lütschine und denkt sich, dass ihre Häuschen in der Nacht unsichtbar sind, dass die Rottalherren keine Macht haben über ihr Tal hinaus. Aber man darf ihnen nicht zu nahe kommen.

Nahe? So weit ist auch Lötschen nicht weg. Da. Ist das nicht Glockengeläut? Ist es die Kapelle auf dem Martibiel? Sie vermisst den Klang der Glocke, die ihren Tag begleitete. Die Glocke ruft zum Gebet, sie faltet die Hände. Heil dir, Maria, heil dir, heilige Barbara. Seid mit uns, dann kann uns nichts geschehen.

Frühmorgens schlägt sie die Augen auf. Ein metallenes Klopfen, immer wieder, Klopfen. Dann ein schleifendes, zischendes Geräusch. Es ist die Zeit des Heuet. Conrad ist schon draussen, hat die Sense gedengelt und schärft sie nun mit dem Wetzstein. Durch die Luke fällt nur wenig Licht. Aber sie weiss es sofort. Ammerten ist das, nicht Kippel und nicht Giätrich. In Ammerten schaffen sie sich diesen Sommer ein neues Leben. Es ist höchste Zeit mitzutun, die Sonne kommt schon bald über den Berg. Mit ihrem runden Leib stemmt sie sich schwerfällig vom Lager hoch, kleidet sich hastig an.

Auf dem steinernen Herd an der Rückwand des Hauses findet sie noch etwas Glut unter der Asche. Sie bläst hinein, legt Holz nach und hängt den Kessel übers Feuer. Heute nimmt sie Milch statt Wasser für den Haferbrei. Vielleicht wird Conrad ihr Verschwendung vorwerfen. Soll er doch. Die Ziegen geben viel Milch – mehr, als sie für sich beide und den Käse brauchen. In den Brei rührt sie ein paar der sauren Kirschen, um Conrad eine Freude zu bereiten und ihn von der vergeudeten Milch abzulenken.

Erste Sonnenstrahlen dringen durch die Luke, der Staub tanzt in den langen, hellen Bahnen, die ins Haus fallen. Sie muss wischen, im Garten neben dem Haus nach den Erbsen und Bohnen sehen, die sich emporranken. Und sie muss Holz holen im Wald, der Vorrat ist geschmolzen. Aber zuerst wird sie mit Conrad das Mahl einnehmen. Sie tritt vors Haus in die frische Morgenluft. Einige faserige Wölkchen hängen im hellblauen Himmel. Der grosse Wasserfall rauscht.

Conrad mäht unten beim Bach das Stück Wiese, das ihnen bei der Lütschine zugeteilt wurde, weit holt er aus, und das Gras fällt in einer Rundung nieder, immer wieder. Als sie ihn ruft, winkt er, mäht den Rest der Wiese mit kräftigen Schwüngen, legt die Sense über die Schulter und kommt zu ihr hoch. Er isst den Brei mit den Ammeren und sagt nichts zur Milch oder den Früchtchen, steht bald auf, schultert die Sense von neuem und zieht los auf die Alp unter dem Steinberg. Auch dort wird er mähen, und während das Heu trocknet, werden die Männer am Stall weiterbauen, einem Stall für ihre Rinder, die sie von Lötschen holen wollen, Burkhard drängt darauf.

Barbara zieht die Haube über und geht mit dem leeren Kessel über die frisch gemähte Wiese zur Lütschine hinunter. Das Gras ist noch feucht und klebt an ihren Fusssohlen, die frisch geschnittenen Halme verströmen einen starken Duft. Sie spült den Kessel mit kaltem Wasser aus und füllt ihn gleich wieder, damit sie nicht zweimal den Weg gehen muss. Der volle Kessel ist schwer, aber sie steigt den Hang hoch ohne etwas zu verschütten. Die Türen der Häuser stehen offen, aus einigen dringt Rauch.

Anni und Christina machen sich bereit zum Holz sammeln, haben schon den Tragkorb am Rücken. Sie schliesst sich ihnen an, nachdem sie den Wasserkessel ins Haus gebracht hat, schultert ihren eigenen Korb. Auch der kleine Gilyan kommt mit. Hier kennen ihn alle, niemand starrt ihn an oder flieht vor dem missgestalteten Knaben, dessen Anblick Unglück bringen soll.

Anni hat den Fuss, den sie sich beim Wandern über die Wetterlücke verdrehte, fast ganz kuriert und geht voran, Christina und Barbara folgen. Christina klettert wie ein Reh den Hang hoch – Walters junge Frau ist erst fünfzehn. Immer wieder schaut sie sich um, ob Barbara folgt. Manchmal wird es Barbara zu viel – die Schwägerin ist ihr nicht nah wie die Schwester. In solchen Momenten entzieht sie sich Christina, und das tut sie auch jetzt, indem sie zurückbleibt.

Am Waldrand wartet Anni auf die beiden andern Frauen. Die Lärchen, Arven und Tannen stehen hier dicht gedrängt, Barbara scheint, dass sie in eine grüne Höhle eintreten, die mit dunklen und lichten Flecken durchsetzt ist. Mit ihren nackten Füssen meiden sie die Steine und

Wurzeln. Einige Lärchenstümpfe ragen dort empor, wo die Männer Bäume für den Häuserbau fällten. Das Moos fühlt sich weich an unter Barbaras Füssen. Ehrfürchtig mustert sie die hohen Bäume auf einer Lichtung – gross wie ein Kirchenraum öffnet sie sich vor ihnen. Aber es gibt auch düstere Stellen, wo kaum Licht ins Dickicht dringt, Felsbrocken liegen verstreut wie von Riesenhand hingeworfen. Und was raschelt da im Gebüsch? Ein Tier? Oder Zwerge – gut oder böse? Zum Glück ist sie nicht allein. Gilyan springt fröhlich voran, bückt sich, dreht sich dann um. Eine blaue Fratze blickt ihnen entgegen! Ein Geist? Sie weiss es doch, es ist nur das missgestaltete Kind, seine Spaltlippe ist blau. Auch Christina schreckt zurück, aber Anni lacht nur: «Hast du frühe Heidelbeeren gefunden, Kleiner?» Sie wischt ihm die Lippen ab, und er führt sie hin zu den kleinen Büschen, wo die blauen Beeren wachsen. Anni hat ein Körbchen mit, sie sammeln die Beeren ein, werden sie später aufteilen. Barbara entdeckt rote Punkte an der Böschung, Erdbeeren wachsen hier, sie sind süss von der Sonne dieses Sommers, auch sie wandern ins Körbchen.

Dann beginnen sie mit dem Sammeln des Holzes. Die Frauen nehmen ihre Tragkörbe ab, lehnen sie gegen einen Baumstamm und häufen Äste und dürre Zweige an, sie füllen sie in die Körbe. Gilyan ist unermüdlich, er schleppt Äste an, die grösser sind als er selbst und die Anni brechen muss. Im Nu sind die Körbe voll. Die kräftige Anni hebt die Tragkörbe empor, damit Christina und Barbara in die Riemen schlüpfen können. Mit ihren schwankenden Körben passen sie noch mehr auf, wo sie die Füsse hinsetzen, kein falscher Schritt, man könnte ausgleiten, sich den Fuss brechen. Gilyan läuft voran und schwingt das Beerenkörbchen, Vorsicht, ruft Anni, aber er passt schon auf. Jetzt rennt er auf den Waldrand zu und ist, wenn man ihn von hinten sieht, doch nur ein Bub wie alle anderen.

Kirchgang nach Gsteig, Erntemonat 1300

Die kleine Schar Leute ist unterwegs im noch schattigen Tal wie jeden Sonntag, an diesem Morgen hängen die Wolken tief. Die Männer tragen ihre Sonntagskittel und Hüte, die Frauen ihre schwarz glänzenden Hauben und weissen Schürzen, nur jene von Barbara leuchtet blau. Anni hat Gilyan eine Kapuze an sein Kittelchen genäht, die ihm tief ins Gesicht hängt. Die meisten Kirchgänger kennen das Gesicht des missgestalteten Buben inzwischen, aber er soll nicht auffallen, Anni mag nicht, wenn sie die Hände über dem Kopf zusammenschlagen oder sich bekreuzigen.

Burkhard schreitet voran, die Augenbrauen zusammengezogen, wie immer studiert er an etwas herum, geht zu schnell, die Kinder mit ihren kurzen Beinen bleiben zurück, auch Barbara hat Mühe, zu folgen. Conrad ruft Burkhard zu, seinen Schritt zu mässigen, aber der hört nichts, erst als Conrad die Hände um den Mund legt und der Ruf schaurig von den Felsen zurückhallt, blickt er ärgerlich zurück, bleibt mit dem Blick an Barbaras blauer Schürze über dem schwangeren Leib hängen, schüttelt den Kopf, mässigt aber seinen Gang, so dass der kleine Trupp – die Ammeter, wie man sie nennt – sich nun geschlossener durch den lockeren Wald bewegt. Willi und Peter stecken immer von neuem blaue Beeren in ihre Münder, die bald auch blau sind. Am Sonntag sind die Ziegen sich selbst überlassen, sie werden am Hang in Ammerten bleiben, der Bock ist angebunden, die Herde entfernt sich nicht von ihm.

Die kleine Agnesa stolpert, fällt, hält sich das Knie und schreit. Der Trupp stockt, erschrocken legt Agnesas Mutter Ursula dem Kind die Hand auf den Mund, als Heinrich sich über dieses störende Geschrei an einem heiligen Sonntag beschwert. Greta ist schon da, wischt das Blut ab, zieht aus ihrem Rock ein Pflanzenblatt, drückt es auf die Wunde und legt dem Kind ihre andere Hand auf die Stirn. «Das ist Salbei», sagt sie, «er wird dir helfen.» Das Mädchen wird still, und als Greta das Blatt wegnimmt, ist das Blut versiegt. Ursula nimmt das Kind an der Hand, sie ziehen weiter.

Jeden Sonntag findet diese kleine Prozession zur Kirche von Gsteig statt. Der Weg hin und zurück nimmt einen ganzen Tag in Anspruch, fast so lang ist er wie die Wanderung über die Wetterlücke, die sie Ende Wonnemonat unternommen haben. Unendlich lange her scheint es Barbara, seit sie über die eisige Lücke ins Tal der lauteren Brunnen kamen, sie kann die Zeit an ihrem nun hoch gerundeten Bauch ablesen. Die Tage verschwimmen vor ihren Augen, so viel Arbeit, Helfen beim Bau der Häuser, der Kochherd aus Steinen gebaut, das übrige Haus aus Holz zusammengefügt von den Männern, Kochen,

Anlegen des Gartens, Waschen und Reiben der Wäsche auf einem Brett am Bach, Flicken, der Rücken schmerzt, das Gewicht des Kindes drückt, auch in Giätrich und früher in Kippel hätte sie so viel gearbeitet, aber es gab mehr helfende Hände, hier ist nur sie da, die Schwägerin Christina hilft ihr manchmal. Wenn nur Annamaria hier wäre, noch nie hat sie sie so vermisst, Annamaria ist weich und kräftig zugleich, Werner würde poltern, aber Annamaria hielte ihm entgegen, so wie sie es mit dem Vater gemacht hat.

Letzthin an einem Sonntag ist Burkhard in die andere Richtung gewandert, taleinwärts Richtung Lötschen, sie sahen ihn kleiner und kleiner werden, er stieg den Berg hinauf und immer weiter hinauf, überwand die Stufe aus Schnee und Eis, ging über die Lücke und auf der andern Seite hinunter. Die Leute in Lötschen hätten ihn bestaunt wie einen Wiedergänger, erzählte Burkhard. Ihre Familie sei wohlauf, hat sie von Burkhard gehört, Annamaria und die Kinder befänden sich wohl, auch der Vater sei bei guter Gesundheit. Allen hat Burkhard Kunde gebracht von ihren Familien, er hat die Messe in Kippel besucht und vom Prior der Martinskapelle den Segen gebracht. Es ist machbar, hat Burkhard gesagt, als er am nächsten Tag zurückkam – im September, wenn die grossen Arbeiten erledigt sind, werde ich mit ein paar mutigen Männern, die ihre Rinder mitnehmen wollen, hin- und zurückwandern, es hat nun weniger Schnee auf der Lücke, der Sommer hat ihn geschmolzen, aber er hat auch das Eis offengelegt und die Schründe darin, man muss noch mehr aufpassen, wie man die Füsse setzt.

Barbara gibt acht, dass sie auf den Steinen, die nass sind vom Regen des Vortags, nicht ausrutscht. Sie sind am felsigen Hang über Trachsellauenen, ein glänzendes Band fällt Barbara auf in einem der Felsen, sie gleitet mit der Hand darüber, ein Schatz ist vielleicht darin, Glanz und Glitter, wer weiss es. Da sind auch die roten Steine im Bach gegenüber von Ammerten und die roten Felsblöcke im Rottal, das sich gleich vor ihnen auftun wird, aber man geht schnell durch, denn hier herrschen die Rottalherren, die Wolken hängen noch immer tief.

Über die Wiese gehen sie auf die paar Hütten von Trachsellauenen zu, wo im Winter oft Lawinen niedergehen, sagt man. Da stehen sie schon, die Leute von Trachsellauenen, zuvorderst Christian, der Drechsler, der die Schemel für Haus und Stall herstellt, gebeugt von seiner Arbeit. Man begrüsst sich, geht gleich weiter, und da stossen die Gimmelwalder und Mürrener hinzu von den Alpen hoch über den schroffen Felshängen, die sich vor ihnen abzeichnen. Vor dem Zug der Gotteshausleute, der auf ein paar Dutzend angeschwollen ist, öffnet sich die sichelförmige Wiese von Sichellauenen, wo der goldene Roggen mit Kornblumen durchsetzt ist. Auch hier stossen noch zwei ehemalige Lötscher Familien zu ihnen. Ein paar Jahre vor den Ammetern sind bereits einige Leute über die Lücke gekommen, haben in Trachsel- und Sichellauenen, Mürren und Gimmelwald gesiedelt.

Die Lötscher kommen auf dem Talboden bei der Lütschine an, diesem Bach, dem sie den Namen gegeben haben, den nun auch die Leute von Lauterbrunnen verwenden. Die Lütschine ist wild hier, überschwemmt das Tal immer wieder, darum stehen nur wenige Häuser da, meist etwas höher gelegen. Kurz vor Lauterbrunnen erblickt Barbara den Wasserfall, der wie zarte Spitze vom Felsen fällt. Die Häuser des Dorfes sind verlassen, ein Hund bellt, die Gotteshausleute befinden sich schon auf dem Weg zur Kirche von Gsteig. Sie beschleunigen den Schritt, auch wenn die älteren Leute aufbegehren und einige Kinder weinen, weil sie an den Händen gezerrt werden.

In Zweilütschinen stossen ein paar Männer und Frauen aus dem hoch über den Felsen gelegenen Dorf Isenfluh zu ihnen, es sind keine Lötscher, auch sie sind aber in Gsteig kirchgenössig und haben den gleichen Weg. Sie passieren die Stelle, wo die beiden Bäche zusammenfliessen, man nennt den andern auch Lütschine, er kommt von Grindelwald her und führt dunkleres Wasser, das dunkle und das helle Wasser mischen sich zu einem hellen Braun. Die Leute von Grindelwald haben eine eigene Kapelle und müssen nicht den langen Weg nach Gsteig unter die Füsse nehmen.

Nach dem letzten Stück Weg öffnet sich das Tal, das flache Bödeli, wie sie es nennen, breitet sich zwischen den beiden grossen Seen aus. Wie einfach haben es die Bauern hier, die ebenes Land bestellen können, saftige Matten und grosse Felder mit Gerste, Roggen und Weizen. Drüben am Fuss des Abhangs erhebt sich die Kirche Gsteig, ihr Ziel. Die Glocke läutet, ruft sie herbei, sie beschleunigen den Schritt noch einmal, die Wachleute von der Burg Unspunnen lassen sie die Brücke über die Lütschine passieren, und dann stehen sie vor diesem steinernen Wunderwerk. Es ist viel grossartiger als die hölzerne

Kapelle in Kippel. Diese aber ist viel näher bei den Leuten. Barbara gäbe viel dafür, wenn die Kapelle vom Martibiel in Ammerten stünde, die Glocke bimmeln und sie zur Messe oder zum Gebet rufen würde. Wie früher würde sie sich morgens und abends in der Kapelle hinknien und zur Muttergottes beten, und manchmal würde sie die Barbarakapelle aufsuchen, auch die wäre nah, sie würde zur heiligen Barbara aufschauen, die ihre Last, den Turm, in den sie vom Vater wegen ihres christlichen Glaubens gesperrt wurde, mit einer Leichtigkeit trägt, wie wenn es ein Nichts wäre.

Die Kirche in Gsteig ist aus grossen Steinen gefügt und hat einen hochaufragenden, steinernen Turm mit gerundeten Fenstern. Sie ist dem heiligen Michael geweiht, dem Streiter gegen die bösen Mächte und Führer der Toten ins Jenseits. Gleich rechts neben dem Eingang gibt es eine Darstellung. Das Bild zeigt einen aufgebahrten Toten, drei Frauen betrauern ihn, zwei hohe Kerzen ragen beim Haupt und den Füssen auf, ein Priester liest am Altar die Messe für das Seelenheil des Verstorbenen. Die Walser halten inne vor dem Bild und bekreuzigen sich. Die Glocke läutet noch immer, als sie endlich zur Tür hineinströmen.

Das Kirchenschiff ist voller Licht, und wie immer, wenn Barbara eintritt, fühlt sie sich durch das helle Licht, das durch die Rundbogenfenster fällt, belohnt. Die Kirche ist gut besetzt, die Kirchgänger von Aarmühle, Wilderswil, Lauterbrunnen und Wengen sind alle schon hier. Die Köpfe drehen sich, als die späten Walser die Kirche betreten, sie gehen nach vorn zum Chor, biegen das Knie und bekreuzigen sich, und als Barbara den Kopf hebt, sieht sie die Darstellung der drei Könige an der Turmwand durch den Chorbogen hindurch, die Jungfrau Maria hat ihr Kind geboren, sie trägt es im Arm wie die heilige Barbara den Turm, der Stern leuchtet hell über den beiden, und die Könige eilen herbei, der vorderste König beugt sein Knie, grad wie sie es tun. Barbara dreht sich um, man darf nicht verweilen hier, die Glocke läutet aus, sie gehen zurück, fügen sich in die hintersten Bänke, die Frauen links, die Männer rechts.

Und dann ist auch er da, der Leutpriester, vom Kloster Interlaken gesandt, um die Messe zu lesen. Jung ist er, sein Gesicht unbeschrieben, nicht von Falten durchzogen wie das des alten Priors in Kippel, schwer lastet das Messegewand auf seinen Schultern. Er spricht Lateinisch, und sie ist froh, dass sie nicht die ganze Zeit knien muss, sondern nur bei den Gebeten. Der Rücken und die Füsse schmerzen, das Kind bewegt sich in ihr, jetzt, wo sie stillsitzt, spürt sie es deutlich. Bald wird auch sie ihr Kind im Arm halten, aber Könige mit Geschenken werden keine kommen. In Kippel und Wiler klopften jedes Jahr die drei Könige an. Am Dreikönigstag wurde das «Chinig-Rosslini»-Fest gefeiert, die Könige ritten auf Stöcken mit geschnitzten Pferdeköpfen einher, wurden vom Prior in der Kirche gesegnet und gingen anschliessend von Haus zu Haus.

Sie schüttelt den Kopf über sich selbst. Es ist nicht richtig, immer an Lötschen zu denken. Sie will hier sein, Lötschen ist Giätrich, und Giätrich bedeutet Angst wie letzten Winter, Lawinen, welche die Schurtendiebe jederzeit auslösen können. Hier gibt es zwar die Rottalherren, sie sind aber Ammerten nicht so nah. Der Weg zur Kirche Gsteig ist weit, aber die Kirche ist grösser, heller. Und diese Bilder an der Wand, etwas so Schönes hat sie noch nie gesehen, ein Wunder ist es, wie die ganze Kirche, dieses steinerne Gebäude, erhaben am Hang, dieses Haus des Herrn, wo grosse Kerzen brennen vorn neben dem Priester, wie wenn es nicht schon hell genug wäre, wie wenn heute ein besonderes Fest gefeiert würde. Kyrie eleison, Gloria, Gebete, Lesungen und Antwortpsalmen, das Glaubensbekenntnis und die Fürbitte ziehen vorbei, es wird gesungen, gesprochen und gebetet. Dann folgen die Eucharistie, Gebete, das Vaterunser, die Kommunion, die Hostie schmilzt auf der Zunge.

Nach dem Schlussgebet spricht der Leutpriester nicht mehr Latein, sondern die Sprache der Leute von hier. Er fordert die Bedürftigen und Neuzugezogenen auf, beim Kloster Interlaken vorbeizugehen, der Propst lasse heute Getreide verteilen. «Das Kloster nimmt und gibt», zischt eine der einheimischen Frauen in der Bank vor ihnen ihrer Nachbarin zu, «sie knöpfen uns den Zehnten ab, und dann plötzlich verschenken sie davon, man weiss nie, woran man ist.»

Sie kniet noch, aber Conrad winkt ihr schon von der Männerseite zu, und auch Burkhard macht ein wichtiges Gesicht, alle werden sie hingehen, die Wanderung wird sich noch länger hinziehen, sie brauchen das Getreide, wer weiss, wie viel sie ernten werden, die Vorräte sind nicht gross, der Winter wird lang sein in Ammerten und sie ganz auf sich selbst gestellt.

Der Priester segnet die Gotteshausleute im Namen des Vaters, des Sohnes und des Heiligen Geistes, Weihrauch zieht durch die Kirche, die Glocke setzt wieder ein, bimmelt hell, mühsam zieht sich Barbara an der Bank vor ihr hoch. Alle drängeln hinaus, und weil die Lötscher als Letzte in die Kirche einzogen, sind sie nun die Ersten.

Neben der Brücke sind zwei Pferde angebunden, ein Knecht steht daneben, die Tiere tänzeln unruhig. «Das sind noble Pferde», sagt Barbara zu Conrad, «aber ich habe keine Herren gesehen in der Kirche.» «Die Herren sitzen hinter dem Chorbogen, von uns gewöhnlichen Gotteshausleuten abgetrennt», erklärt eine Frau aus der Gegend, «da sind sie, sie kommen aus der Seitentür.» Ein junger Herr tritt heran, sein Haar fällt über die Schultern und ist nicht auf Ohrenhöhe geschnitten wie jenes der Bauern, er trägt ein Wams und ein Barett auf dem lockigen Haar, hinter ihm folgt eine junge Frau im samtenen Kleid, auf dem eine kostbare Kette glänzt, ihr Haar ist unter einer Spitzenhaube verborgen. «Oh», raunt die Frau neben Barbara, «das sind eure Gebieter, der junge Herr Johann von Turn, Sohn des alten Peter, und seine Gemahlin Elisabeth von Wädenswil, die ihm das Land im Tal der lauteren Brunnen eingebracht hat.» Barbara hat die Herren noch nie gesehen. Die Umstehenden knicksen, einen Moment, bemerkt Barbara, bleibt der Blick der Herrin an ihrer blauen Schürze hängen – oder ist es der Bauch, den sie darunter versteckt? Die beiden wenden sich den Pferden zu, der Herr hilft der Herrin in den Damensattel, schwingt sich selbst aufs Pferd. Auch Anni ist herangekommen mit Gilyan, und da geschieht es, ein

Windstoss weht ihm die Kapuze vom Kopf, die Herrin sieht das Kind, reisst die Augen auf und unterdrückt einen Schrei, die Pferde traben in diesem Augenblick los, und sie kann sich nur mit Mühe im Sattel halten, der Herr, der voranreitet, hat nichts bemerkt.

Der Staub, den die Pferde aufwirbeln, hat sich noch nicht gesetzt, als ein paar aufgebrachte Leute zu Anni treten, die Gilyan schnell die Kapuze über den Kopf gestreift hat und ihn hinter sich verbirgt. «Das ist ein Teufelskind, es gehört nicht in eine christliche Kirche», sagt ein Mann drohend. «Fast wäre die Dame verunglückt wegen diesem Balg.» Burkhard kommt heran, er greift nach dem Kleinen und zieht ihn hinter sich her, «kommt», sagt er zu seinen Leuten, «wir wollen nicht die Letzten sein beim Kloster.»

Murrend lassen die Leute sie ziehen. «Diese Walser», sagt einer, «sie sind fremd hier und führen ein solches Kind mit sich, kann das gut kommen?» Ein anderer meint trocken: «Ihre kargen Äckerchen und Wiesen hoch oben neide ich ihnen nicht. Niemand von uns möchte dorthin. Sollen sie dieses Land bewirtschaften, aber an die Regeln müssen sie sich halten.» Alle nicken, aber die Walser sind schon weg, sie sind auf dem Weg zum Kloster Interlaken, das Kind mit der schrecklichen Spaltlippe ist nicht mehr auszumachen unter den vielen Leuten, man schüttelt den Kopf und wendet sich Wichtigerem zu. Es gibt noch den einen oder andern Klatsch zu bereden, auch auf dem Bödeli benehmen sich nicht alle Leute so, wie sie sollten, der Heiner aus Unterseen soll an diesem Morgen Holz gespalten haben, an einem heiligen Sonntag, und der

Willi aus Matten soll laut geflucht haben wegen einer lästigen Wespe auf dem Weg zur Kirche, so dass alle erstarrt sind. Wenn das nur niemand der Obrigkeit hinterbringt, sonst gute Nacht, Heiner und Willi, die Strafe ist ihnen gewiss.

Viele der Gotteshausleute drängen sich auf dem Weg zum Kloster Interlaken, ein ganzer Strom ergiesst sich über den Weg nach Aarmühle, man beeilt sich, denn wer weiss, wie viele Säcke sie im Kloster abgepackt haben, vielleicht sind die Vorräte schnell erschöpft. Burkhard, der Gilyan wieder seiner Mutter überlassen hat, mit dem Befehl, ihm auch ja die Kapuze tief ins Gesicht zu ziehen und beim Gebüsch hinter der Lütschinenbrücke zu warten, bis die Lötscher vom Kloster zurück sind, zieht voran, neben ihm sind Christian, der Drechsler aus Trachsellauenen, und Jakob, der Anführer der Gimmelwalder und Mürrener.

Die Klosterkirche ragt hoch auf, man kann sie nicht verfehlen, sie ist weiss getüncht wie auch die Gebäulichkeiten, die sich um die Kirche gruppieren, und die Mauer, die sich rundherum zieht. Nur das stolze Kloster steht hier und in einigem Abstand ein paar schiefe Holzhütten, denn der Fluss Aare, der die beiden Seen verbindet, überschwemmt oft, eine grössere Ansammlung von Häusern gibt es nur jenseits des Flusses, im Städtchen Unterseen, aber diese Leute sind nicht in Gsteig kirchgenössig, sondern in Goldswil bei Ringgenberg, und man sagt, dass sie sich mit den Klosterbrüdern immer wieder um die Fische in der Aare streiten.

Burkhard steht als Erster ihrer Gruppe vor der Klosterpforte und zieht die Glocke. Als auch Barbara und

Conrad ausser Atem ankommen, öffnet sich die Pforte, ein Laienbruder lässt sie ein, erschrickt aber, als der Strom der Leute nicht abreissen will. Er ruft ein paar weitere Laienbrüder heran, und die drängen die Leute zurück, schliessen das Tor. Man hört Murren von draussen, die Brüder lassen aber vorerst nicht mehr Leute ein. Ein Klosterbruder erscheint, befiehlt ihnen, in Reih und Glied zu warten, immer Mann und Frau zusammen, und nacheinander vorzutreten zum jetzt offenen Scheunentor. Dort sind Wagen abgestellt mit vielen kleinen Säcken darauf. «Roggen, Gerste und getrocknete Erbsen und Bohnen», erklärt der Bruder.

Als sie vorrücken, sieht Barbara über eine niedere Mauer in den Klostergarten, darin sind schwarzgekleidete Nonnen, es stimmt also, was man sagt, neben den Chorherren gibt es auch Klosterfrauen. Eine der Nonnen, die ein Buch in der Hand hält, schaut auf, ihr Blick fällt auf Barbaras blaue Schürze, den schwangeren Leib, sie kehrt sich abrupt ab. Diese Frau kann lesen!, durchfährt es Barbara. Was liest sie wohl – die Bibel, ein Andachtsbuch? Das Lesen ist doch den Männern vorbehalten, den Priestern, den Herren. Ob die Herrin mit dem samtenen Kleid auch des Lesens mächtig ist? Vielleicht. Sie darf reiten – auch etwas, das sonst Männern vorbehalten ist. Die tiefschwarz verschleierten Nonnen, die sich dort drüben im Garten ergehen, dürfen die Klostermauern nicht verlassen.

Barbara kann sich nicht vorstellen, wie es ist, hinter verschlossenem Tor im Kloster zu leben. Die schwarzen Krähen, die dort drüben über den abgeernteten Feldern kreisen, sind freier als die Nonnen, können einfach davonfliegen. Und sie selbst, Conrad, Burkhard und alle anderen? Frei sind sie nicht, nein, sie gehören dem Herrn Peter von Turn-Gestelen, und wenn er stirbt, werden sie dem jungen Herrn Johann mit seiner Frau Elisabeth gehören, die sie eben gesehen hat. Das Land gehört den Herren und sie, die Leute, ebenfalls. So ist es – auch in Lötschen war es nicht anders.

Hinter den Klostermauern ist man eingesperrt. Trotzdem – sie würde viel dafür geben, wenn sie einen Blick ins Buch der Nonne werfen könnte, die ihr den Rücken zudreht und sich mit dem aufgeschlagenen Buch in der Hand langsam von der Mauer entfernt. Auch wenn sie die Buchstaben nicht lesen kann – vielleicht sind ins Buch diese farbigen kleinen Bilder gemalt, die sie einmal entdeckte, als der Prior ein Buch offen auf der Kirchenbank liegen liess. Da sie ganz allein war beim Beten in der Kapelle, hatte sie sich über das Buch gebeugt und das Bild sogleich erkannt: Es war der Erzengel Gabriel, wiedergegeben mit viel Gold, welcher der Jungfrau Maria – ganz in Blau – die unbefleckte Empfängnis verkündete, und die Darstellung war so fein, so zart, dass sie seither immer dieses Bild vor Augen hat, diesen Gabriel, diese Jungfrau Maria, wenn von der unbefleckten Empfängnis die Rede ist. Ganz leicht nur hatte sie mit den Fingern über das Bild gestrichen, hatte festgestellt, dass feiner Goldglanz an ihren Fingerspitzen geblieben war, und sofort die Hand zurückgezogen, weil sie sich schuldig fühlte, und sie in ihrem Rock verborgen.

Die Sonne scheint plötzlich in den Klosterhof, sie brennt auf Barbaras Rücken und ihr schwarzes Überkleid, und auch Conrad wischt sich den Schweiss von der Stirn. Nun sind sie beim Scheunentor, der Klosterbruder wendet seinen Blick von der schwangeren Barbara ab, weist aber den Laienbruder an, diesem Ehepaar einen etwas grösseren Getreidesack als den andern zu geben, und Barbara erhält noch zwei Säcke mit Linsen und Erbsen, die die selbstgezogenen ergänzen werden. Barbaras Blick fällt auf den Propst, er steht unter der Tür der Klosterkirche und verfolgt die Gabenverteilung. Sie biegen die Knie, der Propst nickt ihnen zu, und dann schiebt man sie durch die Pforte hinaus, andere drängen herein.

Auf der Wiese vor dem Kloster lagern sie sich, hier hat es einzelne schattenspendende Bäume, Conrad führt Barbara zu einer Linde, wo sie sich an den kühlen Stamm lehnt. Ihre Augen ruhen auf der Felswand gegenüber. Sie erschrickt. «Da, schau – ein Gesicht, eine Gestalt ist im Felsen!» Conrad sieht nichts, sie muss erklären, zeigen, dann sieht er es auch, das steinerne Gesicht mit den kleinen Augen und dem Schnauz, in den Fels geduckt. «Das ist das Hardermannli», erklärt ein Wilderswiler neben ihnen, «dieser Mönch sündigte und wurde zur Strafe in den Fels gesperrt.»

Barbara schüttelt den Kopf, um das Bild loszuwerden. Sie packt ein paar Streifen getrockneten Fleisches aus, das noch aus den Vorräten von Lötschen stammt, dazu gibt es Ziegenkäse und etwas altes, hartes Brot, müde kauen sie darauf herum. Burkhard hat als einzelner Mann nur einen kleinen Sack Getreide ausgehändigt bekommen. Gleich ist es Ruedi ergangen, der ohne Anni und Gilyan ebenfalls nur einen kleinen Sack erhalten hat. Noch schlechter haben es Walter und Christina getroffen, die bei den spät Eingelassenen waren und mit leeren Händen aus dem Kloster zurückgekehrt sind. Barbara schiebt ihnen den Sack mit Erbsen hin, Christina bedankt sich überschwänglich.

Burkhard erhebt sich und mit ihm Christian und der Anführer der Gimmelwalder, «die Letzten werden die Ersten sein», murmelt ein Lauterbrunner zwischen den Zähnen, die Leute vom Talboden, von Wengen und Isenfluh bleiben noch, nur die Walser mit ihrem noch viel weiteren Weg zurück ins hinterste Tal brechen auf. In der Nähe der Lütschinenbrücke bei der Kirche Gsteig erlösen sie Anni und Gilyan aus dem Gebüsch.

Die Wiesen verengen sich zum Taleingang, die Wanderung über den Talboden zieht sich hin, und trotzdem fällt ihnen der Weg leichter als sonst, sie tragen die Säcke mit sich, unverhofftes Gut haben sie erhalten, das ist eine Absicherung für den ersten Winter in Ammerten, den sie noch nicht kennen, von dem sie aber ahnen, dass er hart sein wird, die Gimmelwalder sprechen von grossen Schneemengen, aber von Lawinen bleiben sie hoffentlich verschont. Später Sonnenschein begleitet sie, bis das Tal in den Schatten abtaucht und Barbara Kühle auf ihren Armen spürt, wo eben noch die Sonne brannte. Erst als das Gelände ansteigt, sie Sichellauenen passieren und der Weg nach Gimmelwald abzweigt, halten sie noch einmal Rast, verabschieden sich von den Gimmelwaldern, den wenigen Mürrenern und bald auch von Christian und seiner Schar aus Trachsellauenen.

Wilhelms Buben klettern wie Gämsen vor ihnen über die Felsstufen hoch, und auch diesmal wie an vielen anderen Sonntagen denkt Barbara, dass sie es sich nicht leicht gemacht haben mit Ammerten. Hier in den Felsen hausen die Steinböcke und Gämsen, aber keine Menschen, dass da oben noch ein bewohntes Tal ist und ein Dorf, das sie sich geschaffen und eben erst zur Heimat gemacht haben, mutet tollkühn an, wenn man aus dem Unterland hochsteigt. Hierhin aber hat Gott sie geführt, sie hat Vertrauen in ihn und die Muttergottes und die heilige Barbara, so denkt sie bei den letzten Schritten, als sich das schmale Hochtal vor ihnen öffnet und nach einer weiteren Wegstrecke endlich die Häuschen von Ammerten am Hang erscheinen. Die Ziegen meckern, die Schafe blöken und laufen herbei, sie sind daheim.

Als Barbara am Abend die Schürze abnimmt, sie faltet und nachdenklich über das glänzende Blau streicht, weiss sie, dass es richtig war, sie heute zu tragen. Am Morgen hatte sie die kleine Truhe, die ihr Conrad gezimmert hat, geöffnet und die blaue statt die weisse Schürze herausgenommen, sie weiss nicht warum. Natürlich spürte sie die Blicke auf sich, sie weiss, dass sie hervorsticht mit dem auffälligen Blau. Aber diese Schürze gehört zu ihr, sie wird sie bei besonderen Gelegenheiten tragen. Und heute war ein besonderer Tag: Unerwartet haben sie diese Säcke mit Nahrung bekommen, die nun in ihrem Stadel stehen, durch die Steinplatten sicher vor den Mäusen geschützt.

Und sie haben den Herrn und die Herrin gesehen, Johann und Elisabeth, ein junges Paar wie Conrad und sie und doch so anders, sie haben Besitztum, die Herrin auch, sie hat den Herren von Turn-Gestelen das Land im Tal der lauteren Brunnen eingebracht und noch viel mehr Land, sagt man. So anders ist die Welt der Herren, man knickst vor ihnen, kostbar gekleidet sind sie, reiten auf Pferden. In die Kirche gekommen sind sie aber wie die gewöhnlichen Leute, auch sie werden auf den Knien gelegen haben mit gebeugtem Kopf und vom Priester den Segen empfangen haben. Aber sie sassen verborgen im Chor, abgetrennt von den Gotteshausleuten. Die Herrin hatte vielleicht die ganze Zeit das Bild mit den drei Königen vor Augen, die das Kind anbeten und ihm Geschenke darreichen unter dem Stern von Bethlehem, dieses wunderbare Bild in kräftigem Rot. Barbara hätte dieses Bild gern näher gehabt, es ganz in sich aufgenommen.

Sorgfältig legt sie die Schürze in die Truhe, schliesst sie und dreht sich um zu Conrad, der schon auf dem Strohsack liegt. Seine Augen sind auf ihr – hat er sie beobachtet? Er dreht sich weg. Manchmal scheint ihr, wie wenn sich das Gewicht ihres Leibes zwischen sie geschoben hätte. Das wird sich bald ändern. Ein Monat noch? Dann wird sie das Kind gebären – ein Sohn vielleicht, und Conrad wird Freude haben, sich ihr wieder mehr zuwenden. Er nimmt ihr vieles ab, nicht, dass sie sich aus den Augen verloren hätten. Aber sie glaubt zu spüren, dass er gern die Barbara aus dem ersten Ehejahr zurück hätte, die stolze Barbara, aufrecht, gelenkig, schmal. So wird sie wieder sein. Vielleicht macht er sich nur Sorgen, ob sie das Kleine ernähren können. Sie reden wenig, dafür bleibt keine Zeit neben der vielen Arbeit.

Trotzdem glaubt sie, in seinen Augen lesen zu können. Sie kann nicht Buchstaben lesen wie die Nonnen, aber in den Augen sieht sie vieles. Und als sie sich jetzt neben ihn legt und nach seiner Hand fasst, drückt er sie und dreht sich ihr zu, sie spürt seine andere Hand an ihrer Wange und schmiegt ihr Gesicht hinein, fast vergessen hat sie diese Geste, tun das die Herren auch, streichelt Johann Elisabeths Gesicht? Die Herren sind ihr jetzt einerlei, sie fühlt sich geborgen, spürt noch, wie sich das Kind in ihr bewegt und schläft ein.

Ammerten, Herbstmonat, 1300

«Barbara.» Conrad ruft sie an den Rand des Ackers, neben Burkhard und seinem Bruder Walter steht er, bereit für die grosse Wanderung hinüber nach Lötschen und am Sonntag zurück mit den beiden Rindern, welche die Familien für sie gesömmert haben. Jetzt ist Zeit für die grosse Wanderung, Burkhard drängt zum Aufbruch, nachdem sie den Roggen geerntet haben und vor einem möglichen Schneefall – man weiss nie, was der Herbstmonat bringt, er kann milde sein wie der Sommer, aber auch schon ein Vorbote des Winters.

Sie streckt den schmerzenden Rücken und geht zu ihm hin. Er bemerkt, wie mühsam sie sich bewegt. «Morgen Sonntagabend bin ich zurück, das Kind wird noch warten», versichert er seiner Frau, seine grauen Augen flackern. «Und wenn nicht – das Kinderbekommen ist Weibersache», wirft Burkhard ein, er schaut an Barbara vorbei. Walter kichert, er hat sich bereits von Christina verabschiedet, die unbeweglich vor dem Haus steht. «Morgen sind wir zurück mit den Rindern, mit ihnen kommen wir sicher durch den Winter, wir können eines unserer Tiere schlachten», hält Conrad fest. Sie nickt, er drückt ihre Hand, und dann drehen sich die drei Männer um und machen sich auf den Weg, nicht talaus, sondern talaufwärts, den Wasserfällen zu, den Felsen, dem Eis und dem Schnee, zwar sind laut Burkhard die Schneebrücken geschmolzen, das hat aber auch Nachteile, das Eis liegt offen. Die Rinder können es schaffen, Burkhard hat es bewiesen, Conrad und Walter wollen es ihm gleich tun, Burkhard will noch zwei weitere Rinder herüberholen. Die andern Männer gehen nicht mit, Ruedi und Jacob haben ihre Rinder vor der grossen Wanderung verkauft, Heinrich und Ulrich besassen auch in Lötschen keine, sie leben vom Kleinvieh.

Barbara schaut den drei Männern nach, die auf den Schirboden einbiegen und aus ihrem Gesichtsfeld verschwinden, zuerst Burkhard, dann Conrad und Walter, fort sind sie, wie verschluckt vom Boden. Sie werden den Hang hinaufsteigen und an der Steinhand mit dem Mahnfinger vorbeikommen. Greta wollte nicht, dass sie sich dort niederlassen, und für einmal hat sie sich bei den Männern durchgesetzt. Barbara dreht sich um und geht durch die Ackerfurche zurück. Die Männer sind in Gottes Hand, man kann nichts mehr tun.

Ihr bleibt die Feldarbeit, sie hat sie übernommen, weil sie nicht mehr Holz tragen kann – die andern Frauen machen sich auf in den Wald, Christina winkt ihr zu. Ende

Erntemonat haben sie die gelben Roggenhalme mit der Sichel geschnitten und auf dem Ackerfeld getrocknet. Dann haben sie die Halme zu Garben gebunden und zu den Stadeln gebracht – Ende Jänner wird das Getreide gedroschen. Die Ernte war nicht gross, aber in Anbetracht der späten Aussaat annehmbar. Nächstes Jahr planen sie, neben dem gemeinsamen Acker eigene kleine Äcker anzulegen, die Standorte sind abgesprochen. Burkhard hat das grösste Stück Land für sich genommen, er muss in der Nähe des Bachs sein, hat er gesagt, er will dort später eine Mühle anlegen, grosse Pläne hat er, der Burkhard, niemand wagt, ihm zu widersprechen.

Die Männer haben das Gemeinschaftsfeld in den letzten Tagen mit der Breithacke umbrochen, eine schwere Arbeit. Nun folgt die leichte Arbeit mit der langstieligen Deckhacke: Sie hat mit dem Stiel Furchen gezogen, geht den Furchen entlang und lässt gleichmässig den Samen hineinfallen, deckt ihn zu und drückt die Erde mit der Hacke fest. Als sie fertig ist, zeichnet sie in der Ecke des Ackers mit dem Stiel ein Kreuz in die Erde und mustert ihr Werk. In Lötschen drückt man immer nach der Aussaat ein Kreuz in den Acker – es soll Gottes Segen bringen, die Frucht soll wachsen. Aber sie braucht noch mehr göttlichen Segen. Ohne nachzudenken dreht Barbara die Hacke noch einmal und zieht das Kreuz nach, drückt es tiefer in die Erde: «Conrad soll sicher über die Wetterlücke heimkehren und das Kind gut auf die Welt kommen. Ich bitte, Herr, um deinen Segen», murmelt sie vor sich hin.

Sie bläst sich eine Strähne aus der verschwitzten Stirn, schaut zum breiten Horn hoch. Die Wetterlücke kann sie von hier aus nicht sehen, wohl aber das breite Horn, das man auch von Lötschen sieht, Conrad wird es die ganze Zeit vor Augen haben, hoffentlich schreitet Burkhard nicht zu schnell aus, hoffentlich bremsen ihn Walter und Conrad, die etwas weniger kräftig sind, aber Ausdauer haben sie alle, sie werden über die Lücke gelangen und ins Tal hinunterschreiten, nach Lötschen, es scheint Barbara unendlich lange her, seit sie Ende Wonnemonat zu ihrer grossen Wanderung von der andern Seite aufbrachen. Lötschen. Annamaria. Der Vater. Er würde ihr weiterhin aus dem Weg gehen, auch wenn sie überraschend zurückkäme. Annamaria? Barbara bräuchte sie jetzt. Die Schwester wüsste, wie viele Tage es noch dauert, bis das Kind kommt. Sie würde sie unterstützen. Und ihr bei der Geburt beistehen. Annamaria ist keine weise Frau, keine Hebamme. Aber sie hat dreimal geboren, sie weiss, wie es geht. Sie stöhnt. Das Gewicht des Kindes wiegt schwer.

Barbara nimmt die Hacke und schleppt sich den Hang hoch zum Haus, setzt sich auf die Bank. Untätig dasitzen. Wenn das Kind nur käme. Sie befühlt ihren prallen Leib und lehnt sich an die Wand. Conrad. Vielleicht ist das Kind morgen da, wenn er zurück ist?

In der Nacht hat sie wirre Träume. Sie wird verfolgt, kann nicht wegrennen mit ihrem schweren Leib, die Häscher ergreifen sie, schleifen sie zum Kreuz, das schon bereitsteht, zerren sie am Kreuz hoch und spreizen ihr die Arme, so dass ihr Bauch unnatürlich vorsteht, sie ist preisgegeben den hämischen Blicken ihrer Peiniger, und nun fangen sie auch schon an mit ihrem quälerischen

Werk, zeigen ihr die rostigen Nägel, die sie gleich einschlagen werden, sie schreit auf, versucht sich zu befreien, aber sie haben sie mit Stricken ans Kreuz gefesselt, und nun setzt einer mit irren Augen einen Nagel auf ihre Handfläche, was hat sie denn verbrochen, sie weiss von nichts, nur dieses Kind ist in ihr, es will hinaus, aber nun hebt er tatsächlich die Hand mit dem Hammer, treibt den Nagel in ihr Fleisch, aber es ist nicht die Hand, die schmerzt, sondern ihr Kreuz, es ist, wie wenn der Nagel direkt in ihr Kreuz geschlagen würde.

Sie erwacht mit einem unglaublichen Schmerz im Kreuz, ist sie denn tatsächlich ans Kreuz geschlagen worden, sie ist schweissüberströmt, kann sich nicht erheben. In der Luke oben zeigt sich das erste Licht, bald werden die andern aufstehen, sich auf den Weg zur Kirche machen, denn heute ist Sonntag. Wenn nur Conrad da wäre, er würde ihr helfen, sich aufzurichten, es muss doch möglich sein, diesen Schmerz in Griff zu bekommen. Conrad aber schläft drüben in Wiler bei seinem Vater in der engen Kammer, bestimmt hat er am Abend nach Giätrich geblickt, zu ihrem kleinen Haus, das verlassen daliegt, jetzt im Herbstmonat wachsen die Schatten wie Finger einer Riesenhand über die Hänge.

Der Schmerz lässt nach, dann aber wird der Nagel von neuem in ihr Kreuz getrieben, sie schreit auf, einen Moment nur kann sie sich nicht beherrschen und schämt sich dafür. Es klopft an der Tür, Christina schlüpft herein, ihr Haar ist fahl im frühen Morgenlicht.

«Es tut mir leid», stöhnt Barbara, «es wird nicht wieder vorkommen.»

«Das Kind?», fragt Christina mit grossen Augen. Barbara nickt. «Ich hole Hilfe», flüstert Christina, die Ehrfurcht hat vor dem Geschehen.

«Nein», sagt Barbara, aber Christina ist schon draussen.

Es geht nicht lang, da hört sie Greta husten, der Husten kommt näher und dann ist der rasselnde Atem ganz nah, Greta steht vor ihr, lässt sich schwerfällig auf die Knie sinken. Sie befühlt Barbaras heisse Stirn und gleitet mit der Hand über den angespannten Leib, nur schon unter dieser sanften Berührung zuckt Barbara zusammen.

«Das Kind kündet sich an», stellt Greta fest.

In der Morgendämmerung versammeln sich die Kirchgänger vor dem Haus, ihr Flüstern scheint Barbara sehr laut. Greta tritt vors Haus und erklärt mit ihrer kurzatmigen Stimme, dass sie und Barbara heute nicht dabei sind, weil das Kind komme. Heinrich hält entgegen, dass wenigstens Greta den Kirchgang am heiligen Sonntag mitmachen solle, um Gottes Segen zu empfangen. Greta wird von einem Hustenanfall geschüttelt. Als sie wieder sprechen kann, hält sie mit klarer Stimme dagegen wie damals, als Burkhard das Dorf beim steinernen Mahnfinger bauen wollte: «Das Kindbett geht vor. Ein neues Erdenkind kommt vielleicht heute noch auf die Welt.» Barbara hört ein Murren der tiefen Männerstimmen, die weiblichen Stimmen klingen milder. «Barbara kann nicht mitkommen und Greta muss ihr beistehen», stellt Anni fest, und ihr Mann Ruedi, der die Schar heute anführen soll, drängt zum Aufbruch. Ein Scharren ist zu hören, das Murren wird leiser, die Stimmen klingen aus.

Greta steht unter der Tür und hustet. «Ich hole Tücher und alles, was wir brauchen – wahrscheinlich dauert es nicht lange.»

Der nächste Schmerzanfall schlägt über Barbara zusammen, und dann ist sie wieder da, Greta, sie schiebt Barbara Tücher unter und legt die Hände auf ihren geschwollenen Bauch. Barbara schliesst die Augen. Als die Sonne weitergewandert ist, das Weh in regelmässigen Abständen kommt, es aber trotzdem nicht vorwärtsgeht, trägt Greta eine kühlende, aromatisch duftende Salbe auf Barbaras verkrampften Körper auf. «Das ist Salbe von der Johannisblume, die sie hier im Tal Arnika nennen, sie wird dir gut tun», erklärt sie. Barbara riecht den Duft und sieht die dunkelgelben Blüten vor sich, die im Heumonat den Hang überzogen. Sie erinnert sich, wie sie die Blumen zu Sträussen zusammenstellten und am Abend vor dem Johannistag in die Ecken des Feldes steckten, damit die Halme gedeihen. Ihr Körper entspannt sich, zum ersten Mal schläft sie für längere Zeit und wird im Traum nicht mehr ans Kreuz geschlagen, sondern liegt auf einer Blumenwiese, der Duft der Johannisblüten ist in ihrer Nase, sie fühlt sich wohlig warm und blickt in den blauen Himmel, über den hohe, weisse Wolken ziehen.

Als sie die Augen aufschlägt, verspürt sie wieder Schmerz, fühlt sich aber nicht mehr gekreuzigt, es ist einfach nur ein Schmerz, und Greta zeigt ihr, wie sie in diesen Schmerz atmen kann, und sie tut es, mit jedem Atemzug nimmt sie den Duft der Johannisblume auf, sie kann den Schmerz ertragen, er fliesst von ihr weg. Sie glaubt von oben in dieses kleine Haus hineinzusehen, da sitzt eine alte Frau neben einer jungen, liegenden Frau im wenigen Licht, das durch die Luke fällt. Die Sonne muss schon ums Haus gewandert sein, die Ammeter haben die Kirche Gsteig längst erreicht, der Messe beigewohnt und den Segen erhalten für eine neue Woche, sie sitzen auf der grossen Wiese zwischen den beiden Seen oder haben sich bereits aufgemacht zurück ins Tal, spürbar werden die Tage jetzt kürzer.

Greta sitzt auf Conrads Strohsack, sie hustet und spricht zwischen den Anfällen mit Barbara, erzählt ihr, wie sie die wundersame Salbe aus Schweineschmalz und den Blüten hergestellt hat, die sie am Johannistag pflückte – diese Blüten wirken am besten. Barbara kann es bezeugen, ihr Körper ist nicht mehr verhärtet, die Salbe und der Duft der Arnika helfen ihr, und sie ist Greta, dieser Frau mit dem rasselnden Atem, die neben ihr sitzt und ihr beisteht, zutiefst dankbar.

Trotzdem wünscht sie sich bei der nächsten Schmerzwelle, dass ihre Mutter neben ihr sässe, diese Frau mit dunklem Haar, klein gewachsen, schmal, die sie nie gekannt hat. An ihrer Stelle war Annamaria wie eine Mutter für sie, mit ihrem weichen Körper, der schon drei Kinder geboren hat. Annamaria bräuchte sie nun, Conrad soll sie mitbringen von drüben, von Lötschen, weshalb ging er sonst weg von ihr, die ein Kind gebären soll, er müsste in ihrer Nähe sein, nicht im Haus selbst, sie hat lieber Frauen um sich, Frauen wissen, wie es geht, wenn man ein Kind bekommt.

«Annamaria, bist du hier?», schreit sie, als der Schmerz wiederkommt.

Zum ersten Mal erschrickt Greta, weil die Geburt nicht vorwärtsgeht, obwohl sie zuerst dachte, das Kind käme sofort. Jetzt sind sie mitten im Nachmittag, die Sonne ist weg aus dem Tal, sie ist allein mit Barbara. Wenn ihr die junge Frau wegstirbt unter den Händen, wird man ihr Vorwürfe machen, wird es heissen, ungute Kräfte und falscher Zauber seien im Spiel gewesen, weil es niemanden gibt, der das Gegenteil bezeugen kann. Sie selbst hat kein Kind, wieso soll sie andern dabei helfen können? Man schreibt ihr Kenntnisse zu, sie kann Wunden heilen, weiss einiges über Kräuter, aber in Lötschen hat man sie nur selten zu den Gebärenden geholt, weil ihre eigenen Säuglinge tot zur Welt kamen. Greta bringe kein Glück – das sagt man. Aber wer könnte Barbara sonst beistehen? Sie weiss am meisten von den Frauen hier. Keine Mutter ist da, keine Schwester, die Annamaria ist drüben in Lötschen und nur ein Wunschbild der Gebärenden, dieser noch sehr jungen, eigensinnigen Frau. Bald werden ihr Mann und Burkhard und Walter zurück sein, auch ihnen gegenüber trägt sie Verantwortung.

Die Schmerzen kommen nun schnell hintereinander, auf Barbaras Wunsch gibt sie ihr ein mit einem Tuch umwickeltes, kleines Holzstück, auf das sie beissen kann, um die Schreie zu unterdrücken.

Und plötzlich sind wirklich Männerstimmen zu hören, es ist nicht das Stimmengewirr der Kirchgänger. Sie haben den Rauch gesehen, der von Conrads und Barbaras Häuschen aufsteigt, weil Greta den Herd angefeuert hat, um Wasser zu kochen, sie stehen vor dem Haus, ihre Stimmen sind gedämpft. Greta tritt unter die Tür, sie ist froh, dass die drei zurück sind und vor allem Conrad, Barbaras Mann. Aber vor dem Haus stehen nur Burkhard und Walter mit gesenkten Köpfen, die Rinder sind weiter unten angebunden.

Burkhard fragt: «Ist das Kind schon da?»

Sie verneint, lässt sie aber wissen, dass es nicht mehr lange dauern könne.

«Ein Unglück ist geschehen», stösst Burkhard hervor. «Das Kind würde besser nicht geboren. Es hat keinen Vater mehr.»

Greta versteht nicht. Barbara ruft, «wo ist Conrad, er soll zu mir kommen.»

«Conrad ist in eine Gletscherspalte gestürzt», sagt Burkhard zu Greta oder zu Barbara, er erhebt seine Stimme nicht, kaum versteht man ihn.

Barbara schreit laut auf. «Bringt ihn zu mir, sofort, ich will ihn sehen!»

Walter schaut zu Boden, auch er spricht fast tonlos: «Wir gingen voraus mit unseren Rindern beim Abstieg von der Lücke, Conrad folgte uns, da war ein Schrei, und als wir uns umdrehten, war er verschwunden, wir knieten uns vor die Spalten, wir riefen, versuchten ihn zu erspähen, aber da war nichts, keine Antwort, wir konnten nichts tun, wir sind ohne ihn zurückgekehrt. Mein Bruder ist tot.»

Es ist still geworden im Haus, Greta stutzt, geht hinein und schliesst die Tür. Barbaras Beine sind gespreizt, sie beisst auf das mit Tuch umwickelte Holz, Tränen fliessen über ihr Gesicht, und sie presst, Greta sieht ein Köpfchen zwischen ihren Beinen, endlich, es kommt doch noch gut, die Frau stirbt ihr nicht weg, wenn schon der Mann plötzlich fort ist, wer kann es denn glauben? Sie hält die Hände um den kleinen Kopf, und schon gleitet das Kind heraus, sie wischt es mit dem Tuch ab, und es beginnt sofort zu weinen, Barbara schaut ungläubig zwischen ihre Beine. Ein Kind ist da, ihr Kind, es weint und sie selbst schluchzt, sie kann nicht aufhören damit. Conrad soll fort sein, tot? Das ist nicht möglich, sie wird aus diesem Traum erwachen wie aus dem Kreuzigungstraum, Conrad wird plötzlich eintreten.

Greta legt ihr das Kind auf die Brust, «es ist ein Bub, nenne ihn Conrad.»

«Nein», sagt Barbara, und sie schaut das Kind an, das mit geschlossenen Augen in ihren Armen liegt und die Fäustchen ballt, drückt es an sich. «Das ist Johan. Conrad ist mein Mann. Ich glaube nicht, was sie sagen.»

Ammerten, Christmonat 1300

Dichter Schnee fällt, als sie wieder einmal das Klopfen hört – oder ist es nur ein Knacken? Sie hat das Kind an der Brust, zieht das Schultertuch über Köpfchen und Brust und ist schon an der Tür, reisst sie auf. Niemand ist da, kein Conrad. Nur diese grossen Flocken fallen wie ein weisser Vorhang, der endlos im Himmel gewoben wird, und häufen sich am Boden an, immer höher. Seit gestern kann sie kaum mehr die Umrisse der anderen Häuser ausmachen. Als sie sich vorbeugt, sieht sie Rauch aufsteigen aus dem Haus von Walter und Christina, sie sind da, wenn auch verborgen vom Schneevorhang. Die Schwägerin ist jetzt auch schwanger.

Barbara sucht den Schnee vor dem Haus nach Spuren ab, den Spuren von Männerschuhen, sie hat dieses Klopfen gehört oder nicht? Da ist aber nur reiner, weisser Schnee, vom Wind zu Haufen geweht. Sie versucht das Weiss zu durchdringen und findet eine Spur, es sind Tierhufe, paarweise eingedrückt, die Spur läuft am Haus vorbei und verliert sich auf dem Weg hinunter zur Lütschine, dort ist das Weiss undurchdringlich, nicht einmal das Rauschen des Bachs hört sie, vielleicht ist es in Schnee und Eis erstarrt. Ein Steinbock? Hat das vorwitzige Tier mit seinen Hörnern gegen das Haus gestossen, Einlass begehrt? Nein, es hat sich davongemacht, nur die Spuren zeugen von seiner Anwesenheit, bald wird der Schnee sie verwischen, als wären sie nie gewesen.

Selbst das Blut, das beim Schlachten floss, ist zugedeckt. Vor zwei Tagen standen Heiner und Ulrich vor ihrer Tür, verlegen drehten sie die Kappen in der Hand. Sie bat sie herein, die beiden wollten zuerst nicht herausrücken mit der Sprache. Schliesslich ergriff Heinrichs Schwager Ulrich das Wort. Seine und Heinrichs Familie wüssten nicht, wie sie durch den Winter kommen sollten, sagte er. Sie hätten sich einen Handel überlegt: Die zwei Rinder, die Conrad über den Berg gebracht habe, gegen zwei Jahre Mannsarbeit, die sie für Barbara verrichten würden, damit sie auch als Witwe an den gemeinsamen Äckern, Weiden und Wäldern teilhaben könne. Heinrich liess unablässig den Rosenkranz durch die Finger gleiten und hielt die Augen gesenkt. Ulrich dagegen, der vierschrötige Mann mit den dicken Fingern, der das Metzgen versteht, blickte sie mit seinen Schweinsäuglein an. Seine kleinen Mädchen behandelt der Mann gut, Heinrichs Frau Agathe ist jetzt auch mit Kind. «Ich bin einverstanden», sagte sie. Die Männer nickten, überrascht und erfreut über die rasche Antwort, setzten ihre Kappen auf und bahnten sich ihren Weg durch den Schnee den Hang hinunter.

Barbara sagte ihnen nicht, dass sie die beiden Rinder verabscheut, weil sie mitschuldig sind an Conrads Tod. Ulrich hat sie inzwischen vom Schirboden geholt und unweit ihres Hauses geschlachtet – sie hörte ein wildes Muhen, Röcheln und dann nichts mehr. Es ist gut, dass sie fort sind. Der rot gefärbte Schnee sah grausig aus, sie ist froh, dass das Weiss das Rot überdeckt hat. Das Fleisch kommt den beiden ärmsten Familien zugute, die Männer werden im Gegenzug für sie Arbeit leisten. Die Ziegen und Schafe, die im Stadel nebenan meckern und scharren, genügen ihr, sie hat einige Vorräte, mehr braucht sie nicht für diesen ersten Winter in Ammerten.

Das Kind schmatzt an ihrer Brust, Johan ist unersättlich, kaum lässt er ihre Brust los, nur wenn ihm die Augen zufallen, gleitet die Spitze aus seinem kleinen Mund, seine hellblauen Augen schwimmen und fallen ihm zu. Ihr ist es recht, dass sie fast immer mit dem Kind ist, das Kind hält sie aufrecht, es hat Bedürfnisse, die sie befriedigen muss, wenn sie das Kind nicht hätte, würde sie sich verlieren in diesem weichen Weiss, das sie unerbittlich trennt vom Leben der anderen, von der Welt.

Sie schliesst die Tür, lehnt sich von innen dagegen. Selbst jetzt glaubt sie manchmal noch, dass alles nur ein Irrtum war. Das Klopfen an der Tür – so viele Male hat sie es gehört. Heiss läuft es ihr über den Rücken, es kann nur Conrad sein, der endlich wiederkommt. Würde er denn klopfen? Eigentlich müsste es sie ängstigen, wenn es klopft. Als sie Anni und Christina davon erzählte, sind sie bleich geworden. «Du darfst das Klopfen nicht ernst nehmen», hat Anni gesagt, «wenn er jetzt kommt, ist er ein Wiedergänger, findet keine Ruhe in seinem Gletscherspalt und wird dich verfolgen, wird uns verfolgen, er wird uns Unglück bringen, der Conrad. Dein Mann ist tot, Barbara, er soll bei den Toten bleiben, hoffentlich hat er den Weg gefunden ins Reich der Toten und muss nicht mit den unerlösten Seelen nächtens im Gratzug ziehen, weil ihm die letzte Ölung fehlt.» Christina, deren schwangerer Leib sich unter der Schürze abzeichnete, nickte schüchtern, die junge Schwägerin hat keine eigene Meinung, sie schliesst sich immer den andern an.

Barbara setzt sich auf den Strohsack, zieht die Decke über die Knie, lehnt sich mit dem Rücken an die Wand, das Kind trinkt unbeirrt weiter.

So schnell hat sie Conrad nicht aufgegeben. In der Nacht nach der Geburt hat sie kein Auge zugetan, hat alles erwogen und verworfen, und am Morgen hat sie sich angekleidet, hat Burkhard und Walter zu sich gerufen. Sie schilderten, wie sie schon auf der Seite des Tals der lauteren Brunnen waren und den Spalten unterhalb der Wetterlücke auswichen, wie Conrad zurückblieb, um eins seiner Rinder, das bockte, an den Spalten vorbeizuführen, es riss sich vom Strick los und rannte den andern nach, sie hörten einen Schrei, drehten sich um – und hinter ihnen war nur Leere, kein Conrad. Sie hatten die Rinder stehen lassen, sich über eine Spalte gebeugt, dann über andere, hatten gerufen, gebetet, geschrien – aber da war nichts, keine Antwort. Schliesslich hatten sie die Rinder an die Stricke genommen, auch jene von Conrad, und waren irgendwie heruntergekommen vom Berg. «Wie geschlagene Hunde schlichen wir nach Ammerten zurück», sagte Burkhard.

Sie überlegte fieberhaft. Dann bat sie ihn und die anderen Männer, noch einmal hochzusteigen zur Wetterlücke. «Ihr werdet Conrad finden», sagte sie, «er ist aus der Spalte geklettert, hat vielleicht nicht mehr die Kraft, herunterzusteigen vom Berg. Bringt ihn zu mir, ich werde ihn pflegen.»

Unter den Männern hob ein Palaver an, dieser Werktag würde ihnen fehlen im Herbstmonat, hiess es, es sei noch so viel zu tun. Und was, wenn bei der Suche ein weiterer Mann in eine Spalte stürzte? Ein solcher Verlust könnte die ganze Gemeinschaft ins Verderben führen, bereits fehle ihnen ein Familienvater, meinte Heinrich, der Rosenkranz glitt durch seine Hand, Kugel um Kugel. Ratlosigkeit machte sich einen Moment breit, dann klopfte Burkhard mit seinem Stab auf den Boden, bestimmte, dass er, Walter und der kinderlose Jacob noch einmal hochsteigen würden. Und sie waren losgewandert noch an jenem Morgen, alle hatten ihnen nachgeschaut, Barbara mit dem Kind im Arm, und ihr schien, dass man sie mit feindseligen Augen musterte, was wollte denn die Barbara, der Conrad war tot, zwei Männer hatten es bezeugt, und nun mussten sie noch einmal hochsteigen, nur weil Barbara es nicht glaubte. Es war Gottes Ratschluss gewesen, dass Conrad nicht zurückkehrte, man musste solche Dinge annehmen, Auflehnung gegen das Schicksal war sinnlos, und sie hatte doch jetzt das Kind, einen Buben, er war gesund.

Die Männer waren beim Einnachten wieder in Ammerten eingetroffen, Burkhard war sogleich in seinem Haus verschwunden, Jacob auch, nur Walter war ihr gegenübergetreten.

«Alles vergebens, Barbara. Kein Zeichen von Conrad, keine Spuren im Schnee, nur unsere eigenen. Wir müssen Abschied nehmen, Conrad kehrt nicht wieder.»

«Warum kommt Burkhard nicht zu mir?»

«Burkhard nimmt die Schuld auf sich. Ich war vorausgegangen, Burkhard drängte Conrad, endlich mit seinen Rindern aufzuschliessen. Dann der Schrei, wir drehten uns um – Conrad war verschwunden. Heute sind wir noch einmal zu dieser Stelle aufgestiegen, konnten aber nichts ausrichten, mein Bruder ist tot, wir müssen das Schicksal annehmen. Unsere Kraft, unsere Hände werden jetzt hier unten gebraucht.» Er war auf sein Haus zugegangen, hatte sich noch einmal umgedreht: «Conrad sollte dir Grüsse überbringen von Annamaria – deine Schwester ist wohlauf, sie ist wieder mit Kind.»

Annamaria. Sie fehlt ihr so sehr. Conrad tot. Verlust überall. Das Schicksal? Sie hat es angenommen. Die Blicke in

Ammerten gaben ihr zu verstehen, dass sie es endlich tun soll.

Am nächsten Sonntag zog sie sich ganz schwarz an, nur den kleinen Johan band sie sich in einem weissen Tuch um. Das Schwarz hat sie seither nicht mehr abgelegt, wie es sich für eine Witwe gehört. Sie wanderte mit den anderen durchs Tal der lauteren Brunnen wie jeden Sonntag, ausser dem Unglückssonntag, und sie kamen in Gsteig an und fügten sich in die hintersten Bänke. Für das Wandbild der drei Könige hatte sie keine Augen, und auch die Herren hätte sie nicht bemerkt, wenn sie dagewesen wären. Johans Taufe stand an – und ein Anliegen, das sie vorbringen wollte.

Für die heilige Taufe wurden sie zum Altar gebeten, Walter als Pate und Greta als Patin begleiteten sie, die Patin hielt den Täufling, als der Priester ihm mit dem heiligen Wasser ein Kreuz auf die Stirn malte und ihn in die christliche Gemeinschaft aufnahm.

Trotz der feierlichen Taufzeremonie hatte sie sich nicht recht freuen können. Nach der Messe war sie noch einmal nach vorn gegangen. Der junge Priester, der sich gerade in die Sakristei zurückziehen wollte, hatte sie erstaunt gemustert – eine Frau, die das Wort an ihn richtet. «Bitte», hatte sie gesagt, «ich möchte, dass für meinen verstorbenen Mann eine Totenmesse gelesen wird, damit der heilige Michael ihn sicher ins Jenseits geleitet. Mein Mann ist in eine Gletscherspalte gestürzt.» Das Gesicht des jungen Priesters hatte sich verschlossen. Er sprach ihr sein Beileid aus, wies aber eine Totenmesse von sich.

«Dafür brauchen wir den Leichnam», murmelte er. Sie bat ihn inständig, eine Ausnahme zu machen und für den Abschied von Conrad eine Messe zu lesen, an der das Dorf teilhaben könne, diese Kirche sei doch dem heiligen Michael gewidmet, eine Totenmesse beim Eingang dargestellt. Aber er starrte sie nur entgeistert an und sagte, «die Kirche hat Vorschriften, es gibt keine Totenmesse ohne Toten», strich über seine Soutane, wie wenn er sie säubern müsste, und kehrte sich ab.

Hatten sie von ihrer Bitte geahnt, das Gespräch mit dem Leutpriester beobachtet? Als sie zu den Ammertern zurückkehrte, mieden sie ihre Nähe. Seit Conrads Tod gehört sie nicht mehr dazu, die Leute weichen ihr aus. Wie wenn sie eine ansteckende Krankheit hätte. Oder Unglück bringen würde.

Keine Totenmesse für Conrad, kein Versehgang des Priors wie bei Paul und Cresentia, die vergangenen Winter in Giätrich umgekommen waren, kein Abschied durch die Gemeinde. Sie wanderte mit den anderen zurück von der Kirche. Und sie ging jeden Sonntag wieder hin, wie wenn nichts gewesen wäre. Aber die Worte, die der junge Leutpriester bei der Messe sprach, erreichten sie nicht mehr, sie hing ihren Gedanken nach. Schliesslich machten Schnee und Eis den Kirchgang unmöglich.

Jeden Sonntag suchen sie nun das Haus von Heinrich und Ulrich auf und beten gemeinsam Rosenkränze. Heinrich spricht mit geschlossenen Augen die Gebete laut vor. Sie murmelt sie nach wie alle anderen, schliesst aber die Augen nicht, und wenn Johan im Tuch, das sie umgebunden hat, zu weinen beginnt, verlässt sie das Haus und steht allein draussen im Schnee.

Man spricht nicht von Conrad. «Sie trauert um den Untoten», hört sie manchmal hinter ihrem Rücken flüstern, «keinen Leichnam hat es gegeben, keine Totenmesse, man hat ihn nicht gefunden. Wer weiss, wo seine Seele hingekommen ist – in den Himmel auf jeden Fall nicht. Aber lassen wir das – es bringt nur Unglück. Das Leben geht weiter.»

Wie froh ist sie über den Winter – vielleicht ändert sich alles im Frühjahr, wenn der Schnee schmilzt, wenn die Last leichter wird. Der Schnee ist gnädig zu ihr, er hüllt sie mit seinen Flocken ein, legt einen weissen Mantel um ihre Schulter. Sie kann hier nicht in der Kirche Schutz suchen, wenn sie aufgewühlt ist. Kippel und die Kapelle am Martibiel sind weit weg.

Manchmal sieht sie die Kapelle als Traumbild vor sich, findet auf dem schmalen Weg zwischen den hohen Schneemauern hin und der alte Priester hört ihr zu, wenn sie beichtet, er hört zu oder sie glaubt, dass er zuhört, er nickt verständnisvoll, gibt ihr einige Ave Marias auf, die sie beten soll, und dann ist sie entlassen, sie klopft bei Annamaria, die sie voll Freude über das unverhoffte Wiedersehen in die Arme schliesst, eine Weile mit ihr am offenen Feuer plaudert, aber nur leise, damit Werner nicht hört, was sie sprechen, die Kinder sind laut wie immer, aber nun ist noch eine Kinderstimme mehr, Johan meldet sich mit lautem Weinen, die Schwester lächelt, Barbara legt ihn an die Brust, und sie reden weiter, mein Kind, deine Kinder, sie beide, die Gesundheit des Vaters, die Annamaria Sorgen macht, die Feiern in der Kapelle, das Leben in Lötschen, und dann beugt sie sich aus dem kleinen Fenster und schaut nach der Sonne, verabschiedet sich schnell, geht durch die Schneemauern zurück nach Giätrich, bereitet ein Mus fürs Mittagessen. Aber Conrad kommt nicht. Wenn es Gottes Ratschluss ist, hätte er ihn auch drüben in Lötschen zu sich genommen, vielleicht hätte ihn eine Lawine mitgerissen, während sie noch in Kippel gewesen wären.

In der Nacht kommt es vor, dass sie im Halbschlaf nach seiner Hand greift, seinem Körper, und dann erschrickt sie, wenn sie nur den kleinen Körper neben sich findet, Johan, ihr Kind, das Conrad auf so wundersame Weise abgelöst hat, der grosse Mann ist gegangen, der kleine gekommen, und sie kann Johan nicht böse sein, er hat nichts mit dem Tod ihres Mannes zu tun. Conrad war noch jung, aber seine Zeit abgelaufen, so erklärt man es ihr.

Ist es ihre Schuld, dass er auf der Wetterlücke sterben musste? Conrad wäre in Lötschen geblieben ohne sie, er hätte die grosse Wanderung nicht gemacht. Nur: Der Tod hätte ihn auch in Lötschen ereilt, wenn das Gottes Ratschluss war. Aber man hätte ihn gefunden, der Prior hätte ihm die heiligen Sakramente gespendet und die Totenmesse gelesen. Sie hat ihn nicht gedrängt, noch einmal über die Lücke zu gehen hinüber nach Lötschen, um die Rinder zu holen. Burkhard war es, er hat Conrad und Walter angespornt, ohne ihn wären die Brüder hier geblieben, Conrad wäre in der Nähe gewesen, hätte seinen kleinen Sohn gleich nach der Geburt bestaunt. Alles ist anders gekommen, Johan wird ohne Vater und Geschwister aufwachsen.

Kann sie allein bestehen?

Vor kurzem, am Tag der heiligen Barbara, hatte sie Geburtstag, siebzehn Jahre zählt sie jetzt.

Sie hatte Gott um Beistand gebeten, als Conrad sich für die Wanderung verabschiedete – nicht die Muttergottes und nicht die heilige Barbara. Vielleicht ist es das. Sie hat Gottvater mit ihrem Gebet nicht erreicht, die Muttergottes und die heilige Barbara aber hätten sie erhört, sie ist ihnen in ihren Gebeten nah, sie hätten sie nicht im Stich gelassen.

Manchmal begehrt sie innerlich noch auf. Dann schämt sie sich. Das Rad des Schicksals dreht sich, man muss nehmen wie es kommt. Sie streichelt die Wange des Kleinen.

Elisabeth Ammeter-Ammeter

Isenfluh, 1. November 1872

Was ist das? Von den Felsen hallt es zurück, hinunter zu uns beiden, die unterwegs sind ins Tal. Die Posaunen. Sie schallen für mich, für uns. Wo sind die Bläser? Man sieht sie nicht, sie folgen uns mit Abstand. Es sind Kameraden von Christian – sie blasen die Hochzeitsposaunen.

Peter ist nicht dabei – mein Bruder, der bei keinem Fest fehlte. Diesen Sommer ist er in den Kaukasus ausgewandert, in ferne Weiten, die ich mir nicht vorstellen kann. Auch Johannes, den zweitältesten Bruder, hat er überredet mitzukommen, obwohl der hin- und hergerissen war. Ich vermisse die beiden. Peter ist ein Wirbelwind, er war Gastwirt im Dorf, unsere Hochzeitsgesellschaft hätte bei ihm einkehren können. Aber die Geschäfte liefen zu wenig gut. Nun ist er fort.

Wir sind auf dem Weg zur Kirche in Gsteig. Bald sind wir Mann und Frau. Der Magen dreht sich mir vor Aufregung, wenn ich denke, dass wir bald vor dem Pfarrer stehen. Wir beide, allein in der Kirche, dem Pfarrer gegenüber. Und das so spät im Jahr. Christian hat mich im Sommer gefragt, wollte die Ehe aber erst im November schliessen. Da hat man Zeit für solches, dann ist Ruhe eingekehrt, nur das Holzen steht noch an und Christians Arbeit als Zimmermann.

Zum Glück liegt noch kein Schnee. Den steilen Weg hinunter nach Zweilütschinen haben wir gut zurückgelegt, das Herbstlaub raschelte unter unseren Füssen, dicke Haufen haben sich schon angesammelt. Oft ist es gefährlich im Winter, man muss aufpassen bei jedem Tritt. Christian geht vor mir, mit ruhigem Schritt. Nur selten schaut er zurück, ob ich folge. Aber in den steilen Passagen vorhin hat er mir ein paar Mal die Hand gereicht.

Ich darf nicht stolpern. Was gäbe das für ein Bild, wenn ich ausgleiten oder stürzen und die neue Sonntagstracht beschmutzen würde. Die schwarze Tracht und die Silberketten sind meine Morgengabe. Ich habe sie von Christian heute in der Früh erhalten, und als er für das Dorf die Morgensuppe ausgeben liess, hatte ich sie bereits angezogen, sie passt gut. Bei einem Sturz wäre der glänzende Stoff mit Dreck verschmiert, ich würde mich aufrappeln, das Gesicht rot vor Scham. Aber das geschieht nicht, ich habe mich im Griff, meine Miene ist gefasst, nichts kann man darin lesen.

Früh habe ich gelernt, alles mit mir selbst abzumachen. An den Vater kann ich mich nicht erinnern – er starb, als ich erst zwei war. Mit der Mutter und den älteren Brüdern bin ich aufgewachsen, bin die Arbeit gewohnt. Der Vater fehlte an allen Ecken und Enden, Geld hatten wir kaum. Jetzt ist die Mutter auch nicht mehr da.

Man hat in Isenfluh nicht erwartet, dass ich so eine gute Partie mache. Aber Christian wollte mich, nur mich. Dabei hätte er andere, wohlhabendere Mädchen haben können. Er findet mich ansehnlich, weiss, dass ich arbeitsam bin.

Christian redet nicht viel, er packt an. Ein Ammeter ist er wie ich, aber wir sind nicht eng verwandt. Die meisten Leute im Dorf heissen Ammeter, dazu gibt es noch die Amacher, Brunner, Sterchi und Wyss. Man sagt, wir kämen aus Ammerten von ganz hinten im Tal der Lütschine. Doch Ammerten ist ausgestorben, die Häuser verfallen. Zu kalt ist es dort, zu viel Eis und Schnee hat es im Winter. Früher soll es besser gewesen sein, auch Roggen wuchs auf dieser Höhe. Die Ammeter sind weggezogen, sind jetzt bäuertgenössig in Isenfluh. Hier wachsen Kirschbäume, es ist milder als hinten im Tal. Wir sind aber sehr viele hier, das Futter der Wiesen und Alpen reicht nicht mehr für das Vieh.

Er wartet auf mich, mustert mich in meiner Sonntagstracht mit den silbernen Ketten, für die er extra die Schneiderin von Unterseen zum Anmessen hat kommen lassen. «Nun mach schon, Elisabeth, wir dürfen den Pfarrer nicht warten lassen.»

«Ich weiss», sage ich schuldbewusst. Auch die Schuhe sind neu und ungewohnt. Ich spähe an den Erlen und Haselsträuchern vorbei, die die Lütschine säumen, aber die Kirche ist noch immer nicht zu sehen, und nun stolpere ich doch tatsächlich in diesen Schuhen mit Absätzen, die zur Tracht passen. Er schaut wieder nach vorn, zum Glück, ich kann mich auffangen, nichts ist passiert. Die Lütschine rauscht neben uns, dieses Rauschen, das jeden Kirchgang begleitet. Ich kann mich davon mittragen lassen, hinunter bis Gsteig, wo die Isenflüher kirchgenössig sind. Jeden Sonntag dieser lange Weg, mehr als zwei Stunden talauswärts und zweieinhalb Stunden der Rückweg, mit der Steigung hinauf nach Isenfluh.

Heute ist nicht Sonntag, sondern Freitag – unser Hochzeitstag. Noch einmal schallen die Posaunen, schaurig schön hallt es von den Flühen zurück. Die Burschen, die für uns geblasen haben, werden in der Taverne von Zweilütschinen auf unsere Rückkehr warten.

Jetzt öffnet sich die Landschaft vor Wilderswil und gibt den Blick frei auf die Kirche. Sobald ich den Kirchturm sehe, reut mich der lange Weg nicht, den wir jedes Mal unter die Füsse nehmen. Das Wahrzeichen der Kirche, fremd in dieser Gegend und vertraut zugleich, sieht anders aus als die Kirchtürme von Lauterbrunnen oder Unterseen, unsere Kirche ist sehr alt.

Die gedeckte Holzbrücke über die Lütschine ist vor uns. Christian hastet voraus, die Stufen zur Vorhalle hinauf, der Pfarrer steht beim Eingang, die Bibel unter dem Arm. Er gibt uns die Hand, aber sein Blick geht über uns hinweg. Neben ihm warten unsere Trauzeugen, Klaus, auch er Zimmermann wie Christian, und seine Frau Magdalena, das Arbeitsgewand von Klaus ist voll mit Sägespänen, er ist nur schnell von der Baustelle in Wilderswil herübergekommen. Wir grüssen, Magdalena wischt ihm die Späne von der Schulter. Sind wir zu spät? Die Kirchenuhr schlägt laut die Stunde.

Der Pfarrer schreitet voran durchs Kirchenschiff, wir folgen. Ich bin ausser Atem, unterdrücke aber das Keuchen. Normalerweise sitzen hier die Frauen links in den Bänken, die Männer rechts. Jetzt ist die Kirche leer, unsere Schritte hallen auf dem Steinboden. Der Herr Pfarrer weist auf die beiden Stühle neben dem Taufstein, ich senke den Kopf, falte die Finger zum Gebet, bevor ich mich setze, und unsere Trauzeugen nehmen links und rechts in der ersten Reihe Platz. Keine Orgelklänge wie an Sonntagen, kein Husten, Murmeln und Scharren der Füsse. Nur wir, der Pfarrer und unsere Zeugen.

Er räuspert sich und beginnt aus der Bibel zu lesen. Ich kenne die Worte, habe sie in der Unterweisung gehört. Vor knapp vier Jahren war das, mit sechzehn wurde ich in Gsteig konfirmiert, vor fast zwanzig Jahren hier getauft. Von der Schaffung der Welt spricht er, dass der Mensch nicht allein bleiben solle, dass Vieh und Vögel und die Tiere des Feldes dem Menschen nicht genug Hilfe seien. Darum habe der Herr aus einer Rippe des Menschen das Weib geschaffen und es dem Menschen zugeführt, damit sie ein Fleisch würden.

Der Pfarrer klappt die Bibel zu, blickt uns durch sein Lorgnon an, er hat den Eherodel vor sich aufgeschlagen. Wir stehen auf. Er fragt Christian, ob er mich zum Weib nehmen will. Christian sagt laut und deutlich Ja. Und nun fragt er mich, ob ich Christians Ehefrau werden will und ihm gehorsam sein werde. Ich sollte Ja sagen. Wie gewichtig das alles ist. Was mache ich nur hier? Kein Sonnenstrahl fällt in die Kirche, wo ich mich sonst geborgen fühle in der Gemeinschaft im schönen, hellen Raum. Jetzt diese Leere. Was erwartet man von mir? Es dreht sich alles. Meine Stimme ist brüchig, ich verstehe meine Antwort selbst nicht und der schwerhörige Pfarrer schon gar nicht. Christian stösst mich an. «Jetzt hab dich nicht so. Sag laut und deutlich Ja!»

Das Ja kommt aus meinem Mund, und nun sind sie zufrieden mit mir, Christian nimmt die Ringe aus seiner

Kutte, steckt den schmäleren an meinen Finger, er zittert dabei, auch er ist unruhig, sein Ring entfällt ihm, prallt mit einem kleinen, metallenen Geräusch auf den Steinboden und rollt davon. Der Pfarrer unterdrückt ein Lächeln. Christian bückt sich und hascht mit rotem Gesicht nach dem Ring, kriegt ihn zu fassen, steckt ihn an seinen Finger und stellt sich wieder neben mich. Ich bin nicht mehr so aufgeregt. Der Pfarrer winkt uns und die Zeugen zum Unterschreiben herbei, etwas krakelig setze ich meine Unterschrift hin, dann segnet er uns, wünscht uns alles Gute auf unserem gemeinsamen Weg, wir murmeln das Vaterunser, und schon schreitet er mit dem Rodel unter dem Arm aus der Kirche, zieht seine Taschenuhr aus dem Talar, wirft einen Blick darauf und verabschiedet sich. Magdalena muss zurück zu den Kindern, die sie der Grossmutter anvertraut hat, Klaus an seine Arbeit. Aber er verspricht Christian, zum Fest am Abend nach Isenfluh zu kommen.

Und jetzt, die Turmuhr hat noch nicht einmal die halbe Stunde geschlagen, drehen wir der Kirche schon wieder den Rücken, gehen wortlos nebeneinander, bis der Weg schmäler wird und Christian, in Gedanken versunken, davonzieht. Die neuen Schuhe drücken, aber das ist jetzt nicht wichtig. Wir gehen den gleichen Weg zurück, die Lütschine fliesst wie vorhin talwärts, der Himmel ist bedeckt. Der schmale, goldene Ring glänzt an meinem Finger, ich folge Christian, wie ich versprochen habe, ihm zu folgen, in guten und in schlechten Zeiten. Warum wartet er nicht auf mich?

Hier soll unser Hochzeitsfest stattfinden. Die Gaststube vom Hotel Jungfrau, eben erst eröffnet, ist noch leer, sie riecht nach frischem Fichtenholz. Hans Sterchi will die Fremden im Lauterbrunnental nach Isenfluh locken, es kommen aber nur wenige, zu mühsam ist der Aufstieg durch die Flühe von Zweilütschinen her. Der Fotograf jedoch, den Christian bestellte, hat den weiten Weg von Interlaken mit seinem schweren Apparat unter die Füsse genommen.

Grad erst waren wir vor dem kleinen Haus angekommen, wo ich mit Christian, seiner Mutter Maria und seinem jüngeren Bruder Hans fortan wohnen werde. Maria kam uns entgegen, trocknete ihre Finger an der Schürze ab und hiess mich willkommen. Sie nahm meine Hand, musterte den goldenen Ring. «Ich hoffe, dass du Christian ein gute Ehefrau sein wirst. Es gibt hier im Haus genug zu tun, jetzt, wo meine Töchter fort sind.» Ihre Haare trägt sie hinten eingeschlagen, ein paar graue Strähnen ringeln sich um ihr Gesicht. Die Maria, obwohl an die sechzig Jahre alt, ist modisch und immer sorgfältig gekleidet. Christians Mutter stammt aus dem Städtchen Unterseen, wo sein Vater sie auf dem Markt kennenlernte. Immer schon war sie ein bisschen herausgeputzt, eine Schlaufe hier, eine Brosche dort, und über all die Jahre in Isenfluh hat sie ihre Art nicht abgelegt.

Christian führte mich zu unserem Hausteil, der aus zwei kleinen Stuben besteht, und hob mich auf Befehl seiner Mutter über die Schwelle. Das Haus ist sehr alt und ganz aus Holz, in der Schwelle, soll Christians Vater gesagt haben, sei ein Schutzbrief verborgen, der die

Bewohner vor Naturgewalten und Teufelsspuk schütze. Die Stuben sind niedrig, ich kenne es nicht anders, habe weiter unten im Dorf mit meiner Mutter in engeren Verhältnissen gewohnt. Hinten am Haus ist ein Abtritt. Es gibt eine Verbindungstür in die Küche der Schwiegermutter, wir werden zusammen kochen für die beiden Männer, Christian und Hans. Marias Mann ist vor Jahren schon gestorben.

Und dann stand plötzlich der junge Fotograf aus Aarmühle unter der Tür, den Fotokasten geschultert, er musterte das Innere des Hauses mit grossen Augen, die engen Verhältnisse der Bergler ist er nicht gewohnt. In der niedrigen Stube wollte er nicht fotografieren – zu wenig Licht, sagte er. Christian schlug vor, dass wir uns an der Seite des Hauses vor dem gestapelten Holz aufstellen könnten. Der Fotograf folgte uns nach draussen. «Schade, seid Ihr nicht in mein Studio am Höheweg gekommen, dort hätte ich Euch auf ein schönes Sofa drapiert.» Christian schüttelte den Kopf ob so viel Federlesens, war aber bereit, auf einen Hocker zu sitzen, denn der Fotograf meinte: «Für einmal gehört die Frau – die Braut – ins Zentrum.» Eilig deckte er das Holz mit einem gemusterten Tuch ab, das sich als Hintergrund besser eigne. Er wies mich an, meine Hand auf die Schulter des Bräutigams zu legen. Christian kreuzte ungeduldig die Beine, als der Fotograf hinter dem Kasten unter dem schwarzen Tuch verschwunden war, wir lächelten nicht, obwohl uns der Fotograf dazu aufgefordert hatte, denn eine Heirat und diese Fotografie, die sie dokumentieren wird, sind doch eine ernste Angelegenheit. Schon drückte er ab, zweimal, dreimal, die entwickelten Bilder werden wir in ein paar Tagen im Studio abholen können. Der Fotograf wünschte uns alles Gute für unser gemeinsames Leben und die kommende Nacht – er zwinkerte uns zu – und verabschiedete sich so schnell, wie er gekommen war.

Die Tür geht. Christians Schwestern und ihre Männer, die Brüder Wyss, kommen herein. Sie umarmen uns, gratulieren, Konrad trägt seine Handorgel unter dem Arm, er wird zum Tanz aufspielen. Kaum haben sie sich gesetzt, öffnet sich die Tür wieder und wieder: Die jungen Isenflüher strömen herein, die mit uns zur Schule gegangen sind, unsere Nachbarn, die Posaunenbläser, Christians Bruder Hans, mein Bruder Christen.

Mutter fehlt mir. Sie ist kurz nach der Verkündung unserer Verlobung gestorben. Es war, wie wenn sie ihre Pflicht hier auf Erden erfüllt hätte, nun, da sich für mich ein guter Weg abzeichnete, ihre beiden älteren Söhne weg sind und Christen, der Jüngste, das kleine Heimet übernehmen wird. All die Jahre hat meine Mutter Männer- und Frauenarbeit verrichtet, um das Heimet zu erhalten, man hat es ihr im Dorf nicht einfach gemacht, manch einer hätte gern seinen Besitz mit ihrem Hausteil und der dazugehörigen Wiese vergrössert, wenn sie hätte verkaufen müssen oder Geltstag gemacht hätte.

Schade, dass Peter und Johannes nicht dabei sein können. Wenn Peter nur ein bisschen Geduld gehabt hätte, würde er uns jetzt bewirten. Aber das Zeitungsinserat dieses Barons von Kutzschenbach, der einen Käser für sein Gut im Kaukasus suchte, hat ihm den Kopf verdreht, er redete von nichts anderem mehr, seine Augen funkelten. Zwei Briefe sind gekommen, es scheint den Brüdern recht gut zu gehen, auch wenn der Baron kein einfacher Arbeitgeber ist. Jetzt reibt sich halt Hans Sterchi die Hände, gestern hat er in seiner Gaststube die Letzi für Christian ausgerichtet, hat die ledigen Burschen, die teilnahmen, mit Branntwein und Brot bewirtet, heute ist unser Hochzeitsfest, er bringt Halbeli noch und noch, der Schweiss rinnt ihm von der Stirn, und auch seine Frau kommt mit dem Servieren fast nicht nach.

Wir sitzen eng gedrängt auf den Bänken, den Burschen gefällt es, dass die Mädchen zwischen ihnen eingeklemmt sind – wann kommt man sich sonst schon so nah? Es gibt Käse und getrocknetes Fleisch, Most und Wein, von Maultieren heraufgetragen, bald greift Konrad in die Tasten seiner Handharmonika. Es ist dunkel geworden, die Stimmen sind laut, es wird gelacht und gesungen. Christian zieht mich hoch zum Hochzeitstanz, der von den Gästen lautstark gefordert wird, etwas unsicher führt er mich herum, meine Füsse schmerzen nun sehr, wie vorhin der Fotograf fordern sie uns auf zu lachen, wieso so ernst, rufen sie, aus Christians Kehle kommt plötzlich ein Jutz und gurgelndes Lachen, der Wein hat ihm geholfen, aber ich kann nicht einfach so lachen, weiss doch nicht, was das Leben uns bringen wird, ein Lächeln bringe ich aber hin, als wir am Fenster vorbeitanzen, sehe ich es auf meinen Lippen gespiegelt, die Gäste klatschen in die Hände, die Burschen sind sogar aufgestanden, ha, rufen sie, endlich verzieht die Elisabeth ihre Miene, sie hätte doch allen Grund zum Lachen, der Christian ist ein Mann, der senkrecht im Leben steht, er hat ein Haus, Wiesen und Alpanteile, es geht ihm besser als manchem von uns.

Christian hält plötzlich inne, und ich bin froh, dass er das tut, mir ist schwindlig, er führt mich zum Platz zurück. Dort schlagen ihm die Burschen auf die Schultern, auch du hasts nicht schlecht getroffen, rühmen sie, der Elisabeth steht die Tracht gut, sie ist stattlich, und jetzt, wo sie für einmal lächelt und vom Tanzen rote Backen hat, ist sie ansehnlich, deine Braut, wer möchte nicht gern an deiner Stelle sein heute Nacht. Christian weist sie unwirsch zurecht, aber da kommt er an den Falschen, du bist doch einer von uns, ruft Noldi Brunner, einer der Anführer im Dorf, du bist kein Verräter wie deine Schwager Peter und Johannes, die einfach ab sind nach Russland, weil man dort mehr Geld verdienen kann, oder willst du ihnen etwa hinterher, jetzt, wo du mit der Elisabeth verheiratet bist?

Sie haben es zu weit getrieben, Christian stampft mit dem Fuss auf, und es wird einen Moment still in der Gaststube. «Ich habe die Elisabeth geheiratet, eine Ammeter wie ich, wir bleiben hier, ich weiss nicht, was in euch gefahren ist, ich bin Zimmermann und Bauer, es wird schon reichen, wir sind viele in Isenfluh, aber ich habe meine Hände zum Arbeiten. So – und nun wollen wir weiterfeiern mit dem Lawinentanz!» Konrad drückt von neuem die Knöpfe seiner Harmonika, die Spannung hat sich gelöst, die Töne fliessen wie Wasser über meinen Rücken. Nach ein paar Takten hält Konrad inne, wir lösen uns voneinander. Christian fordert eine seiner Schwestern zum Tanz und ich meinen Bruder, kaum haben wir uns in der Bewegung gefunden, hält die Musik schon wieder an, und so geht es weiter, nach und nach werden alle geholt, die Bänke sind leer, die Leiber wogen, die Gesichter sind erhitzt.

Wir gehen an unsere Plätze zurück, ich lehne mich erschöpft an Christian, und nun legt er tatsächlich den Arm um mich, es könnte immer so bleiben, ich fühle mich warm und geborgen. Wenn man jetzt draussen wäre an diesem Novemberabend, würde man sich fröstelnd die Hände reiben, es ist düster und kalt vor der Tür, vielleicht stehen ein paar Schattengestalten draussen, blicken in die hellen Scheiben, hören das Stimmengewirr, denken, dass sie auch einmal am Leben teilhatten, und nun ist es weitergezogen und alles vorbei.

Drinnen geht es immer noch lustig zu und her, Christian schaut mich an, will aufbrechen, er wird morgen bezahlen. Es gelingt uns, unbemerkt aufzustehen, Christian bahnt mir einen Weg hinter den Tanzenden durch, nur kurz strömt kalte Luft in die Gaststube, bis wir die Tür hinter uns zuziehen. Kein Mond scheint, aber Christian kennt den Weg. Noch einmal blicken wir zurück zum hellen Schein der Petroleumlampen – sind da nicht ein paar Gestalten, die durch die Fenster gestarrt haben und sich nun im Schatten verbergen? Ich spüre Christians Hand, er zieht mich weiter, den Hang hinauf, steil ist es, ich habe Blasen an den Füssen von der Wanderung zur Kirche und vom Tanzen, mein Hemd ist verschwitzt, Haarsträhnen haben sich aus meiner strengen Frisur gelöst, das macht aber nichts. Dieser Tag war schön, der Fotograf hat uns auf seinen Bildern verewigt, es geht nicht alles vergessen.

Isenfluh, Juni 1879

Christian zieht davon mit unseren fünf Kühen, bald kann ich sie nicht mehr ausmachen unter den anderen braunen Tierleibern, Christian aber erkenne ich noch lange, er schaut nicht zurück, seine Schultern sind gebeugt, ich erschrecke manchmal, wie viel älter er aussieht als die dreissig Jahre, die er zählt, auch der Haaransatz ist weit zurückgewichen. Es ist früher Juni, unsere Männer, die hier bäuertgenössig sind und Kuhrechte im Saustal haben, ziehen auf die Alp, sie werden nicht mehr jeden Abend nach Hause kommen. Christen, unser Ältester, hüpft neben seinem Vater, mit fünfeinhalb kann er mithalten und freut sich, neben den bekränzten Kühen zu laufen. Der Alpaufzug verschwindet im Wald.

Fritz schaut traurig, weil er als Vierjähriger noch nicht mitdarf auf die Alp, Gottlieb, zweijährig, sitzt auf dem Stubenboden und spielt mit Holzklötzen. Unter meiner Schürze regt es sich: Das Kind, das im Juli das Licht der Welt erblicken soll, macht sich bemerkbar, bald sind wir zu sechst. Wie soll das werden?

Es wird gehen, auch wenn die Sorgenfalten auf Christians Gesicht zugenommen haben. «Fünf Kühe», hat er letzthin gesagt, «das reicht knapp für eine fünfköpfige Familie. Aber zu sechst – und wenn weitere Kinder dazukommen? Unsere Wiesen und Alprechte werden nicht mehr, und mit Bruder Hans teile ich alles, damit Mutter und er auch leben können.»

Fritz nimmt meine Hand, zieht mich zurück ans Fenster; er stellt sich auf die Zehenspitzen, blinzelt in die Sonne. Die Jungfrau glänzt weiss, weitere Schneeberge schliessen sich an, da drüben am Fuss des Männlichen sehe ich Wengen mit den Hotels für die Fremden. So weit ist die Sicht hier, so viel Licht strömt herein, ganz anders als in den Wintermonaten, wenn die Sonne über dem Silberhorn auftaucht und nach vier Stunden schon wieder hinter dem Wald untergeht.

Vor dem Haus unter dem Birnbaum plätschert der Brunnen. Manchmal vergesse ich mich und die Familie, habe dieses Plätschern im Ohr, sehe auf die Berge, höre den Brunnen, und dann denke ich, dass mir nichts geschehen kann, immer werden die Berge da sein, und der Brunnen wird weiterplätschern. Die Ziegen meckern auf der Wiese hinter dem Haus, in der Früh schon hab ich sie gemolken. Ich sollte in den Garten, nach den Kartoffeln, dem Gemüse sehn. Am Kirschbaum, der unser Stolz ist, reifen bereits die Früchte, rote Punkte leuchten durch das Blättergrün.

Maria steht plötzlich unter der Tür. Ihre Haare sind schlohweiss, kringeln sich aber immer noch kleidsam um das Gesicht mit den vielen Falten. «Wie weit bist du mit dem Klöppeln und Filoschieren? Du weisst, morgen werden die Hauben und Deckchen abgeholt.» Ich will antworten, aber die Schwiegermutter rüffelt Fritz: «Lass die Hand deiner Mutter los, sie muss an die Arbeit!» Fritz erschrickt und setzt sich folgsam auf den Boden neben Gottlieb. Er hat Respekt vor der strengen Grossmutter. Wenn sie ihm aber Geschichten erzählt, hängt er an ihren Lippen. Am liebsten hört er die Geschichte vom Hardermannli in Interlaken, das zur Strafe, weil es Kinder verfolgte und ein Mädchen über die Flühe hinunterstiess, in Stein erstarrte und nun ewig auf die Stätte seiner Untat blicken muss. Fritz freut und ängstigt sich zugleich, wenn er die Geschichte hört, so gern möchte er einmal das Hardermannli mit eigenen Augen sehen.

Ich setze mich an die Arbeit, kreuze fleissig die Spulen mit den daran aufgewickelten Fäden, damit ich das Spitzenband bis am Abend fertig habe. Einen Franken bekomme ich als Taglohn, und das ist etwas, obwohl Christian manchmal nur müde mit den Schultern zuckt, wenn ich ihm die paar Franken Erlös für die zarten Spitzen übergebe, an denen ich so viele Stunden geklöppelt habe.

Der Bub steht schon wieder neben mir, die Grossmutter ist weg. «Fritz, wenn du nicht mehr an meiner Hand zerrst, erzähle ich dir eine Geschichte. Meine Mutter hat sie mir erzählt, das andere Grossmueti, das leider nicht mehr unter uns ist.» Fritz nickt eifrig. Einen Moment konzentriere ich mich auf die Blume, die ich in die Spitze klöpple.

«Es ist die Sage vom Schneider in Isenfluh – hier wohnte er, in unserem Dorf. Der Schneider hatte viele Kinder und musste viel arbeiten, damit seine Familie immer zu essen hatte. Manchmal schneiderte er bis weit in die Nacht und wurde doch nicht fertig.» «So wie du, wenn du noch webst, klöppelst oder nähst, wenn schon die Lampe brennt?», fragt Fritz. «Ungefähr so. Am Morgen staunte der Schneider jeweils, weil die noch unfertigen Kleider fertig auf dem Tisch lagen. Der Schneider konnte sich das nicht erklären und blieb einmal in der Nacht auf. Da sah er, wie Männlein klein wie Zwerge hereinschlichen, sich auf den Tisch setzten und flink die Kleider fertig nähten – mit zufriedenen Gesichtern huschten sie davon.» «Waren die Männlein so klein wie ich?», fragt Fritz und will auf den Tisch klettern. «Sie hatten ungefähr deine Grösse, aber auf den Tisch klettern darfst du nicht.» Er lässt davon ab, wartet gespannt auf die Fortsetzung. «Der Schneider wollte den Männlein als Dank eine Freude machen, er nähte winzige Kleidchen und legte sie ihnen hin. Als die Männlein aber in der Nacht wiederkamen und die Kleider sahen, wussten sie, dass sie entdeckt waren. Sie liessen die Kleidchen liegen, rührten die Arbeit nicht an und kamen nie wieder nach Isenfluh.»

«Schade», sagt Fritz, «vor den Zwergen hätte ich nicht Angst gehabt, die sind anders als das Hardermannli.»

In diesem Moment klopft es. Johannes, mein Bruder, steht in der Tür. Ich stehe auf, begrüsse ihn. Vier Jahre ist es jetzt, dass er aus dem Kaukasus heimkehrte, und trotzdem bin ich manchmal noch überrascht, ihn zu sehen. Er wirft einen Brief auf den Tisch. «Da», sagt er, «eine Nachricht aus Karabulach, von Peter.»

Ich starre den Brief an, wage nicht ihn aufzumachen, aus Angst, mir die Finger zu verbrennen. «Was steht drin?»

«Peter arbeitet nicht mehr für Baron von Kutzschenbach, er hat eine eigene Käserei gegründet. Er braucht Mitarbeiter, wir sollen so schnell wie möglich hinreisen.»

«Was heisst ‹wir›?»

«Er will, dass ich komme mit Änni – ich bin nun verheiratet, und wir werden es wohl aushalten dort, ich kenne ja alles. Und er will Christian und dich, Christian schätzt er hoch ein, er sei arbeitsam und geschäftstüchtig.»

«Und die Kinder und ich – wir sollen auch mit?»

«Natürlich. Unser Bruder hat doch auch Kinder, und Änni wird sicher auch bald Kinder bekommen.»

Ich muss mich setzen, alles krampft sich in mir zusammen. «Nein. Ich reise nicht, im Juli erwarte ich mein Kind. Ich werde euch auch nicht nachreisen. Und ohne Christian mache ich nichts. Wir werden nicht auswandern.»

«Oh, so habe ich dich noch nie erlebt, Schwester. Ich wusste gar nicht, dass du so einen Kopf machen kannst.» Er erhebt sich. «Schau mich an. Man kann auswandern, und je nachdem kommt man wieder zurück. Aber ich sage dir, es ist nicht einfacher hier.»

«Und die Geschichte mit dem Baron?»

«Der Baron ist kleinlich, darum wollte ich nicht mehr für ihn arbeiten. Jetzt aber hat Peter eine eigene Käserei, er braucht uns. Und Christen wartet doch nur darauf, dass ich fortgehe, er hat jetzt Kinder, unser kleiner Besitz reicht nicht für zwei Familien, du weisst, wie wir als Kinder eng dran waren. Ich würde fast wetten, dass es für Hans, Christians Bruder, ähnlich ist, er lebt ja mit Susanna im Tal, weil hier kein Platz ist. Überlegt es euch gut.»

Er drückt mir die Hand, geht mit schweren Schritten durch die Stube, bückt sich unter der Tür und ist weg. So viele Worte hat Johannes noch selten gemacht. In meinem Kopf schwirrt es. Gottlieb wirft mit seinen Klötzchen um sich und brabbelt etwas, Fritz schaut mich verwirrt an, fragt, ob er nun das Hardermannli sehen kann, wenn wir reisen. «Nein», antworte ich, «wir reisen nicht weg.» Mit Bedacht kreuze ich die Spulifäden, beim

Klöppeln ist jede Bewegung vorgegeben, das tut meinem Kopf jetzt gut.

Johannes hat Christian von der Alp geholt, Maria schaut nach den Kindern, wir gehen ein paar Schritte durchs Dorf, ich will nicht auf der Bank vor dem Haus sitzen, wie wir es sonst oft tun, weil sie unsere Worte hören könnte. Christians Kiefer mahlen, seit er zurück ist, hat er noch nicht viel gesprochen. Und jetzt kommt uns doch tatsächlich Noldi Brunner entgegen, Noldi, der Besserwisser, das hat gerade noch gefehlt. Er fackelt nicht lang, das ist nicht seine Art: «So, Christian, ihr reist aus, hört man, du machst deinen Käse bald im Kaukasus, im Auftrag von Schwager Peter?»

Christian funkelt Noldi wütend an. «Wir wandern nicht aus, schau dir doch meine Frau an!»

«Tja, das Kind wird bald einmal da sein, und dann hält euch nichts mehr hier, habe ich Recht? In Russland rollt der Rubel, was man so hört, da musst du nicht mehr den Batzen umdrehen.»

«Noldi, kümmere dich um deinen eigenen Kram, ich lasse niemanden im Stich, meine Mutter schon gar nicht.»

«Vielleicht würde sie dich gar nicht vermissen, wenn ihr Liebling Hans mit Susanna an deiner Stelle einziehen wird?» Er grübelt mit seinem Stock im Wegstaub. «Ich würde euren Wegzug verstehen, Christian. Wir sind einfach zu viele hier, und die Wiesen und Alpen reichen nicht für noch mehr Vieh. Du bist zwar Zimmermann, kannst dir ein Zubrot verdienen, aber unser Dorf ist abgelegen, die Wege sind weit.» Er kneift die Augen zusammen. «Und ihr seid ja beide Ammeter, man sagt, die Ammeter seien schon früher gewandert, vom Lötschental nach Ammerten hinten im Tal, und als dort die Erträge weniger wurden, sind sie nach Isenfluh weitergewandert, darum haben wir so viele Ammeter hier. Eure Familie hatte immer eine Nase dafür, wenn es Zeit war, zu gehen. Vielleicht ist es nun wieder Zeit?»

Er geniesst es, dass Christian sprachlos ist, suckelt an seiner Pfeife, pafft, und als Christian eine Antwort parat hat, ist er schon auf und davon. Und so höre ich die Antwort an, während die Jungfrau im Abendrot zu glühen beginnt, etwas, das wir manchmal zusammen beobachten auf der Bank vor dem Haus, in jenen seltenen Momenten, wenn unsere Hände ruhen.

Christian dreht den Bergen den Rücken zu. «Es hat nichts mit Noldis Sticheln zu tun, aber er hat Recht. Ich hab es mir überlegt auf dem Weg zurück vom Saustal, es ist nicht das erste Mal, dass ich mir diese Gedanken mache, jetzt aber gilt es ernst. Ich kann mir vorstellen, dass wir in den Kaukasus reisen, sobald das Kind auf der Welt ist. Ich werde für Peter arbeiten, er ist tüchtig und dein Bruder, wir werden eine grosse Familie sein. Hier wird es für uns nicht reichen, wenn noch mehr Kinder kommen.»

«Aber dort ist alles fremd, so weit fort werden wir sein, ich kann mir das nicht vorstellen, ich kenne nichts anderes als das hier.» Ich schäme mich für meine gepresste Stimme.

Christian dreht sich um, er folgt meinem Blick, schaut auf die Berge, die eben erloschen sind. «Die Aussicht auf die Berge ist zwar schön hier, Elisabeth, aber von der

Schönheit haben wir nicht gegessen. Ich bin noch kaum gereist in meinem Leben, war noch nie in Thun, nie in Bern. Aber jetzt hat man uns gefragt, nach Tiflis zu reisen und weiter zu deinem Bruder. Dort haben wir ein Auskommen, er spricht im Brief davon, dass er die Käse mit ziemlichem Gewinn absetzt. Wir sind gesund, wir können es schaffen.»

Ich spüre, dass er mich von der Seite anblickt, habe den Blick gesenkt. Langsam gehen wir zum Haus zurück. Unter der Tür sagt er, und ich weiss, dass Maria mithört: «Wir entscheiden, wenn das Kind auf der Welt ist.»

Isenfluh, Juli 1879

Das Kind ist da, an einem regnerischen Julitag hat es das Licht der Welt erblickt, es liegt vor mir in der Wiege. Ein Mädchen – nach drei kleinen Buben habe ich ein Mädchen geboren. Maria sitzt neben ihm, immer wieder stösst sie die Wiege an, singt mit ihrer brüchigen Stimme eins der Lieder, die sie wohl schon gesungen hat, als Christian, Hans und ihre Schwestern klein waren. Ich kenne Maria nicht wieder – sie ist vernarrt in das Elisi mit seinen grossen, blauen Augen.

Als mir am 9. Juli das Wasser brach, hat sie die Buben zu Änni gebracht und war gleich wieder da. Es goss wie aus Kübeln. Ich versicherte Maria, dass ich keine Hebamme aus dem Tal brauche, ich hatte ja schon Erfahrung und wollte es allein machen, um Geld zu sparen. Auch Christian liess ich nicht holen von der Alp. Und so sass nur Maria neben mir, redete mir gut zu, als es plötzlich schnell ging, strich mir über die Stirn, als die fast unerträglichen Schmerzen über mich kamen, und dann wies sie mich an, zu pressen, und ich presste, und schon war das Kind zwischen meinen Beinen, sie musste ihm nicht auf die Welt helfen, es fand den Weg selbst. Sie nabelte es ab und legte es mir in den Arm, verschwand mit der Nachgeburt, säuberte alles. Und als sie fertig war und mir fast die Augen zufielen, nahm sie mir das Kind ab und strahlte das Kleine an, und seither ist sie wie verwandelt, lässt Elisi kaum aus den Augen und betreut die Buben gleich mit, ich bin zu grossen Teilen entlastet.

Heute war einer der wenigen sonnigen Tage in diesem Juli, wir nutzten ihn zum Heuen oben in Sulwald, Maria sass mit den Kindern neben der Wiese, und als Elisi nach dem Stillen eingeschlafen war, zetteten wir Seite an Seite das Gras, das Christian und Hans mit der Sense gemäht hatten. Am Mittag öffneten wir unsere Körbe, und wir genossen alle zusammen den Käse, das Brot und die Kirschen, die in den Gärten gereift sind. Wir schauten auf Eiger, Mönch und Jungfrau und in den blauen Himmel, und niemand sprach mehr von Auswandern.

Aber jedesmal, wenn Christian nach Hause kommt, schlägt er die Zeitung auf. Er hat das «Oberländische Volksblatt» für ein Vierteljahr abonniert, das kostet uns 1 Franken 50. Er versenkt sich in die Artikel, liest über die Weltlage, den Käseexport, neu eröffnete Hotels, verarmte Leute und über die Auswanderung. Er sagt nicht viel, faltet die Zeitung zusammen und macht sich wieder auf den Weg ins Saustal, auf die Alp.

Auch ich lese die Zeitung, wenn Maria sich niedergelegt hat und die Kinder schlafen. Im letzten Licht des Tages springe ich von Artikel zu Artikel. Ich weiss jetzt, was passiert in der Schweiz und in der Welt. Im St. Gotthard wird ein Eisenbahntunnel gebohrt, es fehlen noch 1364 Meter, bis der Berg durchstossen ist, las ich kürzlich, bereits 1882 soll die Bahn eröffnet werden – verrückt, dass man einfach so durch den Berg fahren wird. Es gibt immer mehr Eisenbahnen in der Schweiz, auch in der Nähe fährt eine, die Bödeli-Bahn, von Bönigen nach Därligen. Im Eröffnungsjahr war ich mit Christian einmal an der Strecke, als das Stahlross mit seinen Wagen durchdonnerte, die Gesichter der Passagiere flogen wie lachende Monde vorbei.

Leute aus vielen Ländern reisen zu uns ins Oberland, es gibt immer mehr Hotels und Pensionen zwischen Thuner- und Brienzersee, aber auch hier im Lauterbrunnental, in Mürren, auf der Wengernalp und sogar auf dem Faulhorn und am Schmadribach sind Hotels für die Fremden eröffnet worden. Im Tal verkehren Fuhrwerke, die vom Grindelwaldgletscher kommen und Eis geladen haben, das in die Hotels verteilt wird zum Kühlen der Speisen. Eis gibt es für die Fremden, aber auch Feuer: Beim Kursaal Interlaken und beim Schloss Interlaken, das früher ein Kloster war, werden Feuerwerke gezündet oder die Gebäude illuminiert. Ich kann mir das nicht recht vorstellen, aber Noldi Brunner hat letzthin davon erzählt, er, der seine Nase überall vorn hat. Er erzählte von gewaltigen roten, grünen und gelben Feuergarben. Ob das nicht gefährlich ist? Die Holzhäuser könnten doch Feuer fangen! Hier oben, wo alle Häuser aus Holz sind, käme das nicht in Frage.

Wenn Christian besonders lange hinter der Zeitung war, weiss ich, dass etwas vom Auswandern drin steht. Ich versuche dann in seiner Miene zu lesen und kann fast nicht warten, bis auch ich einen Blick ins Blatt werfen kann.

Ende Juli warb ein Agent aus Basel Auswanderer nach New York an, 150 Franken sollte die Reise kosten, mit Rabatt für Familien. Christian liess die Zeitung sinken, mit den Fingern rechnete er. Er hat von Johannes in Erfahrung gebracht, was ihn damals die Reise nach Tiflis kostete, und er vergleicht. Von Peter sind noch zwei Briefe eingetroffen, er drängt uns, zu kommen, aber Christian hat noch nicht zugesagt. Es kann sich alles noch ändern, das letzte Wort ist noch nicht gesprochen.

Und dann war letzthin wieder ein solcher Artikel im «Volksblatt», von Zielen der Auswanderung in Nord-Amerika handelte er, vom freien Westen mit seinen fruchtbaren Ebenen. Noldi Brunner hatte den Artikel in der Hand, er kam vorbei, sprach darüber mit Christian; das viele schlechte Wetter im Juli, das wohl zu einer Missernte führen wird, war auch ein Thema.

Und dann die grosse Überraschung Anfang August: Noldi Brunner wandert aus! Er hat eine Schiffspassage über den Atlantik gebucht, will sein Glück in Ohio versuchen, seine Kühe und den Hausrat hat er bereits verkauft.

Noldi hat mit Christian in der Schulbank gesessen, immer haben sie zusammen gewetteifert, hatten das Heu oft nicht auf der gleichen Bühne. Er, noch Junggeselle, wandert nun einfach aus. Vor kurzem hätte er das noch weit von sich gewiesen – Auswanderer waren für ihn Verräter an der Heimat.

Zusammen mit andern vom Dorf haben wir Noldi bis oben an die Flühe begleitet, ich sehe noch seine winkende Hand über dem schweren Traggestell, auf dem er seine Habe mit sich trug. Der Noldi, einfach weg – wer hätte das gedacht? In Christian arbeitet es seither noch mehr, und mit jedem Regentag nehmen die Sorgenfalten zu.

Auch Maria beobachtet Christian. Als sie letzthin mit Elisi im Arm bei uns sass, sagte sie: «Christian, ihr müsst nicht gehen. Der Hans hat sein Auskommen im Tal gefunden, es kann alles so bleiben, wie es ist. Das Haus wird einmal dir gehören, meinem ältesten Sohn. Ihr seid willkommen hier, du und Elisabeth, ihr seid arbeitsam, eure Kinder sind gesund, und jetzt wurde euch noch das kleine Elisi geschenkt, ein Geschenk auch für mich. Bleibt da, Johannes ist nicht für nichts aus dem Kaukasus zurückgekommen, auch wenn er nun wieder gehen will. Dort ist auch nicht alles Gold, was glänzt, das Geld liegt nicht auf der Strasse. Hier kennt ihr die Verhältnisse, wisst, was euch erwartet. In fernen Landen ist alles ungewiss.»

Christian hörte seiner Mutter zu und nickte, er liess sich auf keinen Wortwechsel ein.

Isenfluh, August 1879

In den ersten Augusttagen ist der Entscheid gefallen. Gestern hat Christian dem Peter geschrieben: «Wir kommen!» Dass der Heuet kaum stattfinden konnte wegen des regnerischen Wetters, hat ihm den Rest gegeben. Und der Alpkäse kann auch immer schlechter abgesetzt werden, weil in den Tälern Käsereien entstanden sind, mit denen wir nicht mithalten können. «Man muss es grösser anpacken», sagt Christian, «hier in Isenfluh geht das nicht. Im Kaukasus, nach allem was Peter schreibt, schon.» Natürlich wäre er als Zimmermann gefragt, bei all den neuen Bauten, die im Oberland entstehen. Aber dafür hat er nur im Winter Zeit, Isenfluh ist zu abgelegen, er müsste im Tal wohnen und wäre weit weg von uns.

Christian hat mich nicht gefragt, es ist sein Entscheid. Ich wäre geblieben. Er wollte nicht mehr sprechen mit mir, hat mir wohl nicht zugetraut, genügend Weitblick zu haben. Ich habe bei der Eheschliessung gelobt, ihm zu folgen, wohin er auch geht. Das werde ich tun, wir sind eine Familie und bleiben zusammen. Ich habe das Foto oft in der Hand, es steht in einem Rähmchen auf der Kommode. Unser Hochzeitsfoto. Meine Hand liegt auf Christians Schulter. Wir blicken uns nicht an und auch nicht den Fotografen, wir schauen vor uns hin – oder in die Ferne. Christian wirkt entschlossen mit seinen gekreuzten Beinen. Und einen Entschluss hat er nun gefasst. Es gilt für mich, ihn anzunehmen.

Isenfluh, September 1879

Weiterhin lese ich die Zeitung, wenn Christian sie auf dem Tisch liegen lässt, ich hab es mir so angewöhnt, kann nicht mehr die Augen verschliessen vor dem, was draussen passiert. Bis jetzt war meine Welt Isenfluh, die Kirche Gsteig, ein paar Mal war ich auf dem Markt in Unterseen und in Interlaken. Die Fremden haben die Welt zu uns gebracht, die Frauen in ihren kostbaren Roben und ausladenden Hüten, die Männer in ihren dunklen Anzügen und Zylindern, die auf dem Höheweg flanieren. Wenn sie auf den Fuhrwerken zu uns ins Lauterbrunnental fahren, sind sie einfacher gekleidet, tragen gute Schuhe, steigen sogar zu Fuss auf die Wengernalp oder von Grindelwald aufs Faulhorn. Nach Isenfluh kommen sie selten. Hans Sterchi mit seinem Hotel macht keine grossen Geschäfte, er lebt von der Gaststube und den Einheimischen. Es wurden aber kaum mehr Hochzeitsfeste ausgerichtet, alle müssen den Gürtel enger schnallen in diesen schlechten Zeiten.

Ja, die Fremden kommen ins Oberland, sie schauen unsere Berge an, lassen es sich in den Hotels im Tal und auf dem Bödeli gut gehen und reisen wieder ab. Wir aber werden in die Fremde ziehen und dort bleiben, Christian ist keiner, der schnell aufgeben wird, wie es Johannes getan hat, der schon als Bub wenig Geduld hatte und wechselhaft war. Vielleicht bleiben wir unser ganzes Leben in der Fremde.

Warum zieht sich in mir alles zusammen? Ich weiss nicht, wie es dort sein wird. Aber ich freue mich, Peter und Rösi wiederzusehen. Lange ist es her, seit sie mit Sack und Pack auf den Weg in die Flühe eingebogen sind, und nie hätte ich gedacht, dass wir ihnen einmal folgen würden. Wir werden mit Johannes und Änni reisen, er kennt alles, das wird uns die Reise erleichtern. Wie wird es den Kindern ergehen? Zum Glück sind alle gesund, Fritz hat erst kürzlich den Keuchhusten überstanden, und Elisi ist zufrieden, wenn es an meiner Brust liegen kann.

Der Maria aber geht es nicht gut – vielleicht nur darum, weil sie Elisi verlieren wird? Wir sind uns näher seit Elisis Geburt, sie versucht immer noch, Christian mit allen Mitteln umzustimmen, er aber weist sie schroff ab, sie zieht sich dann in ihre Stube zurück und sieht leidend aus, ein paar Mal sah ich sie mit ungekämmten Haaren, was bis vor kurzem nicht denkbar war, wirr standen die Strähnen von ihrem Kopf ab.

Nächste Woche kommt Christian von der Alp zurück, er wird die Kühe gleich weiter hinunter ins Tal treiben und auf dem Markt verkaufen. Dann ist alles endgültig. Die Ziegen verkaufen wir Maria. Ihre traurigen Augen verfolgen uns in diesen Tagen.

Der letzte ruhige Sonntag. Zeitungsblätter rascheln unter meinen Händen, wahllos schlage ich sie auf. Das kantonale Schwingfest, wegen schlechten Wetters vom 10. auf den 24. August verschoben, fand mit grossem Erfolg auf der Unspunnenwiese statt, steht da. Es gab einen grossen Festzug über den Höheweg, 6000 Zuschauer waren anwesend, die siegreichen Schwinger erhielten Schafe als Preis. Mich kümmert es nicht mehr, bald ist das nicht mehr unsere Welt. Ein grosser Fleck ist erwähnt, der auf der Sonnenscheibe sichtbar sei – ich habe ihn nicht gesehen, man darf ja nicht in die Sonne schauen, sonst wird man geblendet. Die Reklame preist Kindermehl von Nestlé, Lactin und Kondensmilch an – Produkte für wohlhabende Leute.

Da. Ein Geltstag ist ausgeschrieben. Verhängt über Elisabeth Amacher, geborene Ammeter, von und zu Isenfluh. Die Elisabeth! Früher verwechselte man uns, weil wir vor ihrer Heirat den gleichen Namen trugen. Sie hat viele kleine Kinder und nun den Mann verloren. Allein hat sie es nicht geschafft, ihre Familie ist arm und konnte ihr nicht helfen. Und jetzt das: Der Geltstag! Man nimmt ihr die Kinder weg und verdingt sie, beschlagnahmt das Wenige, das sie noch hat. Sie muss in fremde Dienste gehen, als Magd. Das hat sie nicht verdient, die Elisabeth, obwohl sie eine Lebenslustige war, in ihrer Jugend hat sie keinen Tanz ausgelassen. So kann es einem gehen. Der Mann weg, viele Kinder. Würde auch ich armengenössig in diesem Fall?

Wir wandern aus. Vielleicht ist es besser zu gehen. Die Schande ist hier am grössten, wenn man alles verliert.

Das Plätschern des Brunnens vor dem Haus. Die Stuben, in denen die Kinder aufwachsen. Die Berge, allen voran die Jungfrau. Das ist mein Zuhause – oder war es. Die Berge gaben mir Sicherheit, ich wusste, dass es sie immer geben wird, und wenn sie sich eine Zeitlang hinter Wolken verbergen, sind sie doch da und zeigen sich wieder, wenn der Himmel aufklart. Vielleicht ist diese Sicherheit trügerisch. Die Berge hätten sich auch in ihrer ganzen Schönheit gezeigt, wenn über mich der Geltstag verhängt worden wäre, wenn man mir Christen, Fritz, Gottlieb und Elisi genommen hätte und ich beschämt, mit gesenktem Kopf, aus dem Dorf gegangen wäre wie jetzt meine Namensvetterin, mit nichts als den Kleidern auf dem Leib.

Da ist nur einer, der uns nie im Stich lässt. Ich bin froh, dass Christian noch den Bettag abwartet und wir am Tag vor der Abreise den Gottesdienst besuchen. Man wird für uns beten, ich werde für uns beten. Der Pfarrer wird uns durch sein Lorgnon mustern und uns seinen Segen geben.

Wie schnell die Tage vergangen sind – jetzt steht fast alles bereit. Wir sitzen in der Kirche in Gsteig, ich links bei den Frauen, Christian rechts bei den Männern. Bei schönem Herbstwetter haben wir zum letzten Mal den langen Kirchweg unter die Füsse genommen, sind den Bergweg durch die Flühe hinunter nach Zweilütschinen gestiegen und der Lütschine gefolgt bis hin zur Kirche. Ruhig ist sie neben uns geflossen, ihr Rauschen trage ich im Ohr, wie das Plätschern des Brunnens vor dem Haus. Nun sitzen wir im Kirchenraum, und es kommt mir vor, wie wenn er ein Schiff wäre und wir auf den Wellen des Lichts segeln, das durch die Fenster fällt.

Der Pfarrer spricht zum Buss- und Bettag. Bin ich wirklich zum letzten Mal hier? In dieser Kirche wurde ich getauft, hier habe ich geheiratet, hier wäre ich begraben worden. Die Gräber von Mutter und Vater liegen drüben am Hang. Hätten sie sich vorstellen können, dass drei von ihren Kindern in ein fernes Land auswandern? Ich starre die weissen Wände an, wie wenn darauf eine Schrift erscheinen könnte, die mir Antwort gibt, ob es richtig ist, was wir tun. Und plötzlich sehe ich wirklich etwas auf der Wand – sind es Farben, Schriftzüge? Ach ja, ich erinnere mich, der Pfarrer sprach davon in der Unterweisung: Diese Kirche gab es schon in der Zeit, als die Leute hier noch katholisch waren. Damals beteten sie Heilige an, und die waren an die Wände gemalt, es gab auch Bilder, die Maria und das Jesuskind zeigen und die drei Könige, die ihm Geschenke bringen. Man hat die Bilder übermalt, als wir zum rechten Glauben kamen, aber sie schimmern durch, die Wände müssten wieder geweisst werden, sagte der Pfarrer vor Jahren schon.

Von den Wänden kommt keine Hilfe. Jetzt kündigt der Pfarrer Worte an, die der Synodalrat ihm und allen Pfarrern von reformierten Kirchgemeinden aufgetragen hat zu verlesen. Er spricht von der Ungunst der Witterung in diesem Jahr, von der Lähmung der Geschäfte, von Not und Mangel. Es sei nötig, Busse zu tun und die Wohltätigkeit zu pflegen. Meint der Pfarrer, dass Gott uns strafen will mit dem schlechten Wetter dieses Sommers? Nun geht er über zum Evangelium Jesu Christi, welches das Salz der Erde sei. Ich sehe, wie sich Christians Lippen bewegen – murmelt er vor sich hin, dass wir nicht vom Salz des Evangeliums allein leben können, sondern auch Speisen brauchen und das Salz bloss, um sie zu würzen und für das Vieh? Christian denkt oft ganz praktisch.

Jetzt fordert der Pfarrer die Gemeinde auf, mit Vertrauen in die Zukunft zu blicken. Wir beten das Vaterunser, es folgen kurze Mitteilungen, uns aber erwähnt er nicht. Die Orgelklänge setzen ein, wir erheben uns, treten in die Vorhalle. Und da steht der Pfarrer, drückt jedem die Hand, schiebt das Lorgnon hoch auf der Nase, nimmt uns in Augenschein und wünscht uns alles Gute.

Karabulach (Georgien), April 1881

Eine Lerche singt. Noch eine setzt ein. Dieses Singen, Tirilieren, dieser jubilierende, reine Gesang.

Das ist nicht Isenfluh. Neben mir schnarcht Christian. Ich schlage die Augen auf. Dämmerung. Keine Holzwände um mich, sondern Steinmauern, kleine Fenster. Noch im Nachthemd schleiche ich zum Fenster, ziehe die Vorhänge zurück, öffne es: So ist der Lerchengesang noch viel schöner. Der Morgen ist klar, die Umrisse der Berge zeichnen sich in der Ferne ab. Es sind nicht Eiger, Mönch und Jungfrau, sondern der Elbrus, mit seinem Doppelgipfel, und der Kasbek. Diese Schneeberge sind noch höher als die Alpen. Zwischen ihnen und uns liegt eine weite Ebene, kein Baum steht hier, dunkle Wälder zeichnen sich nur am Fuss des Gebirgszuges ab. Diese Weite erschreckt mich manchmal, da ist nichts, woran man sich halten könnte. Aber den weiten Sternenhimmel bewundere ich.

Das Muhen der Kühe übertönt die Lerchen. Ich schaue mich um: Er schläft noch. Schnell schlüpfe ich in die Kleider, schlage die Haare ein und stecke sie fest, gehe hinaus, zum Stall. Die tatarischen Frauen, die uns beim Melken helfen, sind schon da, sie haben Milch von ihren eigenen Kühen mitgebracht, bringen die Kübel in die Käserei zum Wägen. Sie lachen mir zu in ihren bunten Kleidern, ich begrüsse sie mit den paar tatarischen Wörtern, die ich aufgeschnappt habe, mehr braucht es nicht. Ich setze mich auf dem Melkstuhl neben die Kuh und säubere ihr Euter; wenn ich es vormache, tun es mir die Tatarinnen gleich. Sobald ich den Kopf an den warmen

Tierkörper lehne und an den Zitzen ziehe, vergesse ich alles um mich herum.

Fünf Kühe hatten wir in Isenfluh, mit fünf Kühen hat Christian hier wieder angefangen. Jetzt sind es zehn Kühe, und dieses Jahr möchte er die Anzahl wieder verdoppeln, wenn alles gut geht. Peter hat ihm das Geld vorgeschossen, nachdem wir unser Geld für die Reise fast aufgebraucht hatten. Um es zurückzuzahlen, hat Christian im ersten Jahr neben seiner Arbeit als Käser in der Nachbarschaft als Knecht gearbeitet.

Die Reise. Wenn ich die Augen schliesse, kommen Bilder herauf. Wenn es nicht so ungewiss gewesen wäre, was uns erwartete, wenn nicht der Abschiedsschmerz gewesen wäre und die Angst vor der Zukunft, wäre diese Reise etwas Besonderes gewesen – etwas, das einem im Leben nur einmal widerfährt.

In Isenfluh begleitete man uns bis oben an die Flühe, wie es der Brauch ist. Ich sah viele zweifelnde Blicke, Marias Gesicht war starr, sie winkte mit einem rotweissen Schnupftuch. Die Brüder halfen, unsere Habe hinunter ins Tal zu tragen, dann verabschiedeten auch sie sich. Hans verbarg seine Freude nicht, dass er mit Susanna nun bei seiner Mutter Maria einziehen konnte. Christen schien hin- und hergerissen, da er jetzt alle Geschwister an den Kaukasus verlieren sollte, er raufte sich aufgeregt das Haar. Ich nahm aber auch ein Funkeln wahr in seinen Augen – weil Johannes und Änni mit uns auswandern, hat er das Heimet nun für sich und wird seine Familie ernähren können.

Ich wechsle zur nächsten Kuh und schliesse die Augen, sobald die Milch fliesst. Unsere schwankende Habe sehe ich vor mir, die ein Fuhrmann nach Därligen beförderte. Dort bestiegen wir das erste Mal in unserem Leben ein Schiff, die Buben erschraken, als das Schiffshorn erklang und es dampfend ablegte, dann aber jauchzten sie, als wir über das Wasser glitten. In Scherzligen bei Thun wartete die Bahn auf uns, wir luden alles ein und hatten kaum auf den Holzbänken Platz genommen, als der Stationsvorstand auch schon die grüne Kelle zeigte und der Zug losfuhr. Fritz fragte, wann wir endlich das Hardermannli sehen würden. Leider hatten wir auf dem Bödeli verpasst, ihm das Felsgesicht zu zeigen.

Die Fahrt nach Bern verging im Nu, bei der Einfahrt sah ich das Münster von weitem, diese riesige Kirche, und Eiger, Mönch und Jungfrau ganz klein in der Ferne. Dann fuhren wir los Richtung Zürich. Das nächste Dampfross war mit Wien angeschrieben, wir kamen an Seen vorbei. Den Zöllnern an der Grenze legten wir unsere neuen Reisepässe vor und gaben unser Ziel Kaukasien an, sie musterten die Fotografien, drückten Stempel in die Pässe und liessen uns ziehen.

Nun fuhren wir durch die Nacht, Christians Kopf baumelte hin und her im Schlaf, Johannes schnarchte laut, Elisi lag in ihrem Korb, die Buben lehnten sich an mich und waren eingeschlafen, während Änni und ich kaum ein Auge zumachten und uns ab und zu müde zublinzelten.

Von Wien weiss ich nichts, eine unglaubliche Müdigkeit hatte mich befallen. In Triest, einer Stadt an der

Adriaküste mit grossen, farbigen Palästen, bestiegen wir ein Schiff, die riesige Wasserfläche des Meeres tat sich vor uns auf, Land sahen wir nur noch aus der Ferne. Tag und Nacht glitt das Schiff dahin, zum Schlafen legten wir uns in Decken auf die Planken. Zum Glück war die See recht ruhig, erst kurz vor Athen kam Regen und Wind auf, der sich aber schnell wieder legte, bevor sich uns der Magen drehte.

Änni, die auch am Melken ist, winkt mir zu, als ich zur nächsten Kuh wechsle. Rösi bereitet heute das Frühstück vor, wir wechseln uns immer ab. Lange lebten wir auf unserer Reise von den Vorräten, kauten alte Brotrinden, verzehrten Stück für Stück den Alpkäse, schnitten die Würste zu Rädchen auf und tranken Wasser und Wein aus den mitgebrachten Schläuchen aus Tierhäuten. In Konstantinopel zierten muselmanische Paläste den Horizont. Dunkle Kinder kamen an Bord, in Körben boten sie orange und braune Früchte an, die wir noch nie gesehen hatten. Johannes sagte, das seien Orangen und Datteln, Christian tauschte ein paar Äpfel gegen sie ein, die Datteln waren süss, den Kindern lief der Saft der Orangen über die Lippen. Nachdem es den Bosporus durchlaufen hatte, zog unser Schiff aufs Schwarze Meer hinaus, von dem unser Ältester, Christen, enttäuscht war, weil es nicht schwarz ist.

Tag und Nacht flossen ineinander, ich hatte keine Ahnung, wie lange wir schon reisten und wann wir ankommen würden. In der Stadt Batum gingen wir an Land, Fuhrwerke beförderten uns durch fruchtbares Land. An einer Station warteten ein Mann und eine

Frau, die mir bekannt vorkamen: Es war Peter, mit grauen Schläfen, und Rösi, die viele Kinder an der Hand hatte. «Da seid ihr endlich», sagte Peter, drückte uns die Hand, nahm unseren Koffer und führte uns zum Wagen, dem zwei Pferde vorgespannt waren. Wir holperten über staubige Wege nach Karabulach, und seither wohnen wir in diesem Steinhaus mit Schieferdach. Einmal waren wir in Tiflis, dessen Stadthäuser und Paläste orientalisch wirken. Aber es wird viel Hochdeutsch gesprochen dort, wie auch in unseren Nachbardörfern Alexanderhilf und Katharinenfeld. Wir können uns recht gut verständigen hier – die Dörfer wurden von Deutschen gegründet, haben deutsche Schulen und Kirchen, wir besuchen die lutherische Kirche in Katharinenfeld.

Aber auch die Deutschen kommen mir fremd vor – sie reden so anders als wir. Wenn wir Hochdeutsch sprechen, lachen sie manchmal, und wenn wir unter uns sprechen, sagen sie, unser Oberländer Dialekt klinge für sie wie gesungen. Der lutherische Pfarrer spricht auch ganz anders als unser Pfarrer in Gsteig. Es ist aber Gottes Wort, das er verkündet, und ich gehe gerne hin, denn viele Geschichten aus der Bibel erkenne ich wieder, ich habe sie schon im Konfirmandenunterricht gehört und im Gottesdienst, ich habe mein Andachtsbuch und meine Bibel mitgenommen, und auch einige Lieder, die wir singen, klingen vertraut.

Ich wechsle von Kuh zu Kuh, und es ist wie oft in der Früh, ich verrichte meine Arbeit, aber meine Gedanken sind anderswo. Manchmal bin ich hier und doch nicht hier. Ich bin da und doch fremd. Es war richtig, auszuwandern, ich sehe es ein. Aber werden wir je hier Wurzeln schlagen? Vielleicht wird es einfacher sein, wenn ich hier geboren habe. Im Herbst wird es so weit sein, wieder rundet sich mein Leib. Die Kinder haben Isenfluh fast schon vergessen. Sie wachsen mit Peters Kindern zusammen auf, mit der zehnjährigen, vorlauten Rosina, dem achtjährigen, kräftigen Friedrich, dem siebenjährigen Peterli und ihren zwei kleinen Schwestern. Christen kann sich gut behaupten in der Kinderschar. Unser Fritz dagegen ist schüchtern und still. Er fragt mich nur noch selten nach Isenfluh und dem Hardermannli, die Sagen aus der Heimat erzähle ich nicht mehr. Wozu auch? Die Kinder leben hier. Gottlieb ist schon vier, Elisi stapft wacker herum und fällt in den Dreck, wenn ich nicht aufpasse.

Ich erhebe mich vom Melkstuhl neben der äussersten Kuh, strecke den Rücken, wische vor dem Stall das Stroh von den Holzschuhen. Die Tatarinnen tragen die restlichen Milcheimer in die Käserei, sie winken zum Abschied. Änni kommt her, ihr Blick liegt auf meinem Körper. Sie weiss, dass ich wieder schwanger bin. Meine Schwägerin, schon vierzig, ist kinderlos und leidet darunter, auch wenn man nicht darüber spricht. Johannes, mein Bruder, hat sich schon abfällig geäussert, dass Änni nicht viel tauge, sie senkt dann jeweils den Blick.

Wir bleiben vor den Wiesen stehen, die Kühe weiden hier den ganzen Sommer lang Tag und Nacht draussen. Ein Schimmer überzieht die Matten, wie letztes Jahr färben die gelben, weissen und violetten Krokusse ganze Landstriche bunt.

«Die Blumen entschädigen für viel, nicht wahr?», sagt Änni. «Wir hatten diese Bäume und Wälder im Oberland, fast zu viel davon – hier ist alles ebenes Weideland. Bald aber werden die Ankebälli blühen, die Vergissmeinnicht, die Iris, die Wildrosen. Wir kannten das alles auch, aber die Blumen waren nicht so dicht, nicht so farbig wie hier.» Sie zieht die Strickjacke enger um die Schultern. «Der ständige Wind macht mir zu schaffen.»

«Er geht durch Mark und Bein», bestätige ich. «Manchmal frage ich mich, ob ich hier jemals ganz heimisch werde.»

Änni mustert mich überrascht. «Du bist Christians Frau, hast die Kinder, jetzt kommt noch eins hinzu. Was willst du noch?»

«Nichts», sage ich schnell und hoffe, dass Änni Christian nicht hinterbringt, was ich gesagt habe, denn er mag nicht, wenn jemand an der neuen Heimat zweifelt. «Wir haben zu essen, die Kinder gedeihen. Die Männer produzieren Käse, den wir gut verkaufen können. Ich vermisse nichts», erkläre ich.

Karabulach (Georgien), Juni 1881

Es ist unglaublich heiss, so etwas habe ich in Isenfluh nie erlebt. Das ist ausserordentlich für diese Gegend, sagt Peter, und das sagen auch die Deutschen in Katharinenfeld, die Russen und die Tataren. Das meiste Gras verdorrt auf den Weiden. Ich reche mit Rösi und ihrer Tochter Rosina das wenige Heu zusammen, das in kürzester Zeit getrocknet ist, seit es die Männer in der Früh mit der Sense geschnitten haben. Letztes Jahr beschäftigten wir armenische Landarbeiter, die uns beim Heuen halfen, so viel gab es zu tun. Heute Abend wird der Ochse das Heu in wenigen Ladungen zum Stall zurückbringen. Die Kühe muhen oft, weil sie zu wenig Gras finden auf den Weiden, sie geben weniger Milch, die Männer können die riesigen Kupferkessel nur halb füllen.

Schweiss fliesst mir in die Augen unter dem Strohhut, meine Augen brennen, die schwieligen Hände schmerzen, ich fahre aber weiter, versuche, jeden Halm zu erfassen. Vor mir schichtet Rosina das Heu zu Walmen, das Mädchen ist zäh. Zuhause schaut es nach den Kleinen, kommandiert manchmal auch seine Brüder und meine Buben herum, bis Peter die Stirn runzelt und sagt, «so geht es nicht, ein Mädchen befiehlt nicht den Buben.» Er fordert diese auf, sich zu wehren und stachelt sie an, bis sie Rosina mit vereinten Kräften zu Boden drücken und Friedrich oder unser Christen sich auf ihre Brust setzt. Dann aber stösst sie die Buben weg, steht auf, wischt sich den Staub vom Kleid, wie wenn nichts gewesen wäre.

Mitten auf dem Feld fühle ich mich plötzlich unglaublich schwer, das Kind, das in mir wächst, zehrt an meinen Kräften und zieht mich zu Boden, es wird schwarz vor meinen Augen. Als ich wieder erwache, kniet Rösi neben mir und fächelt mir mit ihrem Hut frische Luft zu, das Mädchen kneift und tätschelt mir die Wange, bis ich die Augen aufschlage. Ich richte mich auf, Rösi flösst mir Hagebuttentee ein, und Rosina stellt sich so vor die Sonne, dass ich einen Moment Schatten habe.

Erbarmungslos erscheint mir die Sonne in diesen Tagen, wie ein glühendes Eisen steht sie am Himmel. Ich schäme mich über meine Schwäche, rapple mich auf. Das Mädchen streckt mir den Rechen hin, und schon fahren wir fort, jede recht das Heu zu einem eigenen Walm, ich muss schauen, dass ich nicht zurückbleibe.

Karabulach (Georgien), Dezember 1881

Christian schiebt mir eine der drei Ansichtskarten hin, «für deinen Bruder Christen», sagt er. Wie letztes Jahr wollen wir Neujahrskarten schreiben an unsere Lieben in Isenfluh. Es ist der letzte Adventssonntag vor Weihnachten, wir sitzen an unserem roh gezimmerten Schreibpult. Johannes und Änni haben die Karten in Tiflis gekauft, sie zeigen die verschneite Hauptstadt. Alles kommt von Johannes und Änni in diesen Tagen, von Änni besonders, es ist ihr Geld.

Die Dürre dieses Sommers hat uns alles genommen. So wenig Heu brachten wir ein, so wenig Käse konnten wir produzieren. Wir wussten, dass der Heuvorrat nie und nimmer für den harten Winter in Georgien reichen würde. Etwa zur gleichen Zeit, als ich mich niederlegte, um zu gebären, entschlossen sich die Männer, den Grossteil der Kühe zu verkaufen. Dass sie nicht alle verkaufen mussten, haben sie Änni zu verdanken. Sie hatte in der Schweiz ein bisschen Geld geerbt und es in einem Säcklein mit sich getragen. Sie hat das Säcklein fast geleert und das Geld in Rubel getauscht, davon haben wir Heu zugekauft und leben wir diesen Winter. Keiner der Männer sagt mehr, dass Änni zu nichts nütz sei.

Die Männer erzielten nur wenige Rubel für die Kühe, weil auch alle anderen Kolonisten und Käser verkaufen wollten. Als unsere Männer vom Markt in Katharinenfeld zurückkamen, hatte ich Hans geboren – eine Tochter hätte ich Anna genannt. Rösi und Änni waren an meiner Seite bei der Geburt, auch Rosina, neugierig auf das Geschehen, liess sich nicht aus der Stube weisen. Ich trug den kleinen Hansli im Arm bei ihrer Heimkehr, und das heiterte die Männer auf, obwohl nun noch ein Maul mehr zu stopfen sein wird. Vorläufig aber liegt er an meiner Brust, ist ein liebes Kind und schreit nur selten.

Christian starrt in den Schnee hinaus, der stetig fällt. Seine Karten, sehe ich, sind noch unbeschrieben. Aber jetzt taucht er die Feder ins Fass, er seufzt, als er zu schreiben beginnt, es ist fast ein Knurren. Mit eckigen Bewegungen führt er die Feder über die Karte, unterschreibt und wirft die Feder hin, so dass die Tinte über den Tisch spritzt.

«Was ist, Christian?»

Sein Blick ist leer, er will zuerst nicht sprechen, tut es dann doch. «Die Karte ist für Maria, meine Mutter. Ich habe ihr geschrieben, dass wir nach den Weihnachtstagen nach Hause reisen, irgendwann im Januar werden wir in Isenfluh eintreffen. Es geht nicht, die Dürre hat alles zunichte gemacht. Ich hab es versucht, der Erfolg war schon fast da – jetzt ist alles weg. Wir haben ein Kind mehr und nur noch die Hälfte der Kühe. Wenn Änni nicht ihr Geld eingeschossen hätte, wären wir ruiniert.» Er schaut mich an, was selten ist, meistens redet er an mir vorbei. «Das wars, Elisabeth, ich gebe auf. Wir verkaufen den Rest auch noch, borgen uns etwas Geld von Änni und reisen zurück.»

Noch nie habe ich Christian so erlebt. Er würde es nicht verwinden, wenn wir zurückkehren müssten. Ich sehe uns auf den Schiffen übers Meer fahren im trüben Winterwetter, endlos würde sich die Reise hinziehen. Wieder hätte ich ein zweimonatiges Kind im Arm, das fünfte diesmal, wir würden jämmerlich frieren. Schliesslich würden wir mit unseren Lasten den steinigen, eisigen Weg nach Isenfluh hinaufwanken. Im Dorf wären wir hämischen Blicken ausgesetzt, man hat es doch gewusst, dass es nicht gehen kann. In unseren Stuben leben nun Hans und Susanna mit ihren zwei Kleinen, wir müssten eine Stube mit Maria teilen. Vielleicht hätte sie Freude, uns wiederzusehen, Elisi ist jetzt zweijährig und hat immer noch blaue Augen. Aber das wäre auch alles. Wir wären eine Last für den Schwager und die Schwiegermutter, sieben Mäuler wären zu stopfen, es ist Winter, nichts da. Auch Christen, mein Bruder, wäre nicht in der Lage, uns zu unterstützen.

Ich stelle mich vor Christian hin. «Nein», sage ich bestimmt, «wir fahren nicht zurück, unser Leben ist hier. Wir nehmen noch einmal einen Anlauf, es wird schon werden.»

Christian starrt mich an. Noch nie habe ich das Wort gegen ihn erhoben, er ist das nicht gewöhnt. Er wird aufspringen und mich anschreien. Schlagen wird er mich nicht – nicht Christian. Aber er lässt sich das nicht bieten von seiner Frau, die sonst immer hinter ihm zurücksteht. Sein Blick irrt zur Karte für Maria, er hält sie mir hin: «Unterschreibe, Elisabeth!»

Ich nehme die Karte entgegen, überlege einen Moment und reisse sie entzwei.

Er ist verblüfft. Zuckt es um seine Mundwinkel? «Gut», sagt er, «du hast gesprochen, ich anerkenne das. Aber jetzt fehlt mir eine Neujahrskarte, Mutter soll auch eine bekommen.»

Hansli weint, ich nehme ihn auf. «Du adressierst die Karte an Hans und Maria gemeinsam, schreibst, dass uns ein gesunder Bub geschenkt wurde. Wir hätten es nicht einfach gehabt dieses Jahr, nächstes Jahr aber werde es bestimmt besser. Ich werde die Karte gern unterschreiben.»

Anna Ammeter-Stücker

Karabulach, den 27. August 1901

Meine liebe theure Schwester Rosa!

Mit schönem Dank und grosser Freude habe ich deinen lieben Brief erhalten. Leider habe ich von der Mutter noch keinen erhalten und warte schon so lange auf ein Lebenszeichen von ihr. Du kannst nicht glauben, wies unendlich mich freut, wenn ich etwas vernehme von Euch. … Sei doch so gut und schreibe mir bald wieder, ob sie gesund ist. Manches mahl bleiben die Briefe auch lange in der Stadt Tiflis, bis von uns ein Käsewagen fährt. Tiflis ist 4 Tagereisen von uns per Wagen.

Zwei Tage nach Pfingsten feierten wir Hochzeit, hätten uns abphotographieren lassen, aber es war gerade kein Photograph da. Wir wurden getraut in der Kirche zu Kathrinenfeld in einem deutschen Dorfe eine Tagreise von hier. Ich dachte immer, wenn nur jemand von Euch da wäre. Es gefällt mir immer sehr gut hier, der Fritz und alle sind ja so gut. Doch manchmal fühle ich mich ein wenig verlassen. Es träumt mir fast alle Nächte von Euch, von der Mutter und von dir auch schon manches mahl und auch von den andern. Wie manches mahl habe ich schon gewünscht, wenn nur die liebe Mutter hier wäre. Jetzt, wo sie alt wird, sollte sie doch ein wenig bessere Zeit haben, und nicht mehr so schaffen müssen, aber der liebe Gott wird es ihr schon einmal vergelten. O, ich bitte dich, liebe Rosa, habe auch immer noch ein Aug auf sie. Wenn es nur nicht so weit wäre, dass ich hie und da könnte zu Euch kommen.

Im Sommer haben wir immer ein wenig streng beim heuen, wir hatten den Sommer über 200 Arbeiter, ohne unsere Knechte. Du kannst denken, dass so 500 Stück Vieh viel Heu wegfressen. … wir Frauen hatten den ganzen Tag zu thun mit Brot backen, in 2 Öfen haben wir im Tag 13 – 14 mal gebacken. Du kannst denken, was so 250 Männer mögen essen. … Am Morgen gab man ihnen Brot und Käse, am Mittag Fleischsuppe mit allerhand Gemüse drin und Brot, um 4 Uhr Brot und Käse, am Abend Reisbrei mit Brot. Man musste alle andern Tage eine Kuh schlachten … Wir haben bei 2 Monate geheuet … In der Schweiz hätte ich nie geglaubt, dass ich noch einmal das backen lernte, man weiss eben nicht, zu was es einem kommt.

Es gibt dies Jahr ziemlich viel Früchte, Äpfel und allerhand, so fruchtbar ist es hier. Kartoffeln gibt es sehr viel und sehr grosse, schöne. Wir haben allerhand Gemüse, was man nur will. Es ist viel fruchtbarer als in Kars, wo der Vater ist. Er war letzthin auch hier bei mir und Marie und Hans auch. …

Ich schrieb diesen Brief gerade, als ich deinen erhalten hatte, ich glaubte anfangs, ihr habet mich vergessen. Sei so gut und schreibe mir einen langen Brief, alles, was du weisst. … Lasse alle grüssen, die mir nachfragen. …

Indessen grüsst und küsst dich herzlich deine Schwester Anna, viele tausend Küsse dem Fritzli und einen freundlichen Gruss an deinen Rudolf.

Anna schreibt die Adresse auf den verschlossenen Umschlag, sorgfältig malt sie die Buchstaben, wie wenn das helfen könnte, dass der Brief wirklich ankommt. So lange musste sie warten auf ein Zeichen von zu Hause. Von der Mutter ist noch immer keins gekommen. Dabei ist sie doch eine gehorsame Tochter. Der Vater hat für sie einen Bräutigam gefunden in Russland, die Mutter billigte den Vorschlag. Nur sie selbst war erschrocken. Immer war doch klar gewesen, dass sie sich in der Umgebung von Thun verheiraten würde wie ihre Schwester Rosa, es gab Burschen, die ihr den Hof machten. Aber der Vater, schon lange Jahre Käser in Georgien, weil das kleine Bauerngut im Lerchenfeld nicht alle ernähren konnte, wollte mehr für sie. Er hatte der Mutter geschrieben, für seine schönste Tochter habe er den Fritz gefunden aus der wohlhabenden Ammeter-Familie. Dem Brief war ein Foto beigelegt von einem Mann mit hellen Augen, der eine fremd aussehende Fellmütze trug. Die Ammeter-Familie bewirtschafte einen grossen Hof in Karabulach, schrieb der Vater, nirgends habe sie eine so sichere Zukunft wie in dieser Familie – Annas Foto habe Fritz gefallen. Seins gefiel ihr auch – nur schade, dass er nicht in Uetendorf oder Heiligenschwendi lebte und sie ihn vor der Verlobung nicht treffen konnte.

Nachdenklich dreht sie den Brief in ihren Händen, in dem sie von ihrer Hochzeit erzählt. Man schickte sie auf die lange Reise mit einem jungen Käser und seiner Frau, den die Ammeters in der Schweiz angeworben hatten. Sie war so aufgeregt gewesen, hatte sich das alles nicht vorstellen können. Nur einen Monat, nachdem sie das Foto von Fritz erhalten hatte, stand sie mit ihrem Überseekoffer am Bahnhof Thun zur Abreise bereit. Die Mutter, Rosa und die jüngeren Geschwister hatten sie umarmt, ihre

Schwester Lina, die immer schon das Gefühl hatte, dass ihr Anna vor dem Licht stehe, hatte nicht einmal gewunken. Der abfahrende Zug hatte sie in Dampfwolken gehüllt, und als sie wieder klare Sicht hatte, war die Familie weg, wie verschluckt vom Rauch. Dann die endlose Bahnreise, die Paläste von Venedig, die lange Schiffsreise. Alles wurde immer fremder, die Leute sahen anders aus, die Gerüche waren fremd, nur die salzige Meeresluft roch sie gern. Der angehende Käser hatte ihr mit dem Koffer geholfen, er und seine Frau hatten nur wenig mit ihr gesprochen, weil sie die zukünftige Frau eines der Patrons war. In Batum, am Ende des Schwarzen Meeres, hatten sie wieder einen Zug bestiegen, die Lokomotive hatte sie durch Täler gezogen, die im April schon sehr grün waren.

An einer der Stationen wartete wie abgemacht ihr künftiger Bräutigam, Fritz Ammeter, mit seinem Fuhrwerk. Eine so weite Strecke hatte sie reisen müssen, um den Mann mit der fremden Mütze zu finden – eine tatarische Fellmütze war das, wusste sie inzwischen. Da stand er nun, seine Kiefer mahlten, er war ganz offensichtlich so aufgeregt wie sie selbst. Es war gut, dass das Käserpaar dabei war, es galt, Koffer auf das Fuhrwerk zu hieven, Praktisches zu erledigen. Fritz half ihr auf den Bock neben sich, die andern setzten sich hinten. «Hü», sagte er zum Pferd, und dann zu ihr: «Du siehst genauso aus wie auf dem Foto.» Sie schaute auf die fernen Schneeberge und auf die Wiesen, die mit Blumen überzogen waren. Krokusse blühten, soweit das Auge reichte, Vergissmeinnicht auch, sie kannte diese Blumen, sie waren ihr nicht fremd. Fritz sprach den ihr bekannten Oberländer Dialekt aus dem Tal von Lauterbrunnen – Thun mit seinem stolzen Schloss, in dessen Umkreis sie wohnte, war das Tor zum Oberland. Und als sie dann in Karabulach vor den grossen Steinhäusern in der weiten Ebene anhielten, strömte die ganze Familie herbei, alle Brüder ähnelten Fritz. Vater Christian trat zum Fuhrwerk und drückte ihr die Hand, so dass sie schmerzte, und einige Schritte hinter ihm kam Elisabeth heran, die Mutter, streng sah sie aus, mit schmalen Augen und Lippen.

Anna steht auf, sie lässt den Brief liegen, morgen wird sie ihn dem Kutscher nach Katharinenfeld mitgeben. Sie stellt sich ans Fenster, sieht, wie Elisabeth, das graue Haar streng zurückgezogen, im letzten Tageslicht das Federvieh füttert, immer tut sie es selbst, mit gemessenen Bewegungen wirft sie die Körner unter die gackernden Hühner. Die Schwiegermutter ist nicht streng, weiss sie inzwischen, sie sieht nur so aus. Ruhig gibt sie Anweisungen, wenn Anna ihr zur Hand geht, kaum je tadelt sie. Aber sie ist schweigsam und zugeknöpft, sie heizt ein, kocht, schöpft, näht, stopft, alles geht ihr wie von selbst von der Hand, aber sie hängt ihren Gedanken nach, jede Frage muss man zweimal stellen. Früher habe sie oft von Isenfluh erzählt, dem Heimatort, sagt Fritz, aber der Vater habe das nicht mehr hören mögen, Mutter sei still geworden, erst das Martheli, die dreijährige Nachzüglerin, habe sie wieder aus der Schwermut herausgeholt.

Ammeters haben sie gut aufgenommen. Vor Schwiegervater Christian hat sie Respekt, manchmal ein bisschen Angst, denn er ist es, der hier herrscht und die Söhne, Töchter, Schwiegertöchter und Angestellten herumbefiehlt, er weiss, wie es gehen muss, niemand wagt ihm zu widersprechen. Nur Christen, der älteste Sohn, hat ein ähnliches Gewicht in der Familie. Gerade jetzt kommt er heran, redet auf seine Mutter ein, zwirbelt aufgeregt seinen fein gedrechselten Schnauz. Elisabeth und Christen sind die einzigen, die Christian in seine Entscheide einbezieht. Fritz ist nicht so stark und tatkräftig wie Christen, kennt sich aber aus mit Zahlen und führt die Bücher der Käserei, das anerkennt sein Vater. Fritz ist ja so ruhig, so nett – zu ihr, zu Christens fünf kleinen Kindern, zu den Angestellten, einfach zu allen.

Da drüben geht er über den Hof, neben Gottlieb, der ihm am nächsten steht unter den Brüdern. Sie gehen dem Kanal entlang, der vom Fluss Maschawer abgeleitet zwischen den Häusern durchführt, das Mühlerad und das grosse Butterfass antreibt. Gottlieb hat das Käsen bei Fritz Stücker gelernt, ihrem Vater, der damals in der Nähe von Karabulach käste, jetzt aber nach Kars gezogen ist weiter südwestlich. Vater hält es nie lange aus an einem Ort, das mochte Mutter nicht, darum wohl blieb sie in der Schweiz. Gottlieb gestikuliert wild, er hat Temperament, kann wütend auf den Tisch klopfen, davon kann seine deutsche Frau Rosi ein Lied singen. Die Rosi aber lacht dann nur, sie ist fröhlich, versteht es, auszugleichen.

Gottlieb und Rosi waren Trauzeugen bei der Hochzeit in Katharinenfeld, Christen und seine noch unverheiratete Schwester Elise wohnten der Trauung auch bei. Die Heirat wurde an einem Wochentag vollzogen, die Schwiegereltern und alle andern arbeiteten. In der lutherischen Kirche wurden sie vom Pfarrer getraut. Sie hat sich schon an die lutherische Kirche gewöhnt, die ihr strenger scheint als die reformierte Kirche in Thun. Aber das ist ganz gut, man muss einen Halt haben, muss wissen, wohin es geht.

Dass niemand von ihrer Familie dabei war, stimmt sie traurig. Nicht einmal eine Photographie bezeugt die Heirat – so gern hätte sie einen Abzug an Mutter und Rosa geschickt. Eine Photographie hätte alles wirklicher gemacht, sie würde jetzt auf Mutters Kommode im Lerchenfeld in Thun stehen und allen Verwandten und Bekannten gezeigt. «Die Anna ist glücklich in Russland», würde die Mutter sagen, «das ist Fritz Ammeter, ihr Mann, das sind die Schwager Christian und Gottlieb und die Schwägerinnen Rosi und Elise. Die Elise würde ein mürrisches Gesicht machen auf dem Foto, selten sieht man sie anders. Elise hat es schwer, hat Elisabeth schon öfter gesagt, mit zwei Monaten schon musste sie die weite Reise antreten, das hat ihr kein Glück gebracht.

Und sie, Anna – sähe sie glücklich aus auf diesem Foto, das es nicht gibt? Zufrieden auf jeden Fall. Gottergeben. Denn alle sind ja gut zu ihr. Fritz vor allem. In diesem Moment tritt er in die Stube, trägt das Martheli auf den Schultern, seine kleine Schwester. Sie streicht über das dunkle Haar des Kindes, er galoppiert mit ihm im Zimmer umher, das Kind juchzt vor Freude. Aber dann will es weg, Fritz setzt es auf den Boden, sie öffnet die Tür, und Martheli läuft quer über den Hof auf seinen Vater Christian zu, den Aussenstehende für den Grossvater halten, und Christian lässt die Käser stehen, mit denen er sich besprochen hat, schliesst Martheli in seine Arme.

Hoffentlich kommt sie bald in Erwartung. Dann wäre sie Mutter von Ammeter-Kindern, gehörte endgültig dazu. Die Rosina, Christens Frau, hat schon fünf Kinder. Wegen des ersten mussten sie heiraten, hat sie gehört. Darüber spricht man nicht mehr. Rosina ist eine geborene Ammeter, eine Tochter von Peter Ammeter, Elisabeths Bruder, der vor ein paar Jahren bei einem Unglück ums Leben kam. Christen hat seine Base geheiratet. Die Rosina ist ja so tüchtig, ihre Kinder gebärt sie allein in wenigen Stunden, und wenn sie am Morgen geboren hat, ist sie am Abend wieder an der Arbeit, sagt man. Allen Frauen hier hilft sie beim Gebären. Eine Zeitlang hat sie eine Tatarenfrau begleitet, die als Hebamme wirkte, alles andere hat sie sich selbst beigebracht. Anna macht sich ein bisschen Sorgen, wenn sie unter Rosina gebären müsste, denn die Schwägerin ist heftig und manchmal ein bisschen derb. Da ist ihr die mürrische Elise lieber. Am nächsten ist ihr die sanfte, lustige Rosi.

Mit Rosi und Rosina, ihren Schwägerinnen, lebt sie zusammen. Rosa aber, ihre ältere Schwester und beste Freundin, ist weit weg. Kürzlich hat sie ein Kind geboren, den Fritzli. Vielleicht wird sie Fritzli nie sehen, ausser auf einem Foto, wenn es nicht verloren geht, wie es mit einigen Briefen geschehen ist. Sie, Anna, ist jetzt in Russland, wird vielleicht für immer hier bleiben. Man hat keine Wahl, es sind die Eltern, die entscheiden, und die Umstände, man muss ein Auskommen haben, eine junge Frau braucht einen Ehemann. Sie hat es ja gut mit Fritz, und es sind alle so nett, nicht genug kann sie es sagen. Die meisten Blumen hier kennt sie, die Gemüse und Früchte wachsen üppiger als zu Hause. Die beiden Schneeberge, deren Namen sie nicht behalten kann, sind ihr zwar fremd, die Tataren und Russen mit ihrem Kauderwelsch auch. Aber hier auf dem Gut zählt die Familie, man redet Berndeutsch, sie ist die Frau von Fritz.

Trotzdem. Manchmal ängstigt sie sich vor der Nacht, wenn die Schatten an den Wänden hochwachsen. Kaum ist sie eingeschlafen, sind die Mutter und Rosa neben ihr, sie bewegen sich, sprechen mit ihr. Aber im Moment, wenn sie sie berühren will, sind sie weg, und sie erwacht neben Fritz, hört seine tiefen Atemzüge, die sie nach und nach beruhigen. Wenn nur erst Kinder da sind – dann ist alles gut.

Karabulach, den 11. Sept. 1919

Geliebte Mutter und Geschwister!

Endlich nach langem kann ich Euch wieder ein paar Worte mitteilen, vorher war keine Gelegenheit. Es hat sich indessen viel begeben … Ihr wisst wahrscheinlich auch, dass die Käsereien alle überfallen worden sind, es war eine schlimme Zeit. … In der Sonntagsnacht wurde Airigar überfallen, die grösseren Mädchen wollten die Tataren fortnehmen, aber ein gut gesinnter Tatar gab ihnen an, sie seien in Katharinenfeld, und so waren sie zufrieden. Mit grossen Steinen … schlugen sie die Türen und Fenster ein und drangen ganze Haufen in die Stuben und packten alles zusammen und luden es auf unsere Wägen, spannten unsere Ochsen ein und gingen, als sie alles geplündert hatten, fort. … Die Schwiegereltern waren vorher nach Katharinenfeld und nahmen was sie nötig brauchten mit, das andere alles blieb den Räubern. … Hier, glaubten sie, bei uns seis sicherer. Aber zwei Tage nachher mussten wir auch flüchten, denn die Räuber machten von einer Käserei zur andern fort. … Wir waren vom Februar bis im Herbst spät in Zalge [Alexanderhilf], jetzt sind wir alle, die von Airigar auch, hier und haben gerade unser Auskommen. Nicht ganz 200 Stück Vieh haben wir auch wieder bekommen durch die deutschen Soldaten. Die Kleider und zwei Betten, den Tisch von unserer Schlafstube und den Schmuck konnten wir retten, das Vieh und das andere alles blieb hier. …

Anna legt die Feder nieder. Müde ist sie – einfach nur müde. Sie schreibt nicht mehr oft, hat genug zu tun mit dem Leben hier, mit ihren Kindern. Nicht zehn sind es wie bei Christen und bis jetzt elf wie bei Gottlieb, aber immerhin fünf – der kleine Gottlieb, Klara, Karl, Werner und Fritzli, erst dreijährig. Die Briefe aus Thun Lerchenfeld sind selten, sie versteht es ja, man ist jetzt schon so lange auseinander. Ihre Familie in der Schweiz hatte eigene Sorgen, in Europa tobte ein Weltkrieg, sie hofften, dass die Schweiz nicht hineingezogen wird.

Hier ist es die russische Revolution, die alles durcheinander gebracht hat. Erste Wirren gab es 1905, beim japanisch-russischen Krieg. Aber das war nichts gegen die Unsicherheit und Überfälle in diesem und im letzten Jahr, man weiss nicht mehr, was gilt, das Besitztum ist gefährdet. Der Grossvater – so nennen Christian jetzt alle – ist oft übellaunig, er kann nicht verstehen, wie sein Reichtum dahingegangen ist. Aber er fängt von neuem an mit seinen Söhnen, der Ammeter Käse ist gefragt, sie werden den Handel wieder aufbauen, schon früher gab es Rückschläge.

Es ist eng in Karabulach, jetzt, wo alle da sind. In den letzten Jahren lebten die Familien von Christen und Gottlieb, später auch Grossvater Christian und Grossmutter Elisabeth mit den jüngeren Kindern in Airigar, einem neu gegründeten Gut, etwas höher gelegen. Sie mussten Airigar aufgeben. Zehn Familien sind jetzt hier, um die sechzig Personen. Am schwierigsten ist es für Elise, die den Käser Ferdinand Bernhard heiratete, mit ihm nach Immesli zog, sechs Kinder gebar und nun wieder hier ist, allein mit den Kindern, nachdem ihr Mann an Typhus gestorben ist.

Allen sitzt der Schreck nach den Überfällen in den Gliedern. Auf was kann man noch zählen? Manchmal denkt sie: Nur die Kirche, der Glaube, kann helfen. Alles andere ist flüchtig, nichtig. So lange in Katharinenfeld der lutherische Gottesdienst abgehalten wird, schaut der Sonntag wie eine Insel aus dem manchmal trüben Alltag heraus. Gottesdienst gab es in Thun – es gibt ihn auch hier. Den Glauben kann man mitnehmen, überallhin, niemand kann ihn rauben.

Letzthin sass Elisabeth neben ihr in der Kirche. Fast während des ganzen Gottesdiensts hielt die Schwiegermutter die Augen geschlossen. Als sie nach dem Vaterunser aus der Kirche gingen, sagte sie: «Ich war in Gedanken an einem andern Ort, in der Kirche Gsteig, wo ich getauft, konfirmiert und getraut wurde. Weisst du – diese Bilder bleiben. Die Stimme des deutschen Pfarrers wird ganz leise, ich habe jene des Pfarrers der Kirche von Gsteig bei Interlaken im Ohr, der sicher schon lange dahingegangen ist. Und ich zweifle, ob wir am richtigen Ort sind, ob wir nicht in Isenfluh hätten ausharren sollen. Christian wollte es anders – ich auch. Nun sind wir hier, und ihr alle seid Teil unserer grossen Familie. Es ist nicht nötig, an diesem Entscheid herumzudenken. Und doch tue ich es manchmal.»

Überrascht hatte Anna sie angestarrt, und Elisabeth schien genauso überrascht, erst jetzt wurde sie wohl gewahr, dass sie zu Anna gesprochen hatte, ihrer Schwiegertochter. Aber vielleicht war gerade Anna, die in der Schweiz aufgewachsen ist, die Einzige, zu der sie so sprechen konnte, denn Elisabeth hatte wohl bemerkt, dass jeder Brief aus Thun Anna ein bisschen traurig stimmte, so sehr sie die Schreiben ihrer Familie herbeisehnte.

Karabulach, den 10. Januar 1929

Geliebte Schwester u. alle

Habe deinen Brief mit grosser Freude erhalten, habe Dank dafür. …

Schon wieder ist ein Jahr vorbei, wie gerne wäre ich in eine Kirche, wir sind aber so weit nebenaus, da kommt man nicht so bald in die Kirche. So an Festtagen singt auch der Kirchenchor sehr schön. Wahrscheinlich wird er auch bald abgeschafft, auch Christbäume soll man ja keine mehr haben. Dieses Jahr hatten ja noch fast alle Leute ein Bäumchen, hier die Deutschen verstehens besonders gut, sie zu schmücken. Weihnachten und Neujahr ging so ziemlich still vorbei. Am heiligen Abend gingen die Mädchen und Buben von einem Haus zum andern und sangen Weihnachtslieder, aufs Neujahr kam Besuch. Am zweiten Januar am Abend kamen alle zu uns, bei fünfzig Gäste, es wurde gesungen und auch getanzt, die jungen Leute machen sich eben gern lustig, anderes Vergnügen gibts bei uns nicht. …

Viel Glück und Segen u. gute Gesundheit wünscht Euch Allen Anna. Bitte schreibe auch bald wieder …

Thun, November 1929

Anna hält ihren Brief aus Karabulach vom 10. Januar 1929 in den Händen – diesen Brief, den sie in Russland an Schwester Rosa in Thun aufgab. Nun ist sie selbst in Thun. Niemand hat voraussehen können, dass die Schikanen noch einmal zunehmen würden, dass die Kommunisten die Höfe in Kollektive umwandeln wollten, dass die Unsicherheit die Ammeters zermürben würde. Grossvater Christian fällte den Entscheid nach langem Hin und Her mit den Behörden. Mit der Schweiz korrespondierte man auch, Anna hoffte immer, dass sie in die Heimat zurückreisen würden. Aber wer konnte diese Grossfamilie unterbringen, den vor fünfzig Jahren ausgewanderten Christian Ammeter mit seinen vielen Nachkommen? Man habe sich damals aus freien Stücken entschieden, zu gehen, nun könne man nicht einfach so heimkehren, hiess es. Kanada wurde ins Spiel gebracht, das Schweizer Konsulat versprach ein Darlehen für den Erwerb von Land.

Isenfluh, den Heimatort des Grossvaters in der Schweiz, fragte man nicht an. Grossvater, der sich nicht vorstellen konnte, mit seiner Sippe mittellos ins kleine Dorf zurückzukehren, meinte: «Gott wird mich doch nicht so sehr strafen wollen. Nein, wir wollen es in Kanada versuchen.» Grossmutter Elisabeth war schon 1921 verstorben, und die Söhne hatten keine Erinnerung an Isenfluh – auch ihr Fritz nicht. In der Schweiz hätte man sich verständigen können, wäre aber ohne Land gewesen und auseinandergerissen worden. Lieber die Sprache nicht sprechen, aber eigenes Land besitzen, sagten sich die Ammeters – sie hatten Erfahrung darin, mit wenig von vorn zu beginnen. Nun sind sie alle drüben, nur sie und ihr jüngster Sohn Fritzli sind hier.

«Anna, die Rosa ist hier, sie hat die Wäsche gebracht», ruft die Mutter von unten.

«Ich komme.»

Rosa steht neben der Mutter. Wieder einmal erschrickt Anna über das graue Haar und die Falten im Gesicht der Schwester. Eine Frau von fünfzig ist sie und so still geworden. Wo ist die junge Frau, das redselige Mädchen von damals? Sie umarmt Rosa, bittet sie, Platz zu nehmen.

Aber Rosa ist wie immer auf dem Sprung. «Ich muss das Abendessen rüsten, bald kommen die Männer nach Hause.» Sie wischt sich über die Stirn und verabschiedet sich. Rosa hat Sorgen mit ihrem Sohn Fritz, den Anna nur von einem Foto als Kleinkind kannte. Nun ist er ein grosser, schwerer Mann um die dreissig und hat noch immer keine Arbeit. Rosa ist hilfsbereit, sie hat die Wäsche von der Frau Pfarrer auf einem Leiterwagen hergebracht, Mutter und sie werden den ganzen Abend bügeln, und morgen früh wird das Dienstmädchen der Frau Pfarrer die gebügelte Wäsche abholen. Die paar Franken fürs Bügeln sind willkommenes Zubrot.

Die Mutter nimmt das heisse Eisen vom Herd, stellt das Bügeleisen für Anna bereit, und sie beginnen mit der Arbeit. Anna gleitet mit dem Eisen über die Leintücher, faltet sie. Derweil bügelt die Mutter die Hemden des Pfarrers und die Spitzenblusen seiner Frau, nur sie kann das, Anna musste das Bügeln erst wieder lernen, in Karabulach bügelten die Mägde.

Jetzt, da sie hier ist, träumt sie oft von Karabulach, vom Duft der Frühlingswiesen und Wildrosen, von den glänzenden Kupferkesseln, in denen die Männer den flüssigen Käse rührten, vom würzigen Geruch der grossen Käselaibe im Keller, vom Plätschern des Flusses und des Kanals, vom Schnattern der Tatarenfrauen, von den Alphornklängen als morgendlicher Weckruf, vom endlosen Schneetreiben im Winter und gelegentlichen Heulen der Wölfe in der Nacht. Wenn sie erwacht, ist sie froh über die dünnen Holzwände des Heimet hier im Lerchenfeld, die sie umschliessen und ihr Schutz gewähren.

In den ersten zehn Jahren hatte sie sich eingelebt in der Fremde, alle Geräusche und Gerüche wurden ihr vertraut, sie fand eine neue Heimat in der grossen Familie und der lutherischen Kirche. In den letzten zehn Jahren aber wurde ihr alles wieder fremd, russisch und tatarisch hatte sie nur ein paar Brocken gelernt, die tatarischen Angestellten blieben zum Teil weg, seit sie die Käserei gekauft und so viel Vieh hatten, dass sie die Milch der Tataren nicht mehr brauchten, es hatte Überfälle gegeben, bei denen sie einzelne Tatarengesichter zu erkennen glaubten.

Eine neue Heimat kann fremd werden. Und auch die alte Heimat ist nicht mehr die alte, wenn man nach fast dreissig Jahren zurückkehrt. Sorgfältig setzt sie das Eisen auf. Nur ja kein Loch in die Wäsche der Frau Pfarrer brennen, die sie ihnen anvertraut hat. Die Mutter bügelt mit grosser Konzentration an den Spitzen, sie beisst sich auf die Zunge, das hat Anna schon als Kind beobachtet. Eine Welle der Zuneigung steigt in ihr auf. So unverhofft lebt sie noch einmal im Haus ihrer alt gewordenen Mutter.

Die Holztreppe knarrt, Fritzli stürmt herein, er wirft den schon von Rosas Kindern benutzten Schulranzen auf den Boden. «Wieder haben sie mich als Russe beschimpft, ich sei ‹russig›, sagten sie. Ich habe genug, ich gehe nicht mehr in die Schule!»

«Sie hänseln dich ja nur noch selten – das gibt sich, Fritzli», versucht sie ihren dreizehnjährigen Sohn zu beruhigen. «Da schau, ein Brief von Klara ist gekommen.» Die Männer in der Familie schreiben nicht gern, alles, was sie hier in Thun vernehmen, stammt von Fritzlis grosser Schwester Klara, vierundzwanzig.

Vom Ablegen des Passagierdampfers «Montclare» am 17. Juli in Antwerpen hat sie in früheren Briefen erzählt und von der achttägigen, stürmischen Überfahrt nach Quebec City. Klara beschrieb die Seekrankheit, die fast alle befallen hatte. Anna las aber auch von einem Burschen, der ihrer Tochter gefallen hatte, in späteren Briefen jedoch war er nicht mehr erwähnt, die beiden hatten sich bei der Ankunft wohl aus den Augen verloren. Nach drei Tagen anstrengender Zugreise seien sie am Sonntag,

28. Juli in der Frühe in Winnipeg, Manitoba, eingetroffen, schrieb Klara – so früh, dass die Stadt noch geschlafen und niemand sie empfangen habe. Dann aber sei der Schweizer Konsul eingetroffen, und ein Zeitungsreporter habe ihnen Fragen gestellt, die der Grossvater mit Hilfe des Konsuls beantwortet habe, weil niemand von den Ammeters Englisch spreche. Frauen und Kinder verbrachten mehrere Wochen in der Immigration Hall, während die älteren Männer, begleitet von Agenten der Canadian Pacific Railway, nach passendem Land für die Grossfamilie suchten. In Starbuck, einem kleinen Dorf ausserhalb von Winnipeg, hatten sie es endlich gefunden. Zu Fuss waren sie in einer langen Kolonne dort einmarschiert, bei der Ankunft begafft von den Dorfbewohnern. Das Land sei eben und fruchtbar, schrieb Klara, das alte Haus aber viel zu klein für die Ammeter-Familie mit dreiundsiebzig Personen.

Fritzli liest noch immer im Brief. «Der Vater, die Brüder und Klara sind in einen ehemaligen Hühnerstall auf dem Grundstück gezogen, den man zurechtgemacht hat.» Der Brief fällt zu Boden. «In Karabulach wohnten wir in einem grossen Steinhaus – und jetzt in einem alten Hühnerstall? Klara schreibt, es sei kalt, ein eisiger Wind blase durch die Ritzen. Hier haben wir es warm.» Fritzli sieht Mutter und Grossmutter eine Weile schweigend beim Bügeln zu und meint dann: «Ich will trotzdem nach Kanada und nicht zurück nach Russland. Mutter, wann fahren wir?»

«Wenn mein Bein ausgeheilt ist, es ist schon viel besser.»

Die Grossmutter bügelt die Manschetten eines Herrenhemdes. «Erzählt noch einmal von der Reise – ihr habt so viel erlebt.»

«Wir verkauften alles, was wir hatten, um genug Geld zu haben für die grosse Reise», sagt Anna. «Am 23. Juni schlossen wir die Türen unserer Häuser in Karabulach ab, fuhren nach Katharinenfeld und weiter nach Tiflis. Wir bestiegen den Zug nach Moskau und verbrachten dort ein paar Tage im Hotel.»

«Damals hatten wir noch Rubel», wirft Fritzli ein.

«In Leningrad haben sie alles Geld beschlagnahmt, nur fünf Rubel pro Person durften wir mitnehmen.»

«Und sie haben unsere Kleider desinfiziert, danach rochen sie ganz schrecklich.»

«Mit dem Frachtschiff fuhren wir nach Cuxhaven. Erinnerst du dich, wie sich alle freuten, als wir in Deutschland eintrafen?»

«Ja, alle lachten auf einmal. Aber dann kamen Männer in Uniform, musterten und untersuchten uns und sagten, dass sie dich mit einem solchen Bein in Amerika nicht einreisen lassen. Onkel Friedrich Ammeter holte uns in Hamburg ab und brachte uns nach Thun, die andern reisten ohne uns weiter.»

Die Grossmutter hängt Gedanken nach, lässt einen Moment das Bügeleisen ruhen. Sie blickt die Tochter an. «So viele Jahre warst du in Russland, weit weg. Wie kommt es dir vor hier nach so langer Zeit?»

«Das Schloss thront wie eh und je über Thun, von weitem schon sah ich es aus dem Zugfenster, und es heimelte mir», sagt Anna. «Die Stadt aber hat sich verändert. Es gibt neue Häuser und Geschäfte. Viele Leute waren mir fremd und ich ihnen. » Sie lächelt Fritzli zu. «Dein Grossmueti wartete am Bahnhof auf uns. Ich erkannte es sofort trotz weissem Haar. Ich bin so froh, dass wir hier sein dürfen.»

Sie arbeitet weiter. Es gelingt ihr nicht, die Falten aus einem blauen Tuch zu bügeln. Das Eisen ist erkaltet, sie setzt es ab.

Auf der Kommode liegt die Zeitung. Eine grosse Schlagzeile springt ihr ins Auge, sie geht hin und liest: «Schwarzer Dienstag, New Yorker Börsenkrach». Sie beugt sich über die Zeitung, überfliegt die Zeilen, wird blass. Eine Menge Leute sollen Geld verloren haben, Firmen vor dem Ruin stehen. Eine Weltwirtschaftskrise mit hoher Arbeitslosigkeit wird vorausgesagt, wie sie noch nie dagewesen.

Sie richtet sich auf, sieht, dass auch die Mutter das Bügeleisen zur Seite gestellt hat, sie und Fritzli mustern Anna aufmerksam.

«Schlimmes wird vorausgesagt für die Welt. Ich weiss nicht, was das bedeutet, vielleicht verkehren plötzlich die Schiffe nicht mehr.» Anna überlegt. «Das Meer soll nicht zwischen uns und der Ammeter-Familie sein, wo wir hingehören. Fritzli. Möglicherweise fahren wir früher als geplant. Ich werde zu Onkel Friedrich gehen, mich mit ihm beraten. Vielleicht kann er uns Schiffspassagen besorgen.»

Starbuck, den 8. März 1932

Geliebte Mutter u. Geschwister!

Habe deinen lieben Brief mit herzlicher Freude erhalten. … Der Februar zeigte uns, was der kanadische Winter kann, es ist immer schrecklich kalt, fast alle Tage geht ein grausig kalter Schneesturm … Ihr könnt euch nicht vorstellen, wie schrecklich kalt es wird. …

Waren letzten Sonntag in der Kirche, leider kam dann der Pfarrer nicht, es ist überhaupt fast unerträglich, im Winter in die Kirche zu gehen, wir fahren ja natürlich mit den Schlitten. Das geht schnell, und doch bekommt man genug von der Kälte, ich gehe ja sonst nicht hinaus, bloss auf den Abtritt. Werner bringt alles in die Küche. …

Nun will ich schliessen mit tausend herzlichen Grüssen und Küssen von deiner dich liebenden Tochter Anna.

Anna steckt den Brief in den Umschlag. Sie ist sich bewusst, dass sie sehr viel von der Kälte geschrieben hat. Der Winter dauert hier bis im April, und im November fängt er schon wieder an. Sie wohnen noch immer im ehemaligen Hühnerstall, er ist nun weiss gestrichen und in zwei Räume unterteilt, die Ritzen sind abgedichtet, es gibt eine Küche und einen Abtritt. Im alten Meakin-Haus drüben leben die Ammeter-Familien viel enger aufeinander, Fritzlis ältere Geschwister sind ja viel weg, die Söhne werden für ein paar Wochen als Holzer angestellt, Klara hilft im Haushalt einer vornehmen Familie in Winnipeg, Werner arbeitet im Banff-Springs-Hotel.

Keinesfalls will sie klagen gegenüber der Mutter. Nach dem überstürzten Aufbruch im November 1929 sind Fritzli und sie übers Meer gefahren, sind seekrank geworden, aber doch heil angekommen. In Quebec jedoch hat sie die Gesundheitskontrolle nicht bestanden, das Bein war wieder offen nach der langen Reise. Weil ihre Familie schon da war, hat man sie ins Spital gebracht und lange Wochen gepflegt, es war nicht einfach, weil sie kein Französisch spricht und auch kein Englisch, aber das Konsulat vermittelte, Fritzli durfte bei ihr bleiben. Erst im März 1930 trafen sie endlich in Starbuck ein. Fritzli wurde eingeschult. Bald darauf erzählte er, dass man ihn in der Schule als «Swiss» auslache – in Thun war er der Russe, hier der Schweizer.

Sie hatte den ersten, für alle härtesten Winter nicht miterlebt, wurde aber von der Familie gut aufgenommen. Was hatte sie gestaunt über diese Weiten, über dieses so ganz ebene Land, das durch keine Schneeberge eingegrenzt wird – weder durch Eiger, Mönch und Jungfrau noch durch Kasbek und Elbrus. Der Wind zieht ungehindert über die Ebenen und trägt noch im März den Schnee vor sich her. Als der Schnee endlich abgeschmolzen war, stellte der Grossvater fest: «Es ist ja so schön grün hier.» Damals wie heute spricht er nicht viel. Die älteren Ammeter reden noch immer Berndeutsch miteinander, das haben sie auch in Russland so gehalten. Anna sieht keinen Grund, Englisch zu lernen – es genügt, wenn die Jungen es sprechen.

Vieles ist fremd hier. Die Sprache aber, die sie untereinander sprechen, ist vertraut. Die Familie auch – man kennt einander, hat so viel zusammen erlebt. Halt gibt auch die lutherische Kirche – der Glaube vereint über Landesgrenzen und Meere hinweg. Am Sonntag ist es tröstlich zu wissen, dass auch Mutter und Rosa in der Kirche waren, man ist sich durch Gedanken und Gebete verbunden.

Starbuck, den 19. Jan. 1938

Geliebte Schwester u. Kinder!

Danke herzlich für deinen lieben Brief, ich denke auch alle Tage an Euch alle, gehst du auch noch in die Fabrick? Der liebe Gott möchte dieses Jahr deinem Fritz besseren Verdienst geben, ja, es ist viel Not und Elend auf Erden, aber wenn es immer gut ginge, was würde aus dem Menschen. Es hat hier in Canada auch sehr viel Arbeitslose, sie werden unterstützt, aber ob die Regierung das immer kann … wir hatten ein sehr gutes Jahr, dem lieben Gott sei Dank dafür, hatten letzten Frühling einen frischen Garten gemacht hier beim Haus … immer wieder kam ein schöner Regen, bis im Herbst war die Gartenerde ganz reich, und wir haben genug Gemüse bekommen, auch genug Kartoffeln, an Gottes Segen ist alles gelegen. …

Meine Schwägerin hat auch fast immer ein böses Bein, schon in Russland, wir hatten dort schweres Leben und mussten sehr viel auf den Füssen sein, das Gute war, wir hatten dort viel Obst. Nun werden die Schweizer ausgewiesen, was noch dort waren, die können auch etwas erzählen. Ich kann es in Worten nicht aussprechen, wie es mir damals, als wir kamen, zu Mute war, als wir im Cuxhafen ausstie-

gen und auf deutschem Boden waren, und so wie mir, so ist es gewiss auch den Anderen ergangen, es kann es niemand nachempfinden, wer nicht dort war, etwas Schweres, Ungewisses drückte noch auf das Kindergemüte, nicht mal sie konnten oder mochten noch lachen, ja, liebe Schwester, wir machten viel schreckliches durch, und doch ist keinem von unserer Familie ein Haar gekrümmt worden, der liebe Gott hat uns gnädig bewahrt, denke, die gleichen Bolschewiken, welche in Russland oben die Menschen so hingeschlachtet haben, waren bei uns wie die Schafe, im Anfang waren sie frech, es waren über 10 Mann beständig dort, und wir gaben ihnen das Essen und den Pferden das Futter, ich kann nicht mehr sagen, wie lang sie blieben. Wie manches mal kamen von der Tscheka Berittene dahergeritten, das Gewehr schussbereit, unsere Häuser wurden durchgesucht nach irgend etwas, Patronen oder so was, und wehe wenn sie etwas gefunden hätten, ich konnte einmal noch schnell Patronen verstecken, ich tat so, wie ich die Hühner füttern wollte, und habe die Patronen unter die Dachziegel gestossen … ich könnte vieles erzählen, und jetzt ists noch viel schlimmer dort.

Den ältesten Schwager haben sie dann fort nach Katarinenfeld, er war eine Zeitlang im Gefängniss, mit ihm noch viele Andere, und wurden sehr viele erschossen, immer am Morgen, bevor es Tag wurde, holte man sie vors Dorf hinaus. Sie mussten manchmal noch selber das Grab graben, du kannst denken, wie wir bangten um den Christian, es ist ihm nahe gestanden, per Luftschiff kam dann Bericht, es dürfe niemand mehr erschossen werden …

Als wir hier nach Winnipeg kamen, ich war ja in der Schweiz, da wurde von der ganzen Ammeter Familie ein

Bild gemacht, das Bild kam in eine englische Zeitung, und ein Artikel darunter sagte, da sei Mose gekommen mit den Israeliten ins gelobte Land, wo Milch und Honig fliesse, es hat jemand die Zeitung gegeben, aber erst nachher, als die Kinder englisch konnten, wussten wir, was sie schrieben. Jemand habe den Grossvater gefragt, wie Kanada einen Eindruck mache auf ihn, er sagte, das will ich Euch in 50zig Jahren sagen, ich glaube, so lang wird er nicht leben, er ist bald 90 und nicht mehr stark auf den Füssen, er hört auch fast nicht mehr. …

Liebe Schwester, ich habe schon Kleider zum anziehen, habe noch von denen, die du mir gegeben, und Klara kauft mir auch, ich zerreisse sehr wenig … Nun seit herzlichst gegrüsst von uns Allen, besonders von Schwester Anna.

Anna überfliegt den Brief für Rosa noch einmal. Sie blickt auf. An die Mutter wird sie nie mehr schreiben können, sie ist verstorben. Das schmerzt. Oft denkt sie an die Kindheitsjahre und ans Zusammensein später, ans gemeinsame Bügeln in Thun vor gut acht Jahren, als sie so unverhofft noch einmal für ein paar Monate unter einem Dach lebten. Die Mutter ist nicht mehr, Rosas Rudolf auch nicht, die Schwester muss nun in die Fabrik. So viel Not und Elend ist auf der Welt. Die Arbeitslosigkeit, die man nach dem Börsenzusammenbruch befürchtete, greift um sich.

Wieder ist es Winter, sie schaut aus dem Fenster ins Schneetreiben. Sie haben es nun komfortabler, ihr Fritz konnte ausserhalb Starbuck ein kleines Haus kaufen. Mit einem grossen Schlepper kam es über die Landstrasse gefahren, wurde am Waldrand beim La Salle-Fluss abgesetzt und dort verankert. Der Lohn der Söhne, die im Busch und auf Farmen arbeiten, hat diesen Kauf ermöglicht. Die Arbeit ist aber jetzt in den Dirty Thirties, den schmutzigen Dreissigerjahren, rar.

Zum Glück hat Klara ihre Haushaltstelle in Winnipeg. Am Samstagabend fährt sie jeweils mit dem Zug heim nach Starbuck und, wenn Fritz oder Werner sie nicht mit dem Schlitten abholen, watet sie die zwei Meilen zu Fuss durch den Schnee zum kleinen Familienhaus am Waldrand. Klara bindet die schmerzenden Beine ihrer Mutter neu ein und steht am Samstagabend und am Sonntag in der Küche. Anna beobachtet manchmal, wie Klaras Blick beim Kochen über den verschneiten Wald und die weisse Ebene schweift.

Klara hat ihre Arbeit, sie hat ein paar Freundinnen und ist am Sonntag Lehrerin in der Sonntagsschule. Die Kirche, der Glaube, sind Klara wichtig wie ihr selbst auch. Und doch scheint Klaras Blick manchmal ein bisschen verloren. Klara ist schön und grossgewachsen, sie hätte einen guten Mann verdient und liebt Kinder. Aber niemand ist an ihrer Seite, sie verbringt fast die ganze Freizeit zu Hause bei ihrer Familie. Hatte sie nicht in Winnipeg jemanden gekannt? Da war doch einmal etwas, aber dieser Mann hatte wohl eine bessere Partie im Auge, Klara kann ja nichts einbringen. Was für eine Partie wäre sie dagegen in Russland gewesen, als sie noch das grosse Gut hatten und viele Rubel! Rosa leitete vor einiger Zeit den Antrag eines älteren Verwandten aus der Schweiz weiter, der seine Frau verloren hatte und jemanden suchte, der an ihre Stelle trat – er hatte bei Rosa Klaras Foto gesehen und sich gleich in sie verguckt. Aber Klara lehnte ab, sie kenne die Schweiz nicht und wolle bei ihrer Familie bleiben.

Auch Gottlieb und Karl sind ledig geblieben. Sie schreibt der Schwester nicht alle Sorgen – die hat genug zu tragen. Der Gottlieb steht gut im Leben, ist verlässlich und freundlich. Oft spricht er für die Familie, denn er hat sich das Englisch selbst beigebracht. Gottlieb begleitet sie in die Kirche, wenn Fritz nicht mag. Kari lebt zurückgezogen, ist ein Eigenbrötler. Vielleicht war das schon bei seiner Geburt angelegt, denn Kari blieb ja stecken in ihr, Schwägerin Rosina, die Hebamme, musste ihn regelrecht aus ihr herauszerren. Wenn es Rosinas offene Beine zulassen, ist sie auch jetzt noch Hebamme in der Ammeter-Familie – es kommen ja so viele Kinder auf die Welt, Grosskinder der Brüder ihres Mannes, nur bei Fritz und ihr selbst kommt die Familie wohl zu einem Ende. Die Söhne Werner und Fritz sind allerdings noch jung, sie sind Kanadier und trauern den Verhältnissen in Russland nicht nach wie die älteren Brüder.

Am Sonntagnachmittag versammelt sich oft ein Teil der Grossfamilie Ammeter bei Christen, Rosina und Grossvater im «Waldhüsli». Man spricht über die politischen Verhältnisse in Kanada, die Arbeitslosen in Winnipeg und über Geschehnisse in der Familie – Hochzeiten, Todesfälle, Geburten. Der Grossvater sitzt meist schweigend dabei, Grosstochter Gritli, die ihm den Haushalt führt, begleitet ihn. Wenn Anna in sein abwesendes, verwittertes Gesicht schaut, denkt sie an den weiten Weg, den er von Isenfluh in der Schweiz über Karabulach in Georgien bis nach Starbuck in Kanada zurückgelegt hat. So viele Jahre, so viele Erfolge und Rückschläge. Er hat genug gesehen und gesprochen in seinem Leben – er braucht das nicht mehr.

Starbuck, den 2. April 1947

Liebe Schwester und Kinder!

Danke vor allem herzlich für deinen lieben, langen Brief, so ein langer Brief ist ein ganzes Vergnügen …

… wie viel Angst musste man in Russland haben, immer war etwas. Die türkische Grenze war so nahe, da konnten die Räuber etwas verüben und dann über die Grenze, wie manches mal wurde man in der Nacht aufgeweckt durch eine Schiesserei, die Männer und grösseren Buben mussten gehen, nachschauen, was gegeben, sie hatten ja immer Gewehre und Revolver bei sich, aber die Anderen hatten auch, einmal wurden sieben Ochsen aufs mal gestohlen, es gäbe ein ganzes Buch, wollte man alles aufzählen …

Den Ammetern ging ein grosses Vermögen verloren dort. Papa hat einmal einen grossen Backofen voll grosse Banknoten verbrannt, weil sie den Wert verloren hatten, sie waren sehr reich, es war so viel Vieh, sie wussten selber fast nicht wie viel, bei tausend Stück, wie viel Käse und Butter sie gemacht. …

Anna legt die Feder nieder. Der Zweite Weltkrieg ist schon fast zwei Jahre vorbei. Kein Ammeter fiel in diesem Krieg, die Schweizer Verwandten kamen auch nicht zu Schaden. Es war nicht dieser Krieg, der sie beschäftigte in den vergangenen Jahren, sondern die Vergangenheit in Russland – die Schiessereien, die Überfälle, der verlorene Reichtum.

Es bleibt ihr viel Zeit zum Nachdenken. Vor fünf Jahren ist ihr Mann gestorben, er wurde von einem Auto überfahren, als er die Kühe über die Strasse trieb. Fritz ist auf dem Friedhof in Starbuck begraben, wo Grossvater Christian Ammeter schon seit Oktober 1938 ruht. Nur ein Jahr nach Fritz wurde auch sein Bruder Christen zu Grabe getragen. Die Grabsteine liegen weit auseinander, einige stehen schräg. Kanada hat viel Platz für seine Toten, man liegt nicht eng wie in der Schweiz.

Ihre kleine Familie ist näher zusammengerückt, Klara ist aus Winnipeg zurück und führt den Haushalt, die Söhne betreiben die Milchfarm. Das Käsen allerdings haben sie aufgegeben, nur in Russland versilberten sich die Käse.

Russland. Warum diese steten Gedanken, diese Träume auch? Fast Nacht für Nacht suchen sie sie heim. Karabulach. Sie geht über den Hof, hat die Kleinen an der Hand, hört das Rauschen des Maschawer, schaut über die Ebene zu den Schneebergen Kasbek und Elbrus. Dann zieht aus dem Nichts ein Unwetter auf, die Wölfe heulen, die Tatarenfrau, die eben noch friedlich die Kühe molk, steht auf und hat eine Pistole in der Hand, sie winkt den Kumpanen, die nur auf dieses Zeichen gewartet haben. Anna rennt über den Hof, zieht die jammernden Kleinen hinter sich her, nur schnell fliehen vor dem Unwetter und dem Unheil, das schützende Haus erreichen, den Riegel vorschieben. Und bevor sie weiss, ob sie es geschafft hat, erwacht sie schweissgebadet, kein Fritz ist neben ihr, der knurrt, sie solle endlich Ruhe geben, es sei ja alles gut.

So weit zurück liegt Russland – fast zwanzig Jahre. Aber die Bilder in ihrem Innern gewinnen zunehmend Raum, die Schrecken von damals wogen höher, je älter sie wird.

Starbuck, den 17. Feb. 1953

Liebes Kläry und Grety!

Habe die warmen Sachen erhalten, und ich danke vielmal dafür, ja ich freute mich sehr darüber, weil es doch von der lieben Schwester ist, und doch überkommt mich immer wieder ein innerliches Weh, wenn ich etwas anziehe …

… die liebe Schwester gab mir immer so guten Rat, es war eine Freude, die langen Briefe und die vielen Gebete, die sie auch für mich tat, ja sie hat sich um alles sehr bekümmert, nun hat sie Ruhe. …

Die Handschuhe und Strümpfe hatte ich letzten Sonntag für in die Kirche angezogen, danke für alles.

Herzlich grüsst Euch, Tante Anna und Kinder.

Anna faltet den Brief, schaut hoch. Wie manchen Brief wird sie noch übers Meer schicken? Auch Rosa ist nicht mehr. Die Nichten haben ihr geschrieben und in einem grossen Paket Rosas Winterkleider über den Atlantik gesandt. Wie schwach fühlte sie sich, als sie das Paket öffnete und Rosas Wintermantel, die Wollröcke, Blusen, Handschuhe und Strümpfe vor sich sah. Sie liess die Schachtel einige Tage stehen, fühlte sich nicht imstande, die Kleider auszupacken. Als sie schliesslich eine der Blusen in die Hand nahm und daran roch, war Rosas Geruch so unverkennbar, dass sich ihre Augen mit Tränen füllten. Sie hat Rosas Kleider unter ihre eigenen gehängt. Wenn sie sie trägt, ist sie der Schwester nah.

Einer nach dem andern geht, auch Schwager Gottlieb ist nicht mehr da. Die ältesten Ammeter sind alle tot. Es gibt viele junge Ammeter – etliche sind aus Starbuck weggezogen. Ihre eigenen Kinder sind dageblieben. Letztes Jahr haben die älteren, ledigen Söhne Gottlieb und Kari anstelle des kleinen Häuschens ein grösseres, neues Haus gebaut. Hier wohnt sie mit ihnen und Tochter Klara, die Haus und Garten pflegt und im Sommer ein Meer von Blumen züchtet. Wenn Anna im Schlafzimmer am Fenster steht, hört sie das Rauschen des La Salle-Flusses. Dieses Rauschen beruhigt, nie verwechselt sie es mit dem Rauschen des Maschawer. Russland ist ihr endlich ferner geworden, es treibt sie nicht mehr um.

Die jüngeren Söhne Werner und Fritz führen eine eigene Farm, eine Meile entfernt, und wohnen dort mit ihren Frauen. Letzthin hatte Fritz die Idee, er könnte die Milchfarm seinem Bruder überlassen und Nerze züchten. Fritz ist ein echter Kanadier, immer auf der Suche nach Neuem. Seine zwei kleinen Buben David und Ken, ihre Enkel, sind ihr eine grosse Freude. Vorhin hat sie Klara mit den beiden Kleinen zum Fluss begleitet, der im Winter zufriert – die Buben lieben es, mit Tante Klara auf dem Eis zu spielen.

Ihre Kinder sind Kanadier, haben kanadische Pässe. Sie, Anna, hat noch immer ihren alten Schweizer Pass, ausgestellt 1929 bei der Auswanderung. Einen neuen Pass braucht sie nicht, sie wird dieses Land nie mehr verlassen. Kanada – ist das ihre Heimat? Zu Hause fühlt sie sich in der lutherischen Kirche, wo der Gottesdienst meist noch in Deutsch abgehalten wird. Und bei ihrer Familie. Gottlieb, Klara und Kari, Werner und Fritz mit den Kindern. Und bei den Schwägerinnen, den anderen Ammeter-Familien. Die Welt läuft aus dem Ruder, scheint ihr manchmal. Aber die Familie – sie bleibt.

Starbuck, den 3. Feb. 1956

Liebes Kläry!

Danke für deinen lieben Brief und die schönen Landschaftsbilder. Schön ist es schon in der Schweiz, aber das karge, schwere Leben, wie es eben die Ärmeren haben, ist nicht verlockend, ich glaube, unsere Ammeter würden es nicht lange aushalten und bald wieder verschwinden, die sind ganz anders gewöhnt. Der Winter ist wohl sehr lang und kalt, oft Schneesturm, so viel Schnee wie diesen Winter haben wir schon lange nicht gehabt, aber bald ist wieder die schöne Sonne da …

Recht herzliche Grüsse von uns Allen, besonders von deiner Tante Anna.

Martha Siegenthaler-Ammeter

Karabulach (Georgien), Ende März 1921

Eine Biene summt um meinen Kopf, die Wiese schimmert bunt von den vielen Krokussen. Manchmal bleibe ich mitten auf dem Hof stehen und denke an Ernst, meinen Verlobten, an das, was sein wird. Einen schöneren Frühling als hier kann ich mir nicht vorstellen. Ich kenne keinen anderen. Meine Mutter Elisabeth spricht vom Bergfrühling in Isenfluh in der Schweiz, von Schneeglöckchen, Schlüsselblumen und Ankebälli. In Isenfluh hatte sie die Schneeberge Eiger, Mönch und Jungfrau vor ihrem Fenster. Der Winter dort sei hart gewesen, ja – aber jetzt seien sicher schon die Frühlingsenziane zwischen den Schneeresten hervorgesprossen.

Seit wenigen Tagen steht Mutter nicht mehr auf. Wenn Vater an ihrem Bett sitzt, redet sie oft von der Vergangenheit, von Isenfluh. Gestern sprach sie von Peter, ihrem Bruder – meinem Onkel – , der Karabulach begründete, später nach Sugala zog und noch vor der Jahrhundertwende bei einem Unglück ums Leben kam. Und von ihrem Bruder Johannes, der Anfang des Jahrhunderts mit seiner Frau Änni ins Berner Oberland zurückgekehrt war, 1909 noch einmal nach Georgien reiste und bei einem Überfall ermordet wurde. «Meinen Brüdern, die zuerst hierherkamen, hat Russland kein Glück gebracht», sagte sie. «Unsere Familie aber ist gesund, es geht vorwärts», hielt Vater entgegen. «Wir haben wieder dreihundert Kühe und stellten letzten Sommer vier grosse Käselaibe pro Tag her, zu je fast achtzig Kilogramm.» Mutter nickte: «So manches Mal haben wir neu angefangen.» Sie wirkte erschöpft. Er nahm ihre Hand, und bald darauf war sie eingeschlafen.

Heute habe ich keine Jacke über mein Kleid gezogen. Das Wasser des Kanals und des Maschawerflusses rauscht, das Wasserrad kreist, das Butterfass dreht sich wie wild. Schon im frühen März gluckste das Eis, brach ein und schmolz in wenigen Tagen ab. Da. Eine Biene saugt Nektar aus dem violetten Krokus vor meinen Füssen.

Die Bienen. Wegen der Bienen sind Ernst und seine Eltern nach Georgien gekommen. Ernsts Vater war bei Baron von Kutzschenbach angestellt, hat ihm gesunde Bienenvölker herangezüchtet. Der Baron anerkannte die Kenntnisse des Imkers Siegenthaler. Die Oberländer Ammeter, Käser und Sennen, haben ihm die Käserei aufgebaut, der Emmentaler Siegenthaler begründete seine Bienenvölker. Der Baron lebt schon viele Jahre nicht mehr. Seine Frau Barbara, Tochter eines einfachen Schweizer Käsers, die er unter Stand geheiratet hatte, weil sie in Erwartung war, musste nach den Überfällen neu anfangen wie wir auch – als Frau allein hat sie es noch schwerer.

Drüben arbeitet Gottlieb bei den Bienenstöcken. Im Winter ist er oft bei seinen Pferden im Stall, bürstet und striegelt sie, im Frühling und Sommer verbringt er viel Zeit bei den Bienen. Bis vor zwei Jahren haben mich die Bienen nur wenig interessiert. Das hat sich geändert. Ich gehe hinüber zu meinem Bruder. Er ist viel älter als ich wie meine anderen grossen Brüder auch, vom Alter her könnte er mein Vater sein. Ich halte Abstand – wegen der Bienen und auch wegen Gottlieb, bei ihm weiss man nie, woran man ist, er ist nicht ruhig wie mein Bruder Fritz.

Diesmal aber begrüsst er mich freundlich, sein breites Gesicht verzieht sich zu einem Grinsen. Er zieht eine Wabe heraus, mustert die Bienen, zeigt mir die grosse Königin. «Sie haben gut überwintert und sind bereit für den ersten Ausflug», sagt er und schiebt die Wabe zurück in den Stock. Es wuselt bereits auf den Anflugbrettern der andern Stöcke. Gottlieb mustert mich. «Na, kleine Schwester – keine Angst mehr vor den Bienen? Magst du sie nun, weil dein Schatz auch imkert?»

Sicher bin ich errötet, aber ich gehe nicht darauf ein. «Wie viele Bienenstöcke hast du jetzt?» Gottlieb überprüft das Volk des nächsten Stocks. «Es sind wieder fast fünfzig Stöcke. Die Stöcke, die bei den Überfällen zerstört wurden, habe ich ersetzt. Du kannst dich auf viel, viel Honig freuen, Mädchen.» Plötzlich wird er ernst. «Mutter steht nicht mehr auf. Das gab es noch nie. Hat der Arzt aus Katharinenfeld ihr nicht helfen können?»

«Er hat einen Trank zur Stärkung dagelassen. Eigentlich konnte er aber ihre Schwäche nicht erklären. Neben dem Honorar hat er ein grosses Stück Käse und einen Topf von deinem Honig erhalten, weil er die Reise für den Hausbesuch auf sich nahm.»

«Die Ärzte, die kommunistischen Funktionäre, die Beamten – alle profitieren von uns, essen unseren Käse und schmieren sich unseren Honig ums Maul. Aber sie leisten nichts, schikanieren uns nur, stellen Vorschriften auf, die wir nicht erfüllen können.» Er inspiziert die nächste Wabe. «Da lobe ich mir die Bienen. Das ist ein arbeitsamer Staat, alle haben ihre Aufgabe und erfüllen sie. Die Drohnen leben nicht lange. Wenn es nur bei den Kommunisten auch so wäre …»

Die Bienen sind mir plötzlich gleichgültig. «Ich gehe zu Mutter.»

«Tue das, Martheli. Ich werde nach dem Käsen am Abend vorbeischauen.»

Weil ich kleingewachsen bin, nennen mich immer noch einige aus der Familie Martheli statt Martha. Sollen sie doch. Schon immer war ich die Jüngste, die Kleine. Ich hebe den Saum des langen Sonntagsrocks auf, damit er nicht in der schlammigen Erde des Hofes schleift.

Elise, die älteste Schwester, wäscht vor der Käserei die Milcheimer aus. Ihre Hände sind rot von der Arbeit, das Gesicht auch, sie packt an wie eine Magd. Letzthin hat sie mir anvertraut, dass sie darüber nachdenkt, in die Schweiz auszureisen. Als ihr Mann Ferdinand vor vier Jahren verstarb, ist sie zu uns nach Karabulach zurückgekehrt. Was sollte sie sonst machen? Geld war keins mehr da, das Frauengut fast aufgebraucht. Elise ist noch in der Schweiz geboren, darum ist ihr eine Ausreise in die Schweiz vielleicht näher als uns jüngeren Geschwistern. Wie will sie aber sich und die sechs Kinder durchbringen? Vater zahle ihr und den Kindern die Rückreise, hat sie gesagt, dann müsse sie selbst schauen. Ich winke ihr zu, sie winkt zurück, ohne eine Miene zu verziehen. Elise ist eine stille Schafferin, manchmal übersieht man sie, nur ihre durchdringenden blauen Augen vergisst man nicht.

Salz- und Käsegeruch schlägt mir entgegen. Ich gehe am Raum mit dem Salzbad, am Heizspeicher und Lagerkeller vorbei zu den Wohnhäusern, öffne die Tür zu den Stuben der Eltern. Drei meiner Schwägerinnen sitzen ums Bett der Mutter – Hebamme Rosina, die deutsche Rosi und die schöne Anna. In unserer grossen Familie haben viele die gleichen Vornamen, darum fügen wir weitere Bezeichnungen hinzu. Hebamme Rosina hilft den Ammeter-Frauen bei der Geburt. Gottlieb hat eine deutsche Frau geheiratet. Da Rosi aus Deutschland so viele Kinder geboren hat und Rosina ihr immer wieder beistand, sind die beiden eng befreundet. Anna, eine geborene Stücker, stammt aus Thun, ist grossgewachsen und hübsch. Sie hat eine ruhige Art, wie ihr Mann, mein Bruder Fritz, der als Kind mein Lieblingsbruder war, weil er so viel mit mir gespielt hat. Die älteren Kinder von Fritz und Anna sind nur wenig jünger als ich – und doch bin ich ihre Tante. Einige Kinder meines ältesten Bruders Christen sind sogar älter als ich. Ich bin die Nachzüglerin, weit nach den andern geboren. Die Schwägerinnen erheben sich. Rosi flüstert mir ein paar tröstliche Worte zu, Anna lächelt mild, Rosina presst meine Hand zum Abschied so fest, dass es schmerzt.

Mutters Bett steht an der Wand im Dunkeln, sie mag kein helles Licht. Ich setze mich zu ihr.

«Rosina hat dich auf die Welt geholt», sagt sie übergangslos. «Ich schämte mich so, als ich im Alter von siebenundvierzig Jahren noch einmal schwanger war. Dann die schwierige Geburt. Früher habe ich das fast allein gemacht. Bei dir aber – neun Jahre nach Lina – war alles anders. Christian liess Rosina holen, meine Schwiegertochter, als es nicht mehr vorwärtsging. Sie redete mir gut zu, zog dich heraus. Ich, eine so erfahrene, fast schon alte Frau, hatte so versagt.»

In den letzten Tagen spricht Mutter offen in einer Art, wie ich es bis jetzt nicht kannte. «Es ist ja gut gegangen, Mutter, ich bin gesund. Die meisten Frauen brauchen eine Hebamme.»

Ihre Augen im eingefallenen Gesicht suchen mich. «Hoffentlich wird dir eine tatkräftige Hebamme wie die Rosina beistehen, wenn es bei dir einmal so weit sein wird. Warte nicht mehr lange mit der Heirat – ich will nicht der Grund sein, dass du den Ernst hinhältst.»

Ernsts Familie wurde am Karfreitag im letzten Jahr ausgeraubt und verlor fast alles – nur dank der grossen Honigerträge konnten sie wieder Kleider, Schuhe, Weizen und Vieh kaufen. «Ernst fragte mich, ob ich die Verlobung lösen wolle, weil er nun so viel ärmer sei. Ich antwortete, dass für mich immer Tag sei, solange er lebe.»

«Das hast du gut gesagt», meint Mutter. «Du bist Vaters Lieblingskind. Er wird dir grosszügig Geld als Frauengut mitgeben, das wird dem Ernst helfen.» Ich muss ihr in die Hand versprechen, dass die Heirat noch diesen Herbst stattfinden wird.

Sie dreht sich weg von mir. Schatten tanzen an der Decke, es ist ganz still. Dann spricht sie noch einmal. «Trage Sorge zum Geld, mache es besser als die Hebamme in der Geschichte, die ich deinen Geschwistern schon in Isenfluh und später hier in Karabulach erzählte.

Der Fritz mochte Zwergengeschichten besonders gern.» Sie lächelt und schliesst die Augen. «In Gydisfluh ob Stechelberg hauste früher eine Zwergenfamilie. Als die Mutter in Kindsnöten war, holte der Vater die weise Frau von Gimmelwald, die am Milibort wohnte. Willig nahm sie den steinigen Weg unter die Füsse und half dem Zwergenkind auf die Welt. Zum Dank schüttelte ihr der Zwerg ein Häuflein Holzkohlen in die Schürze und riet ihr, auf die Kohlen achtzugeben. Die weise Frau aber, enttäuscht über das geringe Entgelt, trug nicht Sorge und warf die übriggebliebenen Kohlen zuhause in den Herd. Da wurden sie zu Goldstücken. Die Gimmelwalderin begriff ihren Fehler und hastete den Weg zurück. Aber sie fand keine einzige Kohle mehr.»

Todan (Aserbeidschan), Anfang Juni 1929

Der Sommer ist gross hier. Mir aber ist eng. Der Duft des Heus ist in meiner Nase. Ich arbeite gern draussen – sonst sind wir Frauen ja oft im Haus, nähen, flicken, waschen und kochen abwechselnd die Mahlzeiten. Jetzt sitzen wir mit den Männern, den einheimischen Arbeitern und den Kindern beim Zvieri auf der abgemähten Wiese. Meine Mädchen Marie und Erna, sieben- und fünfjährig, helfen auch mit, nur Reinhold, noch nicht ganz jährig, ist bei der Magd im Haus geblieben. Am Morgen haben Ernst und meine Schwäger mit der Maschine das Gras gemäht. Weil es wie jedes Jahr im Frühsommer sehr trocken ist, mussten wir das Heu nicht einmal wenden, wir rechen es jetzt gegen Abend zusammen, und der Ochse wird Fuder für Fuder heimziehen.

Diese Jahreszeit ist meine liebste. Trotzdem bin ich nicht bei der Sache. Von hier sehe ich die Schneeberge, die von unserem Haus aus verborgen sind. Ungefähr in dieser Richtung liegt Karabulach. Dort sind sie jetzt am Packen. Die Familien meiner Brüder Christen, Fritz, Gottlieb, Hans, Peter und Gotthilf, meiner Schwester Emma und der Witwe meines Bruders Alfred – alle werden sie nach Kanada auswandern. Sie wollen der Kollektivierung entgehen, haben genug von den Schikanen. Die Abreise ist für den 23. Juni geplant.

Familie Siegenthaler hat diesen Frühling anders entschieden. Der Schwiegervater, die Schwäger und Ernst wollen bleiben. Es kommt für sie nicht in Frage, ihr schönes Gut Todan aufzugeben. Zudem ist meine Schwiegermutter Anna Elisabeth diesen Frühling gestorben, ihr Grab ist noch frisch. Ich kann mir nicht vorstellen, dass der Schwiegervater dieses Grab einfach so zurücklassen will. Aserbeidschan ist nicht Georgien – vielleicht kommt hier alles anders. Ich hoffe es sehr.

Es ist hart für mich zu wissen, dass sie bald nicht mehr im Land sind. Karabulach ist zwar weit weg, wir wohnen einige Tagreisen südwestlich in Aserbeidschan. Nur im Winter konnten wir uns besuchen, wenn nicht gekäst wird und alle Zeit haben. Mutter ist leider nicht mehr unter uns, sie starb Anfang April 1921 – an einem Morgen ist sie einfach nicht mehr aufgewacht. Die Eltern fehlen mir sehr. Vater lebt noch, ist aber weit weg. Wie ein kräftiger Baum beschützte er mein Leben. Mir schien immer, dass mir nichts passieren kann, solange dieser Baum fest in der Erde wurzelt. Nun führt Grosstochter Gritli, Linas Tochter, den Haushalt für ihn in Karabulach und ist immer an seiner Seite, auch Emma und die Schwägerinnen kümmern sich um ihn. Eigentlich möchte ich das tun. Aber ich bin so weit weg, habe die kleinen Kinder. Nur die winterlichen Besuche und Briefe sind uns geblieben. Doch Vater schreibt nicht gern. Die Korrespondenzen mit der Eidgenossenschaft und dem Kanton Bern in Sachen Auswanderung besorgte mein ältester Bruder Christen, Vater unterschrieb.

Die Männer erheben sich, wischen die Grashalme von den Hosen, meine Schwägerinnen stehen ebenfalls auf, wir wickeln die Käse- und Brotresten ein, packen sie zusammen mit den Teekrügen in die Körbe. Ich drücke den Mädchen ihre kleinen Heugabeln in die Hand, wir rechen das Heu zusammen. Schweiss fliesst mir in die Augen. Ich habe nichts dagegen, so kann ich in meinen Augen reiben, und das möchte ich in diesen Tagen fast immer tun.

Ob der Entscheid der Ammeters richtig ist, alles aufzugeben? Wir haben in Karabulach mehrmals neu angefangen. In den frühen Jahren, als meine Eltern eben erst mit den ältesten Kindern ausgewandert waren und die ersten Steinhäuser errichtet hatten, war die Dürre so schlimm, dass sie das Vieh zu Spottpreisen verkaufen mussten. Nach ein paar Jahren, als sie die Herde wieder vergrössert hatten, brach eine Rinderpest aus, und das Vieh ging elendiglich zugrunde. Was hat ihnen Kraft gegeben, weiterzufahren? Es gab keine Wahl, sagte mein Vater. Sie hatten kein Geld für eine Rückkehr. Auch wenn sie es gehabt hätten: Mein Vater fällt einen Entscheid, er geht nie dahinter zurück. Und meines Wissens ist Mutter seinen Entscheiden immer gefolgt. Vier ihrer Kinder sind in Isenfluh zur Welt gekommen, sieben in Karabulach. Das wurde ihre neue Heimat. Unsere Heimat. Isenfluh, die Schweiz – erst in den letzten Jahren sprach sie öfter davon.

Diese Sage, die sie mir an einem ihrer letzten Abende erzählte ... Ernst und ich befolgten ihren Rat. Im Herbst 1922 erhielt Ernst von meinem Vater 10 000 Rubel Frauengut und etliche Dollars, eine gewaltige Summe. Mit diesem Geld, das unsere Lebensversicherung sein sollte, komme, was wolle, fuhr Ernst nach Tiflis, um es durch das Konsulat in die Schweiz überweisen zu lassen. Aber in Tiflis stand er vor verschlossenen Türen – das Schweizer Konsulat hatte bereits ein Jahr zuvor die Türen geschlossen. Ernst unternahm dann eine verrückte Reise nach Moskau mit zehn Tausendrubelscheinen in der Tasche, um das Geld durch das Rote Kreuz in die Schweiz senden zu lassen. Das gelang ihm schliesslich – bis auf die 150 Rubel, die ihm ein Taxifahrer abgenommen hatte. Aber dann kam die Meldung aus der Schweiz, dass die Tausender durch die Inflation nichts mehr wert seien ...

Das konnte Mutter nicht voraussehen. Ihre Welt gibt es nicht mehr. Vaters Welt aber schon. Er gibt nicht so schnell auf. Die Reise durch Russland kann unsere 75-köpfige Familie finanzieren. Russland wird aber kaum erlauben, dass sie Geld ausführen. Die Schweiz und der Kanton Bern wollen mit einem Darlehen einspringen, schreibt man mir. Wenn das nur gut kommt, wenn sie nur in Kanada Land finden und neu beginnen können. Sie haben ja viel Erfahrung mit dem Neuanfang, die Ammeters sind zäh. Fünfzig Jahre nach der Auswanderung von der Schweiz nach Georgien wandert Vater noch einmal aus – von Georgien nach Kanada, und das mit achtzig Jahren. Vielleicht werden wir ihnen nachreisen in ein paar Jahren, wenn wir doch gehen müssen.

Die Häuser in Karabulach werden nun bald leerstehen, die Kühe sind verkauft, das Gras wird auf den Weiden stehen bleiben. Ich kann mir das nicht vorstellen. Unser Hof war immer so geschäftig. Ein Alphorn weckte uns jeden Morgen. Dann das Melken zusammen mit den tatarischen Frauen, das Käsen der Männer in den grossen Zwillingskesseln, ihre Arbeit an den fertigen Käsen. Unsere Arbeit auf dem Hof, das Füttern der Hühner, der Gänse, die Arbeit im Haus. Im Frühsommer der Heuet mit den tatarischen Arbeitern.

Auch hier haben wir viele Armenier und Mohammedaner, die uns helfen. Sie sind unsere Hirten, Knechte, Melker und Wächter, sie schneiden das Getreide mit der Sichel, dreschen, heuen. Drüben haben sie gerade wieder einen Wagen mit Heu beladen, wir müssen uns sputen, dass unsere Ladung gleich hoch aufragt und der Ochse bald anziehen kann. Ernst weist die Arbeiter an, er spricht Russisch, Türkisch, Armenisch. Ich selber habe in der deutschen Schule in Katharinenfeld Hochdeutsch und Russisch gelernt, später hatten wir einen Hauslehrer in Karabulach. Tatarisch lernte ich von den Melkerinnen, sie wiederum stimmten manchmal in unsere Lieder ein, diese Melodien sind ihnen vertraut, seit wir hier leben.

Eigentlich sind sie die Einheimischen, wir sind später gekommen. Wir waren arbeitsam, konnten das Land kaufen. In den tatarischen Dörfern sieht es schrecklich aus, sie wohnen in Unterständen, die unseren Hühnerställen ähneln, haben Küchen, in denen dicker Rauch wabert und in den Augen beisst, der Boden ist mit Dreck gepflastert, Fliegen kriechen in den Augenwinkeln der Kinder. Die Mohammedaner und Armenier arbeiten gern bei uns, wir haben sie immer anständig behandelt und entlöhnt. Unter den verschiedenen Volksgruppen hier gibt es Auseinandersetzungen, die Armenier werden von den Türken verjagt, und jetzt schwingen die Russen obenaus, seit der Revolution kommt es immer wieder zu Enteignungen, sie wollen uns Vorschriften machen, was wir anpflanzen sollen, vielleicht werden sie uns das Land doch noch wegnehmen und in eine Kollektive einbringen, wie sie es androhen.

Eine letzte Gabel voll Heu noch, man darf das Fuder nicht überladen. Der Ochse zieht an, die Ladung schwankt, bleibt aber oben. Ich strecke meinen schmerzenden Rücken. Die Mädchen haben ihre Gabeln abgelegt, sie laufen vor mir her über die stoppelige Wiese, die Kleine hüpft gar. So beschwingt bin ich nicht nach einem Tag harter Arbeit. Jetzt geht es hinter die Kochkessel, Unmengen von Kartoffeln werden wir schälen und kochen und zusammen mit Brot und Käse unseren Männern und den Arbeitern zum Abendessen aufstellen. Wenn ich daran denke, dass Vater die Kartoffeln noch für mich schälte, als ich schon ein grosses Mädchen war … Martheli, die verwöhnte Nachzüglerin in der Grossfamilie Ammeter, gibt es nicht mehr. Man muss mich nicht verwöhnen. Martha Siegenthaler-Ammeter kann anpacken, ich habe es bewiesen in den letzten Jahren.

Ich weiss schon, welches Geräusch ich hören werde, wenn ich im Dampf der Kartoffeln stehe: die Honigschleuder. Die Zeit der Heuernte ist auch die Zeit der ersten Ernte in den Bienenstöcken. Es ist für Ernst immer eine Freude, gegen Abend das Bienenhaus und die Kästen aufzusuchen, dort kommt er zur Ruhe. Unverschleiert hebt er die Waben heraus, deckelt ab, gibt sie in die Schleuder und dreht und dreht. Beim ersten Schleudern im Jahr ist die Menge des goldenen Safts, die er gewinnt, am grössten. Der Honig ist für uns eine sichere Einnahmequelle. Seit der Zucker knapp ist, süssen wir auch unsere Speisen mit ihm.

«Weisst du», sagte er gestern zu mir beim Einschlafen, «der Honig ist das einzig wahre Gold.» Ich stimmte ihm zu.

Trub, Mai 1935

Ich winke den Kindern. Sie gehen in den Twerengraben hinunter zur Schule, ziehen eine Spur durch den Schnee. Seit einigen Tagen gibt es immer neue Schneeschauer. In der Früh habe ich Ernst gewunken, der hinunter in die Sägerei im Längengrund zur Arbeit geht, er verdient dort fünfzig Rappen in der Stunde, arbeitet elf Stunden im

Tag. Am Morgen habe ich vier Brote gestrichen, mein Mann und die Kinder kommen mittags nicht nach Hause.

Der ganze Tag liegt vor mir. Ich werde mich nicht unnötig in der Rauchküche aufhalten – eine solche Küche hatten bei uns nur die Tataren. Im alten Haus zieht es durch alle Ritzen. Trotzdem werde ich später in der Küche einfeuern, ich halte es sonst nicht aus. Manchmal gehe ich stundenlang im Kreis in den dunklen, niederen Stuben. Dann wieder knie ich mich hin, schrubbe am Hühnerdreck, der in einer dicken Schicht auf der Laube und der Treppe liegt. Unsere Vorgänger in dieser Wohnung für Armengenössige hielten Hühner auf der Laube.

Ich bin ja so froh, dass wir ein Dach über dem Kopf haben. Aber es ist schlimm für mich, dass es hier so kalt ist. Und dass ich immer allein bin. Bis vor einem Monat lebte ich mit meiner Familie in Todan inmitten der Schwägerinnen und Schwäger und ihrer Kinder, vorher in der Grossfamilie in Karabulach. Die Steinhäuser in Karabulach waren auch nicht besonders warm, aber solide gebaut und gut geheizt. Die Häuser in Todan sind aus Lehmziegeln gefügt, nur die Keller sind aus Stein. In meiner Erinnerung war es dort immer warm, ich höre das Murmeln von Stimmen, das Summen von Bienen. Im Mai stand das Gras schon hoch, wir bereiteten den Heuet vor, der erste Honig floss Ende des Monats.

Wie schnell man vergisst. Die Winter in Todan waren auch kalt, aber die Häuser speicherten die Wärme.

In unseren letzten Jahren in Aserbeidschan, ab 1930, nahmen die Schikanen noch einmal zu. Auf dem Papier besassen wir die Ländereien und Häuser noch, die

Schneeberge ragten in der Ferne auf, alles schien wie eh und je. Eigentlich gehörte uns das Land aber schon nicht mehr. Sie nahmen es uns nicht sofort weg, sondern erhöhten einfach die Steuern. Für Ernst berechnete man ein stark überhöhtes Einkommen von 100 000 Rubel – das Dreifache, 300 000 Rubel, verlangten sie an Steuern. Das ist wahnwitzig, niemand kann das zahlen. Obwohl es unsere Ammeter-Familie in Starbuck, Manitoba, auch nicht einfach hat, wollten wir ihnen folgen. Aber Kanada hat hohe Arbeitslosenzahlen und nimmt zurzeit keine Immigranten mehr auf. Der einzige Ort, der uns blieb, war Trub im Emmental, der Heimatort meines Mannes – dort waren sie gezwungen, uns aufzunehmen. Zuerst aber mussten wir dorthin gelangen.

Mich friert – seit Tagen kriecht die Kälte an mir und in mir hoch. Da. Das Bett meiner Ältesten, Marie, die bald dreizehn ist. Ich schlage das Deckbett mit dem blauweiss karierten Bezug zurück, und tatsächlich, mit der Hand spüre ich noch etwas von ihrer Wärme. Ich verachte mich dafür, muss es aber einfach tun, ich muss einen Moment unter die Decke schlüpfen, diese Wärme in mich aufnehmen, dann kann ich wieder anpacken.

Ernst musste nach Moskau reisen zum Beantragen der Visa. Erst suchten wir den Fotografen in Helenendorf auf, wo die Kinder die deutsche Schule besuchten. Es war Winter, wir hatten unsere Mäntel an, er fotografierte Ernst und die Kinder vor der Mauer eines Hauses. Mich bannte er allein auf ein Foto. Dieses Foto gab dann in Moskau Anlass zu Nachfragen – es müsse sich um eine grosse Tochter handeln, meinte der Angestellte des Konsulats, diese schmale, junge Frau könne unmöglich die Familienmutter sein. Er erteilte dann doch die Visa, und Ernst kam noch einmal zurück nach Todan. Wir packten Kleider in unseren Koffer, die Kinder hatten ihre eigenen kleinen Koffer. Am 21. April verabschiedeten wir uns von den Schwägerinnen und Schwägern, die noch ausharren wollen. Der Schwiegervater ist schon vor drei Jahren in die Schweiz zurückgekehrt, er lebt in Oberdiessbach bei Verwandten.

Unter dieser Decke ist mir endlich warm. Vor einem Monat reisten wir durch die Kälte, von Helenendorf über Kirowabad, Baku, Moskau, Minsk, Warschau nach Berlin. Bei der Ausreise aus Russland nahm man uns das Geld ab – nur je sechs deutsche Mark durften Ernst und ich behalten. In Berlin waren unsere Köpfe schwarz vom Kohlenstaub der Züge. Zum Glück kannte Ernst dort den Arzt Dr. Kühfuss, einen ehemaligen Helenendorfer, bei dem wir ein Bad nehmen konnten. Er brachte uns in einem Hotel unter. Viele ehemalige Helenendorfer suchten uns auf und erkundigten sich nach ihren Angehörigen – der Briefverkehr mit dem Westen funktioniert kaum mehr und wird von den Kommunisten sanktioniert. Die hohen Häuser, die vielen Autos in Berlin, die SS-Polizisten, das geschäftige Leben – ich hätte mir so etwas nie vorstellen können, Tiflis ist verglichen mit Berlin eine rückständige Stadt. Im Nachtzug reisten wir dann nach Basel. Weil wir bei der Musterung als sauber taxiert wurden und keine Läuse hatten, mussten wir nicht in die Quarantäne, sondern man liess uns weiterreisen nach Bern, in unseren Heimatkanton.

Am Bahnhof Bern wurden wir von zwei Frauen empfangen, die von uns wussten und uns zum «Hospiz zur Heimat» führten, wo wir Essen bekamen und übernachten durften. Wir schämten uns, derart mittellos der Fürsorge anheimzufallen. Die Frauen waren nett, sie zeigten uns das Münster, und Ernst erzählte, dass seine Eltern 1872 hier geheiratet hätten. Das ist auch das Hochzeitsjahr meiner Eltern, sie heirateten in der Kirche Gsteig in Interlaken.

Keinesfalls darf ich im warmen Bett liegen bleiben, ich könnte einschlafen. Es ist Zeit, am Hühnerdreck weiterzuscheuern, das wird mir auch warm geben. Ich schlüpfe in die Winterjacke, die aus Todan stammt, giesse etwas warmes Wasser aus der Pfanne in den Eimer, gebe ein Stückchen Seife hinein und öffne die Tür. Schneeflocken treiben über die Laube. Ich knie mich hin und beginne mit der Bürste meine Arbeit, ich will mich der Armenfürsorge würdig erweisen, die uns die Gemeinde Trub angedeihen lässt.

Am 7. Mai trafen wir in Trub ein. Uns wurde diese Wohnung im Haus am Roggengrat ob dem Twerengraben zugeteilt, auf fast tausend Höhenmeter. Es ist alles da, Herd, Betten, Tisch, Stühle, Schrank und Kommode. Wir dürfen für dreissig Franken im Monat Lebensmittel und für fünfundzwanzig Franken Brot und Spezereien beziehen und in der Käserei jeden Tag drei Liter Milch. Das ist ein Hohn, wenn ich an die Milchschwemme in Karabulach und Todan denke. Wie klein scheint mir die Käserei Trub im Vergleich zu unserer Grosskäserei in Karabulach. Aber diese Käserei gibt es nicht mehr, auch die Ammeters in Kanada käsen nicht mehr, sie führen nur kleine Milchwirtschaften, pflanzen Weizen, holzen und machen Land urbar für andere.

Wir sind froh über die drei Liter, die Kinder sind mit Milch aufgewachsen, die Mädchen hatten ihre eigene Kuh im Stall, die sie selbst molken. Unsere Kinder lieben die Tiere. Als uns der Präsident der Armenkommission in Trubschachen mit seinem «Brügiwagen» und vorgespanntem Pferd abholte, glaubte unser sechsjähriger Sohn, seine rote Lieblingsstute mit dem weissen Fleck aus Todan wiederzuerkennen. Er fragte, ob uns die Stute zu unseren anderen Tieren führen würde …

Das tut weh. Unsere Kinder müssen in der Heimat ihrer Grosseltern mit so viel Fremdem zurechtkommen. Ich wasche den stinkenden Lappen aus, immer wieder, putze Zentimeter um Zentimeter den Hühnerdreck weg. Ich bin so froh, dass die Kinder in die Schule gehen, so können sie sich schnell eingewöhnen. Marie hat erzählt, dass man sie auslacht, weil sie Oberländer Dialekt spricht, den sie von mir übernommen hat. Ich habe ihr geraten, mehr dem Vater mit seinem Emmentaler Dialekt auf den Mund zu schauen. «Und mich lachen sie aus, weil ich das deutsche Hochdeutsch spreche, das wir in Helenendorf lernten», sagte Erna, und die zehnjährige, aufgeweckte Tochter fügte an: «Ich bin nicht dumm. Ich hab angefangen, ihr Schweizer Hochdeutsch nachzuahmen.» «Gut, Erna», sagte ich zu ihr, «passe dich an. Wir wollen nicht auffallen. Über meine Lippen kommt kein russisches Wort mehr. Und wenn doch, dann nur, wenn wir unter uns sind.» Das ist es ja: Für die Truber sind wir Russen – so nennt man uns hinter unserem Rücken.

Husten schüttelt mich, aber ich schrubbe weiter, diese Laube wird bald einmal sauber sein, die Gemeinde soll sehen, dass wir zwar aus Russland kommen, aber nicht dreckige Ausländer sind, wie sie denken. Wir sind ordentlich, Trub ist doch Ernsts Heimatort, wir sind nicht so viel anders als die Leute hier. Zahlen sie den einheimischen Arbeitern in der Sägerei mehr? Ernst weiss es nicht. Als er sich nach einer Lohnerhöhung erkundigte, beschied man ihm, er müsse nicht hier arbeiten, wenn es ihm nicht passe. Der Patron wollte wissen, warum wir überhaupt ins Emmental gekommen seien, man wisse doch, dass wir in Russland reich gewesen wären. Wir haben nie von Reichtum gesprochen, von jenem der Ammeters schon gar nicht. Aber in der Langnauer Zeitungsbeilage «Alpenhorn» ist vor ein paar Jahren ein Artikel in Fortsetzungen von Vetter Friedrich Ammeter erschienen, der in Thun wohnt. Darin erzählte er vom Reichtum der Ammeters in Karabulach, von 1000 Kühen und Käsen so gross wie Wagenräder. Alle haben diese Artikel gelesen oder davon gehört, und sie wissen auch, dass ich eine geborene Ammeter bin. Ist es Schadenfreude, die die Leute antreibt? Haben sie in den Artikeln nicht auch von den Überfällen und Schikanen nach der russischen Revolution gelesen, von der Not, die uns zur neuerlichen Auswanderung trieb?

Es macht keinen Sinn, dass ich mich hintersinne. Wir sind zur falschen Zeit gekommen, es geht den Schweizern nicht gut, auch im Emmental leiden viele bittere Not. Ich kann nichts ändern – da sind wir nun. Einige Leute sind gut zu uns. Irgendwann wird sich das Wetter bessern, wir werden den Schweizer Sommer kennen lernen. Irgendwann wird man uns vielleicht eine bessere Wohnung im Tal geben. Es braucht Geduld.

Wenn es nur nicht schneien würde. Wenn nur dieser Husten nicht wäre. Wenn ich nur die Laube und die Treppe schon ganz geputzt hätte. Wenn es nur bald Abend wäre und Ernst zurück im Haus. Und die Kinder. Ihre Betten sind warm. Mir aber ist so kalt hier oben auf dem Roggengrat.

Burgdorf, Ende Juli 1945

Was für ein Sommer! So viele Sonnentage hatten wir schon. Eben war ich bei Ernst im Raum, wo er schleudert und den Honig abfüllt. Seit die Linden verblüht sind, ist er an der Arbeit. Heute hat er die letzten Waben abgedeckelt, sie in die Schleuder gestellt und schnell und immer schneller gedreht. Der Honigduft hat sich im Raum ausgebreitet, der goldene Saft ist durch zwei Siebe in den Kessel gelaufen. In ein paar Tagen wird er die Schaumschicht an der Oberfläche entfernen, den Honig täglich rühren, und dann werden wir abfüllen. Bereits lagern volle Gläser in unserem Haus, Ernst hat drei Bienenhäuser und erwartet sehr viel Honig.

Ich setze mich auf die Bank vor unserem kleinen Haus. Das Rauschen des Flusses ist in meinem Ohr – nicht der Maschawer ist das, neben dem ich aufgewachsen bin, sondern die Emme. Ich bin froh, dass es die Emme ist. Auch Ernsts Geschwister mussten nur wenige Jahre nach uns aufgeben. Niemand konnte sein Gut halten, alle wurden enteignet. Es herrschte Willkür, einige Siedler wurden gar nach Sibirien verschickt.

Der kalte Sommer auf dem Roggengrat bei unserer Ankunft war hart. Ich erkrankte an einer Lungenentzündung, und meine Nieren sind seither geschwächt, immer von neuem leide ich an schmerzhaften Entzündungen. Einen Winter auf dem Roggengrat hätte ich wohl nicht überlebt. Aber im November '35 durften wir nach Trub ins Weierhausstöckli wechseln. Dort hatten wir eine schöne Wohnung mit Garten und Obstbäumen, es war wärmer und der Schulweg der Kinder kürzer. Der Bauer vom Weierhaus liess für uns ein Bienenhaus bauen und schenkte uns zwei Schwärme, Ernst besorgte dafür seine Völker. Die Bienen waren wieder in unserem Leben.

Ernst kommt aus dem Haus, er setzt sich neben mich. Ich nehme einen leichten Honiggeruch wahr, obwohl er die Kleider gewechselt hat. «Erinnerst du dich, wie du vor fast zehn Jahren mit den Bienen neu angefangen hast?», frage ich.

Er überlegt. «Ohne die Gedanken an euch und die Bienen hätte ich in der Sägerei nicht durchgehalten.»

«Der Roggengrat hatte einen Vorteil: Weil wir in grosser Höhe wohnten, bekamen wir diese Subvention von hundert Franken.»

«Das reichte für den Aufbau der Bienenzucht. Ich begann mit zwei Bienenschwärmen und einem Honigkessel.»

«Inzwischen sind es vierundachtzig Völker. Du hast Gottlieb weit überholt. In Karabulach hielt er zuletzt fünfzig Bienenstöcke.»

«Und in Kanada sind es weniger, schrieb er im letzten Brief.»

Meine Gedanken wandern nach Starbuck, Manitoba – Gottlieb ist der Götti unserer Erna. Wie gern würde ich meine Geschwister treffen. Ihre Briefe sind selten. Es war Nichte Gritli, die uns Vaters Tod im Oktober '38 mitteilte. Wie gern hätte ich ihn noch einmal gesehen. Auch unsere Kanadier haben schwierige Zeiten erlebt während des Zweiten Weltkriegs. Bei uns in der Schweiz gilt noch immer die Rationierung. Ich pflanzte Kartoffeln in jedes Stückchen Erde beim Bauernhaus im Siechenschachen. Dorthin waren wir im Herbst '39 mit unseren älteren Kindern und Nachzüglerin Gertrud gezogen. Ernst hatte eine etwas besser bezahlte Stelle in der Wolldeckenfabrik in Burgdorf erhalten. Auf Fürsorgeleistungen konnten wir nun verzichten. In jenem Herbst begann der Krieg, und die Schweizer Armee machte mobil. Ernst war mit seinen fünfundvierzig Jahren zum Glück zu alt, er hatte nie Dienst geleistet und musste nicht einrücken.

«Ich erwarte dieses Jahr eine Rekordernte», sagt Ernst in meine Gedanken hinein, «gut fünfhundert Kilo Honig wird es wohl geben. Die Bienen und die Kartoffeln, sie haben uns gerettet. Ohne deine Kartoffeln hätten wir nicht sparen können.»

«Und ohne deine Bienen und deine Arbeit beim Aushub und am Täfer hätten wir kein Haus.»

«Das mag sein.» Er lächelt, beschaut seine schwieligen Hände, mit denen er viel zum Bau beigetragen hat vor und nach der Arbeit in der Fabrik. «Wer hätte gedacht, dass wir nach Todan noch einmal ein eigenes Haus haben.»

Wir schweigen wieder. Und plötzlich ist da der Gedanke an meine Schwestern, die vor uns in die Schweiz zurückgekehrt sind. Elise hat hart gearbeitet, um ihre sechs Kinder allein aufzuziehen – noch jetzt, mit sechsundsechzig, putzt sie in der Schule Lützelflüh. Und Lina mit ihrem Albert im Berner Oberland – sie wurden dort als Russlandschweizer schlecht aufgenommen, Albert fand keine Arbeit mehr als Käser, Lina musste in Bauernhaushalten in Reichenbach aushelfen, es war schwierig für die beiden, die Familie durchzubringen.

«Es geht uns besser als meinen Schwestern», stelle ich fest. «Und die Kinder kommen voran.» Marie arbeitet in einem vornehmen Haushalt, Erna ist Lehrerin geworden. Reinhold und Gertrud haben diesen Weg noch vor sich.

«Ja. Es gab ein paar gute Geister in unserem Leben.»

Ernst meint wohl die Schwestern Kohler in Trub, die uns damals halfen, dass wir vom Roggengrat ins Weierhausstöckli wechseln konnten. Das ist ein Stichwort für mich.

«Wie wäre es, wenn ich im August wieder nach Trub zu Marie Kohler in Pension gehen würde? Elisabeth Müller ist sicher auch da.» Die Schriftstellerin aus Hünibach hat Erna während ihrer Ausbildung in Thun beherbergt und Marie die Stelle im Doktorhaushalt ihrer Schwester verschafft. Ernst zögert. Ich weiss, was er denkt: Im April erst haben wir unser Haus bezogen, er möchte jetzt keine Extrakosten. Wenn ich aber selten einmal meine Meinung äussere, bleibe ich dabei. «Dieses Jahr hatte ich noch keine Nierenentzündung. Aus der Pension in Trub kehre ich immer gestärkt heim.» Ich merke, dass er heimlich rechnet – stellt er die Kosten für die Pension jenen beim Doktor gegenüber? Ich würde so gern fahren. Ich schätze die Gespräche unter Frauen. Seit wir in die Schweiz gekommen sind, bin ich sehr vorsichtig geworden, von Russland erzähle ich nie, und während des Kriegs passte ich noch mehr auf. Aber Marie und Anna Kohler sind aufgeschlossen und an meinen Geschichten interessiert. Und ihr Gast, die Schriftstellerin Elisabeth Müller, hängt an meinen Lippen, wenn ich von Todan, Karabulach und den Ammeters spreche. In ihrer Erzählung «Das Schweizerfähnchen» erkennt man unsere Familie, darauf bin ich stolz.

Ernsts Gesicht schaut wieder heiter aus. «Natürlich fährst du. Die Bienen waren fleissig wie noch nie, sie bezahlen alles – auch deinen Kuraufenthalt in der Pension.»

Ich lehne mich zurück, werfe einen Blick hinüber zum Schloss Burgdorf, zur Altstadt mit der Stadtkirche. Am 8. Mai läuteten die Kirchenglocken, als der Krieg zu Ende war. Man lebt leichter seither, kann sich wieder Fragen stellen zum Warum und Wohin.

«Würdest du noch einmal auswandern?», frage ich Ernst.

Erschrocken mustert er mich. «Warum das? Und wohin denn, nach Kanada?»

«Nur so», sage ich. «Meine Eltern und deine entschieden sich für ein fremdes Land, weil es für sie hier keine

Zukunft gab. Sie brachen ins Ungewisse auf. Viele Jahre ist es gut gegangen. Georgien und Aserbeidschan – wir hatten eine neue Heimat. Manchmal träume ich noch von den grossen Käsen, von den Krokuswiesen im Frühling, dem Heuet im Sommer, von den Armeniern und den Tataren.»

«Und von den Kommunisten, vom Heulen der Wölfe im Winter.» Er zieht mich hoch von der Bank. «Auswandern – das ist vorbei. Es geht uns in der Schweiz besser als anderswo, denke ans zerbombte Deutschland. Die USA und Kanada sind weniger beliebt als auch schon. Ist deine Familie in Starbuck besser dran als wir? Ich glaube nicht. In Zukunft ziehen wohl eher Leute aus fremden Ländern in die Schweiz – nicht umgekehrt. Komm, Martheli, wir gehen ins Haus.»

Martheli. Ich korrigiere ihn nicht, er ist viel grösser als ich, neben ihm wirke ich noch immer wie ein Kind – ein in die Jahre gekommenes Kind mit blassem, hagerem Gesicht.

Es war nur ein Gedankenspiel. Auch ich möchte nie mehr auswandern. Auch nicht rückwandern. So viele Jahre hat uns das gekostet, so viel Kraft.

III BARBARA

Ammerten, Jänner 1301

Der Schnee liegt noch immer dick und weich ums Haus, seit Monaten deckt er alles zu. Im Morgengrauen, wenn der Kleine noch einmal eingeschlafen ist, steht Barbara auf, zieht das Überkleid über den Leibrock und das Tuch um die Schultern. Sie reibt sich die kalten Hände. Manchmal öffnet sie den Holzriegel und stösst die Tür auf, obwohl dann ein Schwall Kälte über sie hereinbricht. Im weissen Licht des Schnees facht sie die Glut an, bläst kräftig, bis die dürren Zweige und die Scheiter Feuer fangen, und schliesst die Tür wieder. Das Feuer wärmt ihr Hände und Gesicht, und das Knistern ist in ihrem Ohr, während sie den Brei kocht. Sie schöpft den heissen Brei in den Holzteller, setzt sich auf den Schemel und schaut zum Kind, die lodernden Flammen wärmen ihr nun den Rücken, Licht zuckt über die Wände, fällt einen Moment auf ihren Sohn, der mit geballten Fäustchen schläft.

Sie isst wenig, stellt den Brei zur Seite für die Abendmahlzeit, legt ab und zu Holz nach, damit das Feuer nicht zusammenfällt. Später, wenn der Kleine mit einem Schrei erwacht, sitzt sie mit ihm oft stundenlang auf dem Strohsack, obwohl man das nicht tut, auch in der kalten Jahreszeit arbeitet man mit Spindel und Webrahmen und gibt sich nicht dem Müssiggang hin.

Der kleine Johan hat sich verändert. Er bewegt seine Ärmchen kräftig, hat an Gewicht zugelegt, und er beobachtet seine Umgebung. Wenn sie ihn niederlegt, schreit er oft untröstlich, bis sie ihn wieder aufnimmt. Dann lacht er, seit kurzem verzieht er nicht nur seine Mundwinkel, sondern schaut sie mit seinen grossen, blauen Augen an und strahlt.

Wie gut das tut. Manchmal greift das Dunkle wie mit Fingern nach ihr. Erst siebzehn ist sie, und ganz allein mit dem Kind. Wie soll das gehen? Sie muss arbeiten, sich nützlich machen. Barbara legt das Kind nieder, auch wenn es weint und lange nicht damit aufhört, bis es endlich in Schlaf fällt. Sie nimmt den Webrahmen hervor und schiebt das Schiffchen mit dem Wollfaden zwischen den gespannten Fäden hin und her, hin und her. Sie webt nicht für sich – schwarze Kleider hat sie genug, ihre kleine Truhe ist wohlgefüllt. Für das Kind ist das Gewebe, sie wird ihm daraus Kleidchen nähen. Es ist die Wolle ihrer eigenen Schafe, die sie gesponnen hat und nun verwebt. Das Gleiten des Schiffchens beruhigt sie.

Morgens und abends füttert sie die beiden Ziegen und das Schaf, dessen Bauch und Euter geschwollen sind – in Frühjahr wird es werfen. Die Ziegen meckern und drängen sich heran, wenn sie den kleinen Stall unter dem Stadel betritt, das Schaf bleibt im Hintergrund. Sie gibt den Tieren Heu, den Ziegen manchmal Tannäste zum Knabbern und ab und zu etwas Kleie oder Wacholderspitzen mit Salz, das sie besonders lieben. Das Salz ist aber kostbar, sie muss haushalten und kann es sich nicht leisten, viel von Burkhard zu beziehen, der im Herbst noch einmal auf dem Markt war.

Burkhard ist Kostgänger bei Rudolf und Anni, er hat eines seiner Rinder Anfang Winter von Ulrich schlachten lassen, und einmal die Woche bereitet Anni Fleisch zu, Würste und Fleischstücke hängen über ihrer Feuerstelle. Heinrichs und Ulrichs Familie zehren vom Fleisch von Barbaras Rindern, die andern Familien haben Ziegen oder Schafe geschlachtet, um über die Runden zu kommen. Trotzdem sehen viele der Gesichter abgezehrt aus, wenn sie ihnen auf den schmalen Wegen begegnet, die durch den Schnee führen, oder am Sonntag in Heinrichs Haus beim Gebet. Alle sind froh über das eigene Getreide und jenes, das man ihnen im Kloster Interlaken gab – ab und zu backen die Frauen Brot im gemeinsamen Ofen, der hinter Burkhards Haus steht. Die getrockneten Bohnen, Linsen und Erbsen verschaffen Abwechslung. Barbara braucht kein Fleisch. Die Milch der Ziegen, der Ziger, die kleinen Käse und der Brei genügen ihr, Johan hat Milch von ihrer Brust.

Ammerten, Hornung 1301

Wieder ist Ende Hornung – die Zeit, als im vergangenen Jahr in Giätrich die Lawine niederging. Barbara blickt durch die kleine Luke. Noch liegt viel Schnee, aber nach dem Regen letzthin ist er zusammengesunken. Nachdenklich flicht sie den Haarzopf, bläst eine widerspenstige Strähne aus dem Gesicht, die sich immer von neuem löst. Sie steckt den Zopf um den Kopf fest, verzichtet aber auf die Haube, die sie nur anzieht, wenn sie aus dem Haus geht.

Die Lawine in Giätrich. Sie hatten keine Zukunft in Lötschen. Die Muttergottes billigte den Entschluss zur Auswanderung. Die heilige Barbara auch – wäre es ihnen sonst möglich gewesen, den Gletscher zu überqueren? Dann aber haben sie den Beistand der Heiligen einmal zu viel erfleht. Conrad ist nicht in heiliger Erde bestattet, der Priester betete nicht für sein Seelenheil und hielt keine Totenmesse. Letzthin sagte Heinrich unvermittelt nach dem Sonntagsgebet: «Im Eis eingeschlossene Seelen müssen mit sich ins Reine kommen.» Er blickte sie nicht an, liess den Rosenkranz durch die Finger gleiten. Sie spürte, wie sich Röte vom Hals in ihr Gesicht ausbreitete. «Aber Conrad haderte doch nicht mit sich selbst?», sagte sie laut. Heinrich schnitt ihr das Wort ab: «Es ist nicht an uns, Fragen zu stellen.» Burkhard nickte.

Die Lawinen haben sie verschont in diesem Winter. Keine Schurtendiebe sind hier, die hinterhältig den Schnee anstossen. Es gibt aber die Rottalherren, auch sie sind unberechenbar, jedoch weiter entfernt drüben im Nebental, sie können Ammerten mit Schnee und Eis nicht direkt treffen.

Die Ammeter leben abgeschnitten in ihrem Tal, in ihrem Dorf. Im Winter ist es ganz still hier, das stete Rauschen der Bäche und Wasserfälle, das den Sommer begleitete, ist versiegt. Die Welt ist verstummt. Kein Conrad, mit dem sie reden kann. Manchmal sieht sie tagelang niemanden. Nur der Rauch, der von den Häusern aufsteigt, zeigt, dass sie bewohnt sind, ab und zu verschiebt sich eine dunkle Gestalt von einem Häuschen zum anderen, Anni, die Christina besucht, Burkhard, der zu Anni essen geht, die Frauen, die das Kleinvieh füttern, die Männer, die auf Schirboden den Rindern Heu nachschieben.

Eines Abends zündet sie mit dem letzten Flämmchen des Feuers das Talglicht an, stellt es auf den Schemel, kniet sich vor die kleine Truhe und öffnet sie. Das Häuschen ist gut abgedichtet mit Moos zwischen den Ritzen der Stämme, trotzdem flackert das Licht. Sie bückt sich und hebt die weissen Leibröcke und schwarzen Überkleider und Schürzen aus der Truhe, fährt mit der Hand über den wollenen Stoff. Zwischen den Röcken zieht sie die Schürze hervor, die im spärlichen Schein des Talglichts blau leuchtet. Sie prüft den glänzenden, weichen Stoff zwischen den Fingern. Auch wenn der Vater ihr auswich – sie hätte zu ihm gehen, sich verabschieden sollen. Vielleicht wird sie ihn nie wiedersehen und Annamaria auch nicht. Wie könnte sie je wieder über die Lücke gehen, wo Conrad verschwand?

Sorgfältig legt sie die blau schillernde Schürze zwischen die Wollkleider, schliesst die Truhe und erhebt sich. Als sie das Talglicht ausblasen will, klopft es. Sie erschrickt. Wer kann das sein? Hat sie sich das Klopfen nur eingebildet?

Eine Stimme meldet sich, es ist Jacob. «Barbara, bitte komm. Greta hustet stark und erstickt fast.» Barbara schiebt den Riegel zurück, sie stehen sich gegenüber. «Sie bat mich, dich zu holen.» Jacob dreht den Hut in der Hand, das graue Haar hängt ihm wirr in die Stirn.

Barbara blickt auf den Strohsack mit dem Kleinen, er schläft tief. «Ich komme.» Sie bläst das Talglicht aus, schliesst leise die Tür und folgt Jacob.

Greta liegt in der von zwei Lichtern schwach erleuchteten Hütte. Barbara erschrickt. Gretas Nase sticht spitz aus dem Gesicht hervor, Augen und Wangen sind eingesunken, der Körper unter der Decke ist abgemagert, er krümmt sich unter den Hustenanfällen.

«Leg mir deine Hände auf», stösst Greta statt einer Begrüssung hervor.

Barbara setzt sich auf Jacobs Strohsack und hält zögernd ihre Hände hin. Greta ergreift sie und legt sie auf ihren Brustkasten. Barbara spürt die mageren Rippen unter ihren Händen, gibt sanften Druck.

«Das ist gut», sagt Greta, ihr Husten wird schwächer, «ich war überzeugt, dass du die Richtige bist. Deine Hände haben eine besondere Kraft, wie meine auch.»

Überrascht mustert Barbara ihre Hände mit den langen Fingern, die nicht mehr braun gebrannt sind wie im Sommer, sondern wie schmale weisse Tierchen auf Gretas Hemd liegen. Keine Krämpfe sind mehr zu spüren, keine Verknotungen, Gretas Brustkorb hebt und senkt sich wieder ruhig.

«Es bleibt nicht mehr viel Zeit, wir fangen gleich an.»

«Fangen mit was an?», Barbara ist unklar, was Greta meint.

«Ich werde dir mein Wissen weitergeben», sagt Greta ungeduldig. «Es braucht jemanden in Ammerten, der die Kraft der Hände hat und die heilenden Pflanzen kennt.»

«Aber …»

«Kein Aber, Barbara. Du bist es, du hast die Kraft und bald auch das Wissen.»

In Barbaras Gesicht zeigen sich widersprüchliche Gefühle.

Greta mustert sie scharf, wird von neuem von Husten geschüttelt, der aber bald ausklingt. «Du erinnerst dich an die Blätter der Salbeipflanze, die ich bei mir hatte, als die kleine Agnesa beim Kirchgang stürzte?» Barbara bejaht. «Diese Blätter stillen das Blut und ziehen die Wunde zusammen. Es ist immer gut, ein paar frische Blätter bei sich zu haben. Du kannst sie kauen, wenn dein Hals schmerzt, und du brauchst sie bei Fieber, Krämpfen oder Zahnweh. Oder bei Frauenleiden, wenn bei einer jungen Frau das Blut kommt, und wenn es bei einer alten Frau wie mir wegbleibt oder zu viel davon kommt.» Ein feines Lächeln überzieht ihr eingefallenes Gesicht. «Jetzt aber dürftest du keinesfalls Salbeitee trinken – deine Milch könnte versiegen. Benütze Salbei erst, wenn du Johan nicht mehr die Brust gibst.»

Barbara hat das Bild der länglichen, grüngrauen Blätter vor Augen und glaubt den herben, leicht bitteren Geruch des Salbeis, wenn man ihn zwischen den Fingern reibt, zu riechen.

«Leider kann ich nicht schreiben, und du könntest nicht lesen, selbst wenn ich alles niedergeschrieben hätte. Darum erzähle ich dir von den Pflanzen, ihren Blättern, ihren Blüten, und du nimmst alles in dir auf. Du kannst das, nicht wahr?»

Barbara nickt zweifelnd. Als Greta von den Blüten der Johannisblume spricht, sieht sie das Goldgelb der Arnika vor sich und erinnert sich an den Duft der Salbe, die Greta ihr bei der Geburt von Johan auf den Bauch auftrug. Sie hört den Anweisungen zur Herstellung zu. «Du weisst, dass die Johannisblume eng mit der Muttergottes verbunden ist? Sie gehört in den Strauss, der an Maria Himmelfahrt geweiht wird. Und noch etwas ist zu diesen leuchtenden Blumen zu sagen.» Sie unterbricht sich, ruft Jacob, der still am Feuer gesessen hat, zu, hinter dem Haus nochmal Holz zu holen und nachzulegen, ihr sei kalt. Jacob kommt der Bitte nach.

Ein kalter Luftzug dringt ein, als er die Tür öffnet. Greta fordert Barbara auf, sich zu ihr zu beugen. «Das geht nur uns Frauen etwas an», flüstert sie. «Eine Tinktur aus Johannisblumen befördert einen Abort.»

Jacob ist wieder da, Funken stieben, als er die Scheiter in die Glut legt, die Gesichter der drei sind einen Moment hell erleuchtet. «Die Wärme tut gut», sagt Greta. «Ich fühle mich müde, und du musst nach Johan sehen. Nimm ihn morgen mit, mein Husten ist nicht ansteckend. Ich habe noch weitere Kunde für dich – Pflanzen, von denen du wissen sollst.» Barbara verabschiedet sich.

Am Nachmittag des nächsten Tages klopft sie an, Johan ist im Schultertuch umgebunden. Gretas Stimme fordert sie auf, einzutreten. Jacob ist mit den Männern holzen gegangen an diesem klaren Tag. Barbara setzt sich neben Greta, deren Gesicht ihr noch ausgezehrter scheint im hellen Licht, das durch die Luke fällt. Johan ist eingeschlafen, sie hört zu. Greta spricht von Fenchelbalsam zur Stärkung des Geistes, gegen Husten und Bauchschmerzen. Den Wermut mit seinen gräulichen Blättern, gelblich runden Blümchen und dem herben Geruch empfiehlt sie bei Erkältungen und Gliederschmerzen, das Wasser mit Tinktur aus wilden Rosen zum Kühlen und Lösen von Krämpfen, Ringelblumensalbe bei äusseren Wunden, die sich leicht entzünden.

Greta deutet auf ein Brett an der Wand, wo kleine Holzschalen stehen. «Du findest die geringelten Samen dieser Blume und die andern Samen und Salben in den Schälchen und Tiegeln», erklärt sie. «Rieche daran, reibe die Samen zwischen deinen Fingern, und du wirst dich an das erinnern, was ich gesagt habe.»

Barbara geht hin und nimmt die verschiedenen Düfte in sich auf, schliesst manchmal die Augen, wenn sie an einem der Schälchen riecht, und Greta wiederholt die Namen der Heilpflanzen und ihre Wirkung.

«Nun noch zum Wacholder und zur Melisse, die mir besonders am Herz liegen», fährt sie fast ungeduldig fort, als Barbara sich wieder setzt. «Wacholderbeeren sind gut, wenn dein Magen sich bläht oder nichts halten kann und wenn du Schmerzen hast beim Wasserlösen.» Sie hebt den Finger warnend. «Aber gib keiner Frau, die schwanger geht, Wacholder oder Wermut – sie könnte ihr Kind verlieren.»

Greta wird von Husten geschüttelt. Erst als Barbara ihr eine Hand auflegt, lässt der Anfall nach. «Die Melisse bewährt sich bei Frauenleiden, sie ist mein liebstes Kraut», fügt sie an. «Du sammelst die herzförmigen Blätter, bevor die Pflanze blüht – dann wirken sie am besten. Melisse beruhigt, sie wärmt das Herz, wenn es Stärkung braucht, oder bei Liebesschmerz. Du giesst heisses Wasser über die Blätter, lässt den Tee ziehen und schöpfst die Blätter ab.

Melissentee kannst du nie genug trinken …» Gretas Stimme ist bei den letzten Worten schwächer geworden, sie ist in Schlaf gefallen, der Atem rasselt in ihrem geschwächten Körper.

Auch am nächsten Tag kommt Barbara, Jacob ist wieder beim Holzen. Den schlafenden Johan legt Barbara neben sich ab. Gretas Augen glänzen. Als sie ihr die Hände auflegt, merkt sie, dass es Fieberglanz ist. «Du solltest eines deiner Mittel anwenden – Salbei hilft das Fieber senken.»

Greta lächelt und hustet. «Nein, ich brauche nichts mehr. Wir haben von der Heilkraft der Pflanzen und Kräuter gesprochen, jetzt noch jene der Tiere. Wenn die Männer Murmeltiere jagen im Herbst, nimm ihr Fett und bereite es mit Kräutern zu einer Salbe – sie hilft bei Schmerzen in den Gelenken. Und wenn ein Steinbock erlegt wird, verwende alles von ihm: Sein Blut löst Steine im Körper auf, aus Herz und Mark gewinnst du Stärkungsmittel, ja selbst die Haarkugeln aus dem Magen kannst du brauchen gegen die fallende Sucht. Besonders wertvoll sind die Hörner, schabe sie, das Pulver hilft bei Krämpfen.» Schelmisch fügt sie an: «Und wenn du hörst, dass es einem Mann an Manneskraft fehlt, so soll ihm die Frau dieses Pulver unters Essen mischen – bald wird er erstarken.» Sie fährt sich müde mit der Hand über die Stirn. «Und nun noch zur besonderen Gabe der Frauen – der Schwangerschaft und Geburt.»

Barbara ist ganz Ohr, als ihr Greta die Besonderheiten erläutert, die sich bei einer schwangeren Frau ergeben können, die verschiedenen Lagen der Kinder im Leib ihrer Mütter und die Folgen bei der Geburt. «Du weisst so viel», staunt sie.

«Erinnerst du dich an die weise Annababe in Lötschen? Von ihr hab ich gelernt. Sie hat den Frauen helfen können – aber nicht allen, deine Mutter starb bei deiner Geburt.»

Barbara will nachfragen, Greta lässt es aber nicht zu. «Das wars, Barbara. Man wird dich beiziehen und anerkennen, ich bin mir sicher. Bei den Geburten werden dir die Frauen mehr vertrauen als mir, weil ich selbst nur tote Kinder geboren habe. Lass dich leiten von deinem Wissen und deiner Eingabe. Und das Wichtigste: Brauche deine Hände – du hast diese Gabe, hast Kraft in den Händen, die sich auf andere überträgt. Nütze sie.» Sie nimmt Barbaras Hände und drückt sie. «Sei stark. Du hast einen Sohn. Es lohnt sich, für ihn zu leben und für jene, die dich brauchen werden – besonders die Frauen. Die Muttergottes sei mit dir.» Sie schliesst die Augen.

Ahnt Greta, dass sie, Barbara, in diesen dunklen Wintermonaten, ganz allein mit dem Kind, manchmal am Sinn ihres Lebens gezweifelt hat? Sie nimmt Johan auf, drückt das Kind an sich und geht still hinaus.

Als sie am folgenden Tag anklopft, öffnet Jacob. «Sie spricht nicht mehr. Mit ihren letzten Worten hat sie mich angewiesen, Salbeiblätter auf die glühenden Scheiter zu legen – das sei üblich bei Schwerkranken. Darum dieser Geruch.»

Der würzige Geruch steigt in Barbaras Nase, er ist ihr nicht unangenehm. Gretas Gesicht und Körper sind noch mehr eingefallen, sie sieht es gleich. Greta zieht sich immer weiter zurück – von ihrem Körper, ihrem Haus, von Jacob, ihr selbst und allen anderen. Der Husten hat nachgelassen, nur selten noch erschüttert er den abgemagerten Körper. Barbara lässt eine Weile ihre Hände auf Gretas Brustkorb ruhen, nickt dann Jacob zu und geht.

Am nächsten Tag schüttelt er den Kopf, als Barbara vor der Tür steht, die Furchen in seinem Gesicht sind noch tiefer. «Sie ist fortgegangen diese Nacht», sagt er und bekreuzigt sich. Er öffnet ihr die Tür, damit sie Abschied nehmen kann. Barbara kniet nieder neben dem Körper, der nur noch eine wächserne Hülle ist – kaum erkennt sie Greta. Sie ist fort, Jacob hat Recht. Barbara betet, bittet die Muttergottes, Greta auf ihrem Weg zu begleiten und zu sich zu nehmen. Das Licht flackert, als Jacob weitere Trauergäste einlässt: Rudolf und Anni mit Gilyan fallen neben ihr auf die Knie. Anni kraust die Nase und schnüffelt, sie fängt laut an zu beten. Als auch Walter und Christina und Heinrich und Agathe das Häuschen betreten, verlässt Barbara mit Ruedis Familie das Haus.

«Dieser Geruch ist schrecklich», entfährt es Anni, sobald sie aus dem Haus sind.

«Es riecht nach verbranntem Salbei. Man verwendet ihn im Hause von Schwerkranken», erklärt Barbara.

Anni mustert sie. «Bist du nun die neue Kräuterhexe? Deshalb warst du so oft in ihrem Haus!» Sie bekreuzigt sich, und Ruedi und Gilyan tun es ihr nach. Der Kleine verzieht sein Gesicht, äfft das Wort nach, «Krauthex, Krauthex!», ruft er.

Zum ersten Mal sieht Barbara sein missgestaltetes Gesicht als Fratze. Aber der Kleine kann nichts dafür, er äfft nur seine Mutter nach. Kräuterhexe? So hat ihres Wissens nie jemand Greta genannt. Greta hat mit ihrem Wissen zurückgehalten, sie hat es nur eingesetzt, wenn man sie um Hilfe bat.

Noch etwas muss Anni loswerden. «Es ist gut, wenn der Leichnam bald weg ist und das Haus ausgeräuchert wird. Das vertreibt die bösen Geister.»

«Es gibt keine bösen Geister in diesem Haus», sagt Barbara.

Anni erwidert nichts, kneift nur die Augen zusammen und verabschiedet sich mit ihrer Familie. Wilhelm und Elsi und Ueli und Ursula mit ihren Kindern kommen den Hang herauf – eine kleine Prozession dunkelgekleideter Gestalten zieht durch den Schnee, auf dem Weg zum Haus der Toten.

Als sie am Morgen die Tür öffnet, schreiten vier dunkelgekleidete Männer mit einer Bahre den schmalen Weg hinunter, der Leichnam ist mit Tüchern umwickelt und auf der Bahre festgeschnallt. Es sind junge Männer – Wilhelm, Heinrich, Ueli und Walter –, sorgfältig setzen sie die Füsse, um nicht auszugleiten. Burkhard schreitet voran, Jacob folgt nach. Er dreht sich um, ruft Barbara zu, dass sie den Weg nach Gsteig antreten, damit Greta in der heiligen Erde des Friedhofs bestattet werden kann. Sie beugt das Knie, bekreuzigt sich im Anblick des verhüllten Leichnams. Ob sie es schaffen bis nach Gsteig? Heute ist der letzte Tag des Hornungs, viel Schnee ist in den letzten Tagen geschmolzen. Aber der Weg über die Felspartie hinunter wird noch immer vereist sein.

Die Männer verschwinden unten am Hang mit der Bahre. Greta, die ihr bei der Geburt beistand und in den letzten Tagen zur mütterlichen Freundin und Vertrauten wurde, ist weg.

Ihr Blick liegt auf dem Schnee. Da. Blutige Spuren, Abdrücke von Tierhufen. Der Steinbock. Er war wieder da, einmal mehr hat sie ihn nicht gesehen. Ist das Tier verletzt?

Die Spuren ziehen sich zum Bach hinunter. Sie wirft einen Blick ins Haus – Johan schläft. Hastig knotet sie ein Tuch um die Schultern und folgt den Spuren, die sich immer mehr röten. Am Bach, wo kein Schnee mehr liegt, sich aber feine Eisschichten gebildet haben, liegt das Tier ausgestreckt, es hat eine Wunde am Hals, aus der das Blut geflossen ist. Der Steinbock hat lange, gerippte Hörner, es ist ein stattlicher Bock. Seine Augen sind starr – er ist tot.

Sie kniet sich nieder. «So manches Mal diesen Winter habe ich deine Spuren gesehen», sagt sie zu ihm. «Immer wieder hast du dich entzogen, bist geflohen. Und jetzt, da ich dich endlich vor Augen habe, bist du tot.» Sie fährt über das dicke Fell, greift mit der Hand um das Horn, betrachtet das tote Tier. «Du hast unsere Nähe gesucht. Jetzt hast du dich ergeben. Greta hat mir gesagt, was zu tun ist. Du wirst viel Nutzen bringen.»

Ammerten, Ostern 1301

Noch nie ist ihr auf dem Rückweg von der Kirche der letzte Felsriegel, den man nach Ammerten hinauf überwinden muss, so bedeutungslos erschienen. Kaum spürt sie die von Schneeresten durchtränkten Bundschuhe und Johan, der an Gewicht zugelegt hat und im Tragtuch schwer an ihrer Brust hängt. Das Osterfest ist ein Höhepunkt, wie jedes Jahr. Nach der Fastenzeit kommt das Licht, die Festzeit. Jeder Tag wird länger, man lebt auf, geht wieder nach draussen, setzt Haus und Felder in Stand. Man blinzelt in die Sonne, spürt die Wärme auf der Haut und hat fast vergessen, dass der Winter so lang war.

Wegen Christinas Niederkunft gestern fing für sie Ostern schon am Karsamstag an, am Tag der Grablegung, eigentlich ein trauriger Tag, ein Tag des Übergangs. Heute schreitet sie inmitten der Frauen einher, die von der Ostermesse heimkehren. Die Frauen folgen den Männern nach, der alte Jacob, nun Witwer, macht den Schluss. Elsi, Ursula und Agathe, deren Bauch schon stark gerundet ist, drängten sich bereits im Tal um sie. Alle wollten wissen, wie es Christina ergangen ist, die in der Osternacht geboren hat und als Einzige nicht unter den Kirchgängern ist. Auch Anni, die in der letzten Zeit kaum das Wort an Barbara richtete, liess sich herbei, fragte spitz: «Hast du Christina von deinen Hexentränken gegeben?»

Man hat in Ammerten beobachtet, wie Barbara Gretas Schälchen und Schalen in ihr Haus brachte. Jacob hat ihr das Brett für die Medizin eingerichtet. Da stehen sie nun, die Schälchen mit den Salben, Blättern und Samen, und wenn sie ihr Haus betritt, schlägt ihr ein Gemisch von Gerüchen entgegen.

«Frag doch Christina selbst, wie es gegangen ist», gab sie Anni zurück. Die andern Frauen nickten, sie verstehen nicht, wieso Anni in letzter Zeit so feindlich ist gegenüber Barbara. Bis jetzt hatten sie Greta, die ihnen in schweren Zeiten beistand. Jetzt ist es Barbara, die immer ein bisschen anders war als die andern, man versteht, dass Greta ihr das Amt übergeben hat. Christina ist wohlauf, sie haben Mutter und Kind frühmorgens vor dem Kirchgang besucht, es geht beiden gut. Die junge Mutter hat mit Bewunderung von Barbaras Hilfe gesprochen, auch Walter ist zufrieden mit seiner Schwägerin.

Die Männer sind längst davongezogen. Der Zug der Ammerter Frauen dehnt sich beim Aufstieg, die Kinder zerren an ihren Händen, die Frauen atmen schwer und versinken in Gedanken. Agathe denkt an Barbara, die heilige Barbara, die ihr schweres Schicksal in der Form eines Turms einfach so in der Hand trägt, sie erinnert sich gut an die Heilige in der Kapelle in Ferden, wo sie herstammt. Frauen mit dem Namen Barbara sind etwas Besonderes, scheint ihr. Heinrich hat oft den Kopf geschüttelt über Conrads eigensinnige Frau. Aber auch er anerkennt, dass sie eine besondere Gabe hat. Agathe streicht über den runden Bauch. Zum Glück gibt es Barbara, die ihr beistehen wird. Darüber wird auch Heiner froh sein.

Anni grübelt, ob sie zu weit gegangen ist mit der Bemerkung zu den Hexentränken. Schliesslich hat Christina ein gesundes Mädchen geboren, und sie lobt Barbara. Es nagt an Anni, dass alle gesunde Kinder gebären, ihr selbst das aber nicht vergönnt war. Wenn doch jemand ihren Gilyan heilen könnte, ein paar Kräuter auflegen – und husch, wäre die hässliche Spaltlippe verschwunden. Das können die Kräuter, Tinkturen und Salben aber nicht. Ein bisschen Zauber bräuchte es … Dazu sind die Kräuterhexen nicht mächtig genug.

Barbara streicht über Johans Köpfchen, sie passt gut auf, dass sie sicher auftritt und nicht auf einem Schneefleck ausgleitet. Mit ihren Gedanken ist sie in der vergangenen Nacht.

Sie hatte die Pfanne ausgewaschen, in der sie die Linsen gekocht hatte, Johan war bereits eingeschlafen. Da hatte es geklopft, sie vernahm Walters aufgeregte Stimme. Bei Christina sei das Wasser gebrochen, sagte er, sie solle kommen. Sie wählte ein paar der Salben und Tinkturen aus und wickelte das Tuch um ihre Schultern.

«Ich warte bei Jacob und leiste dem Alten Gesellschaft», sagte Walter. «Hol mich, wenn es vorbei ist.» Er ging mit grossen Schritten davon, wie wenn er fliehen müsste.

Als sie das Haus des Schwagers betrat, hatte Christina das Fruchtwasser schon aufgewischt. Der Schmerz zeichnete Angst auf ihr Gesicht. «Ich kann das nicht!», stiess die sanfte und sonst willige junge Frau hervor. Barbara redete ihr zu, setzte Wasser auf, gab ihr beruhigenden Melissentee zu trinken. Erst als die Schmerzen immer mehr zunahmen, riet sie Christina, sich hinzulegen. Sie legte ihr ein kaltes Tuch auf die Stirn, schob ihr Hemd hoch. Der Bauch und die Lage des Kindes – alles gut. Sie rieb die Schwägerin mit der Salbe der Johannisblume ein, die ihr selbst so gut getan hatte, und Christina entspannte sich etwas. Dann wurden die Schmerzen immer heftiger. Christina schrie nicht, biss sich aber auf die Lippen, so dass sie bluteten.

Barbara legte ihr die Hände auf, redete ihr zu, malte aus, wie wunderbar es sei, in der Osternacht ein Kind zu gebären – in dieser ganz besonderen Nacht, die das Licht und die Hoffnung in die Welt gebracht habe. Christina hörte ihr zu, die Schmerzen schienen vergessen. Als sie umso heftiger wieder einsetzten, griff sie nach Barbaras Händen und klammerte sich an sie. Barbara stellte fest, dass die Geburt schon weit fortgeschritten war. Sie befahl Christina, zu pressen. Kaum musste sie dem Kind den Weg ebnen, es glitt einfach aus Christina heraus, ein kleines Mädchen mit hellblondem Haar. Es japste, begann zu weinen. Sie trennte die Nabelschnur mit einem Faden durch, wusch das Kind mit warmem Wasser aus dem Kessel über dem Feuer, umwickelte es mit Leinenstreifen und legte es der strahlenden Christina in den Arm, die die Kleine ungläubig bewunderte. Barbara wartete auf die Nachgeburt und gab sie in einen Kessel, wechselte die Tücher und holte den Schwager.

Walter schluckte die Enttäuschung hinunter, dass es ein Mädchen war, er strich der Kleinen über den Kopf. «Das nächste Mal wird es bestimmt ein Bub», meinte er, und Christina nickte tapfer, während ihr Tränen der Erleichterung über die Wangen rannen.

Barbara verabschiedete sich. Walter drückte ihr als Entgelt ein paar Würste in die Hand. «Die Würste kannst du bestimmt brauchen nach der Fastenzeit.» Er begleitete sie bis zum Haus und sagte: «Conrad wäre stolz auf dich, du kannst es schaffen.»

Sie biegt mit den anderen auf die flache, letzte Wegstrecke nach Ammerten ein. Die Wiesen sind mit Schnee gesprenkelt, die Berge von Wolken verhangen. Heute machen ihr die Wolken nichts aus, sie ist erfüllt von Hoffnung und Licht. So unverhofft hat sich ihr ein Weg gezeigt. Bis im vergangenen Herbst war sie Conrads Frau, man anerkannte seine Wahl, wenn man auch Vorbehalte hatte gegenüber ihr, der stolzen Barbara, sie weiss es wohl. Dann war sie nur noch seine Witwe. Allein bestehen in der Gemeinschaft, aufgenommen sein aufgrund ihres Wissens und Könnens? Walter hat Recht. Sie kann es schaffen.

In Ammerten verabschiedet sie sich und geht auf ihr Häuschen zu. Sie stösst die Tür auf, nimmt die Haube ab, schnuppert den würzigen Geruch der Salben und Kräuter. Als Johan zu weinen beginnt, schiebt sie ihr Hemd hoch, gibt ihm zu trinken. Abendlicht fällt über den Hang. Sie fühlt sich versöhnt. Diese einfache und gut verlaufene Geburt – ein neuer Mensch, geboren in der Osternacht, mit ihrer Hilfe.

Es war für sie eine kurze Nacht gewesen. Kaum hatte sie sich niedergelegt, war der Morgen da, und es war Zeit zum Aufbruch, die Ostermesse beginnt früh. Sie bewältigten den Abstieg im ersten, zaghaften Licht. Der Weg schien ihr weniger lang als sonst, die Leute von Trachsellauenen kamen hinzu, jene von Gimmelwald und Mürren, von Lauterbrunnen und Wengen, alle hatten sich herausgeputzt für das grosse Fest. Sie hatte die schwarze Spitzenhaube angezogen und eine schwarze Schürze, Blau wird sie nicht tragen im Trauerjahr.

In Gsteig empfing sie das Geläut der Kirchenglocken, ein freudiges Geläut, nachdem die Glocken in der Karwoche geschwiegen hatten. Der Herr ist auferstanden, das Leben beginnt von neuem. Die Fastenzeit ohne Fleisch und Eier mündet in die fünfzig Tage Festzeit nach Ostern. Nach dem langen Winter hat sie nur noch wenig Vorräte, den andern geht es nicht besser, sie sieht es an den hageren Gesichtern und gierigen Augen der Kinder. Ein Festmahl wird es nicht geben, alle freuen sich aber, dass die Fastenzeit und die traurige Karwoche vorbei sind.

Das Gloria hallte durch die Kirche, es folgten Osterlesungen aus dem Neuen Testament. Dann gab es Taufen, Gesang und Gebete wechselten sich ab, und mit der Eucharistiefeier ging die Ostermesse zu Ende. Sie hat sogar überlegt, dem jungen Leutpriester zu vergeben, weil er das Fest des Lichts so würdig zelebriert hat. Am Schluss weihte er die Eier, die vom Kloster und vom weltlichen Herrn gespendet wurden. Jede Familie durfte eins nach Hause nehmen.

Übermütig probierten einige die Härte ihres Eies schon vor der Kirche oder auf dem Rückweg an andern Eiern aus, und wenn die Schale zerbrach, verzehrte man es gleich. Sie selbst schlug ihr Ei heimlich an einem Stein auf und ass es, von Hunger übermannt, und sie beschloss, von nun an Hühner zu halten, sie würde eine der von Walter erhaltenen Würste gegen Küken tauschen.

Dieses Jahr ist alles einfacher, denkt sie, die Winterroggensaat steckt seit dem Herbst in der Erde, auch ihren Acker haben die Männer gerodet. Der letzte Schnee wird schmelzen, die Wiesen sind bald grün, das Getreide wird wachsen und gedeihen. Auch Johan wächst, seine Glieder strecken sich, er ist grösser, schwerer geworden, bald wird er kriechen, dann die ersten Schritte machen. In einem Jahr wird der Kleine ihre Brust verachten – bald ist er ein Bub, kein Säugling mehr.

Ammerten, Heumonat 1301

Barbara zettet das Heu mit der Gabel. Sie wischt sich den Schweiss von der Stirn, richtet sich einen Moment auf, streckt den schmerzenden Rücken, mustert die schwieligen Hände. Der kleine Johan sitzt am Rand der Alpwiese, spielt mit Steinen und Hölzchen, hascht zwischendurch nach einer Fliege. Ach, die Fliegen – sie sind überall, ihr Haus ist von ihrem Surren erfüllt.

Sie schaut Walter und Jacob zu, die regelmässig mit der Sense ausholen und das Gras auf den Matten des unteren Steinbergs schneiden. Vor einer Woche bereits fand weiter unten in Ammerten der Heuet statt. Das Land haben sie noch letztes Jahr aufgeteilt, es gibt die gemeinsamen Wiesen und Äcker und jene, die den einzelnen Familien gehören. Alle erhielten grosse Stücke Land und Wiesen – kein Vergleich mit den kleinen Äckern und Matten in Lötschen.

Wer erst jetzt kommt, hat es schwieriger. Neue Auswanderer sind eingetroffen, denn man hat in Lötschen festgestellt, dass keiner zurückgekommen ist, und von Burkhard, Walter und Conrad hatten sie im vergangenen Herbst gute Kunde erhalten. Die neuen Siedler haben sich oberhalb Ammerten niedergelassen, einige sind nach Gimmelwald und Mürren, Trachsellauenen und Sichellauenen weitergezogen. Als die Lötscher mit Sack und Pack eintrafen, erschöpft von der langen Wanderung und schwankend unter ihren Lasten, haben sie sie beherbergt. Nun stehen dort schon die meisten Häuschen, Ruedi, der Zimmermann, hat viel Arbeit. Das obere Ammerten beginnt zu leben.

Die hellen Tage aber, die sie am meisten liebt im Ablauf des Jahres, sind dunkler seit der Ankunft der Lötscher, denn sie haben eine traurige Nachricht gebracht. Annamaria hat im Winter einem Bub das Leben geschenkt, ist aber ein paar Tage nach der Geburt am Kindbettfieber verstorben. Annamaria, ihre Schwester und engste Verbündete, ist tot. Nicht einmal Abschied nehmen konnte sie von ihr. Müssen alle gehen, die mit ihr verbunden sind? Es gibt das Schicksal. Und die Natur. Die Berge liegen wie ein Riegel zwischen Ammerten und Lötschen, und wenn sie launisch sind, packen sie einen Menschen und verleiben ihn sich ein. Conrad und Annamaria. Sie ist mit dem Kleinen nun ganz allein, niemand schliesst sie mehr ein in Fürbitte und Gebet.

Doch. Die Muttergottes. Sie steht ihr bei. Jeden Tag, gleich nach dem Aufwachen, liegt Barbara auf den Knien. Mit «heilige Maria, Mutter Gottes, bitte für uns Sünder jetzt und in der Stunde unseres Todes, Amen», schliesst sie ihr Gebet. Meist richtet sie ihre Bitten auch an die heilige Barbara. Wenn die Trauer oder Mühsal des Tagwerks auf ihr lastet, hält sie sich vor Augen, wie mühelos die Heilige den Turm in ihrer Hand trägt.

Herrlich, der Duft des trocknenden Heus – manchmal riecht sie ihn in diesen Tagen noch im Traum. Sie zieht das Gras auseinander, damit es rascher trocknet. Die Sonne brennt auf ihre blossen Arme. Die Schwägerin, das Kind umgebunden, ist herangerückt mit ihrer Gabel, sie lächeln einander zu. Die Äcker und Wiesen bestellt sie zusammen mit Jacob, Schwager Walter und Christina. Das Holzen im Winter und die groben Arbeiten auf den Allmenden übernehmen Heiner und Ueli für sie.

Vieles packt sie gemeinsam mit der Schwägerin an. Seit Christina geboren hat, ist vieles anders geworden. In Ammerten staunt man – die dunkle, grosse Barbara und die helle, kleine Christina hüten sich gegenseitig die Kinder, sie teilen sich alle Aufgaben, ausser jene der weisen Frau. Zuvor schien es den Frauen im Dorf, dass Barbara ihrer Schwägerin auswich. Aber nun ist sie Gotte von Christinas kleiner Barbara, genannt Babi, sie hat das kleine Mädchen im Frühjahr zur Taufe getragen.

Barbara lockert noch einmal das angetrocknete Gras. Am Abend werden sie es zu Walmen schieben, damit es über Nacht weniger nass wird vom Tau. Am Morgen zetten sie es noch einmal, rechen das trockene Heu nach dem Mittag zusammen, die Männer schlagen es in ein Tuch und binden es mit einem Seil. Wenn Jacob eine der schweren Heubürden laden muss, kauert sie sich auf den Boden, damit er sich beim Aufstehen auf ihre Schulter stützen kann.

Jacob. Er mustert sie oft unter seinen buschigen Augenbrauen hervor und redet wenig. Greta fehlt ihm. Beide sind sie verwitwet. Seit Gretas Tod kocht sie für ihn, bringt ihm das Essen in einer kleinen Holzschüssel, zugedeckt, zum Haus. Nie essen sie gemeinsam – ein Mann und eine Frau, nicht verheiratet, halten sich nicht allein unter einem Dach auf, das schickt sich nicht. Sie ist gern mit Johan allein.

Letzthin nahm sich Anni beim Waschen unten an der Lütschine wieder einmal das Maul voll: «Im Herbstmonat, wenn Barbaras Trauerjahr um ist, sollten der Jacob und die Barbara heiraten. Für einen alten Witwer ist es nicht gut, allein zu leben, und für eine junge Witwe nicht anständig – sie gehört wieder unter die Haube. Der Leutpriester wird zustimmen, wenn wir dieses Anliegen vorbringen», meinte sie so laut zu Elsi, dass es auch Barbara hörte, die weiter unten am Bach kniete und ihre Wäsche auswrang. «Burkhard ist unser Anführer, er kann beim Priester vorsprechen.» Was hat Anni nur gegen sie? Umso heftiger rieb sie ihre Röcke und Hemden auf dem Brett.

Sie glaubt nicht, dass Burkhard in dieser Sache an den Leutpriester gelangen wird. Anni wird nichts erreichen mit ihrem Gerede. Ist sie wieder einmal eifersüchtig?

Vielleicht, weil Heiner glücklich ist über seinen gesunden Sohn Heini, den sie aus Agathe herauszog? Der fromme Heiner ist ihr gegenüber milder gestimmt seit der Geburt. Und das Fleisch von Conrads Rindern hat ihn und Uelis Familie durch den Winter gebracht. Zum Glück waren die Wintermonate nicht allzu streng, so dass niemand in Ammerten hungern musste.

Der Frühling zog zeitig ein. Sie machten es wie in Lötschen, streuten Asche auf die Schneeresten, die auf diese Art schneller wegschmolzen. Barbara dreht sich um, folgt dem Schwung von Jacobs Sense, der ein neues Stück Matte in Angriff nimmt, und geht Schritt für Schritt wieder den Hang hinunter, zettet fortwährend das Gras. Der Geruch des Heus sticht ihr in die Nase, sie niest, kneift die Augen zu wegen der stechenden Sonne und arbeitet weiter.

Die Felder und Wiesen mussten im Frühling von Ästen und Steinen befreit werden, ganze Haufen schichteten sie an den Ecken auf. Die Männer rodeten weitere Flächen und brachen sie mit der Breithacke um, die Frauen säten an. Der Winterroggen ist herangereift, die gelblichen Halme biegen sich im Wind, bald kann geerntet werden. In ihrem Garten gedeihen Erbsen, Bohnen und Linsen.

Sie sind froh, wenn die Ernten gut ausfallen, dieses Jahr will der Herr den Heuzehnten von ihnen; spätestens am Sankt-Andreas-Tag ist er zu zahlen. Der junge Herr hat einen Herold geschickt. Vor ein paar Tagen stand der Fremde plötzlich in ihren Feldern, musterte das Getreide, rieb eine Ähre zwischen den Fingern. Als sich die Ammeter misstrauisch näherten, gab er sich als Gesandter zu erkennen und rammte seine Standarte in den Boden. Letztes Jahr seien sie wegen der grossen Wanderung und der Landnahme geschont worden, verkündete er. Dieses Jahr aber erwarte der Herr den üblichen Zehnten von seinen Untertanen. Die Männer fluchten, als der Herold abgezogen war. Aber was kann man tun? Durch seine Ehe mit Elisabeth von Wädenswil gehört das Land dem jungen Johann von Turn. Auch in Lötschen mussten alle Bauern dem Herrn von Turn den Zehnten leisten.

Sie ist zusammen mit Christina unten am Hang angelangt. Jacob und Walter haben sich bereits am Rand der Matte auf einen grossen Stein gesetzt. Die beiden Frauen wickeln Käse und Brot aus den Tüchern. Die Männer greifen zu, die Frauen kehren sich ab und stillen zuerst ihre Kinder. Der kleine Johan stösst sich bald weg von der Brust, er streckt die Ärmchen aus, will zurück auf den Boden. «Spiel nur», sagt Jacob zu ihm, «der Ernst des Lebens kommt früh genug.» Johan mustert ihn, wirft seine Hölzchen durcheinander. Die blonde Babi schläft sofort, als Christina sie in den Schatten des Felsblocks legt.

«Habt ihr gehört?», fragt Walter. «Gestern kam ein Mann aus dem Tal nach Trachsellauenen und dann zu uns. Die Lütschine sei stark angeschwollen unten im Tal und teilweise über die Ufer getreten – ein Hochwasser, wie es im Heumonat selten vorkomme. Den Talleuten habe es Roggen und Heu überschwemmt. Er wollte wissen, ob wir auch Unwetter hatten. Burkhard verneinte, wir seien seit mehr als einer Woche am Heuen, nie hätten sich die Wolken getürmt, die Nächte seien klar. Er begleitete den Mann ein Stück des Wegs, und sie stellten fest, dass eine ungeheure Menge Wasser vom Rottalgletscher abfliesst – so viel wie sonst nur nach Unwettern. Die Rottalherren seien wieder einmal am Werk, habe der Lauterbrunner gestöhnt. Er sei still geworden und habe sich rasch verabschiedet, um nur ja aus der Nähe des Rottals wegzukommen. Das hat Burkhard erzählt. Ich weiss nicht, was man davon halten soll.»

«Man kann nicht alles erklären», brummt Jacob vor sich hin. «Greta meinte immer, dass die Rottalherren ernst zu nehmen sind. Man dürfe sie nicht herausfordern.»

Christina wirft einen besorgten Blick auf die Kleine, wie wenn sie sie schützen müsste.

Ist es Zufall, dass sich eine Wolke vor die Sonne geschoben hat, während Walter von den bedrohlichen Wassern erzählte? Barbara steht auf, geht zum Bach und schöpft sich vom klaren Wasser. Noch während sie sich hinunterbeugt, kommt die Sonne wieder hervor und spiegelt ihr Ebenbild im kleinen Becken, das der Bach hier bildet. Sie mustert die Frau, die ihr mit grossen Augen aus dem Wasser entgegenblickt. Dann geht sie rasch zu den andern zurück. «Ich denke auch, dass die Rottalherren unberechenbar sind», sagt sie. «Aber sie haben es auf Trachsellauenen und die Häuser im Tal abgesehen. In Ammerten sind wir sicher vor ihnen.»

Barbaras Trost kommt wie eine Weissagung an. Christina und die beiden Männer atmen auf und drehen sich vom Rottal weg, in das sie gebannt gestarrt haben. Walter ist plötzlich übermütig, er springt auf, zieht seine

Frau hoch, umfasst sie und wirbelt sie in wilden Tanzschritten herum, bis sie ausser Atem geraten, Christinas helle Haut ist gerötet, als sie sich wieder setzen.

«Du musst dich noch gedulden, Walter, bis es richtig losgeht mit dem Tanzen», meint Jacob schmunzelnd. «Burkhard will im Herbstmonat, wenn die Ernte eingebracht ist, ein Tanzfest abhalten. Er hat dafür das Bödeli oben neben dem spitzen Horn ausgesucht, es wird unser Tanzbödeli. Unter den neu zugewanderten Lötschern hat es zwei Fiedler. Zuvor muss jedoch noch der Boden bestellt und der Winterroggen ausgesät sein.»

Ein Tanz? Nicht nur Walters Augen leuchten auf, auch Christina und selbst Barbara blinzeln plötzlich in die Sonne, wie wenn sie die Musik bereits in den Ohren und die Tanzenden vor Augen hätten.

Ammerten, Herbstmonat 1301

Barbara rückt die Haube zurecht, als sie mit der frischen Ziegenmilch ins Haus kommt. Johan kreischt freudig und stösst sich von der Wand ab, er geht ein paar Schritte eigenständig, fällt, rappelt sich auf, strahlt sie an. Sie hängt den Kessel mit der Milch über die Feuerstelle, legt ein paar Scheiter nach, schöpft sich einen Becher der tierwarmen Milch und leckt sich den Schaum von den Lippen. Johan streckt die Ärmchen aus, er möchte auch Milch oder noch lieber Brei, ihre Brust genügt ihm nicht mehr. Sie winkt ab, prüft mit der Hand, ob die Milch schon körperwarm ist, schüttelt den Kopf, prüft noch einmal mit dem Ellenbogen – jetzt ist sie zufrieden. Sorgfältig gibt sie die weissliche Masse aus dem Kälbermagen bei, die ihr Jacob gebracht hat. Als die Milch geronnen ist, schiebt sie den Kessel vom Feuer, deckt ihn zu.

«Am Abend mache ich weiter, schöpfe die Masse ins Sieb mit dem Käsetuch», sagt sie zu Johan. «Und wenn die Flüssigkeit abgetropft ist, gebe ich die Kräuter bei und lagere den Käse. Du und ich – wir werden viel Ziegen- und Schafskäse essen im kommenden Winter.» Johan lacht auf und wirft seine Holzklötzchen herum. Sie reicht ihm einen Löffel, und er schlägt auf die Klötzchen ein.

Sie nimmt die Werktagsschürze ab, geht zur kleinen Truhe und sucht die blaue Schürze hervor. Der Stoff hat nichts von seinem Glanz verloren. «Ein Jahr habe ich nur schwarz getragen wegen Conrads Tod», sagt sie zum Kind, das mit grossen Augen zu ihr aufschaut. «Jetzt ist das Trauerjahr um. Ich werde aber weiterhin Schwarz tragen. Dein Vater konnte nicht in heiliger Erde bestattet werden.» Sie blinzelt Johan zu. «Heute aber ist alles anders. Wir werden die Ernte vom Sommer feiern. Ich habe Heuvorrat, das Schaf hat geworfen und gibt Milch und die Ziegen auch, ich mache Käse, im Garten haben wir Erbsen, Linsen und Bohnen ernten können. Auch wenn es vom Kloster dieses Jahr nichts geben sollte – wir haben trotzdem genug, Johan. Und heute gibts Musik und Tanz oben auf dem Bödeli. Dafür ziehe ich die blaue Schürze an.» Sie bindet sie über den Rock, der Kleine starrt überrascht auf das Blau.

Sorgfältig nimmt sie ihn hoch, setzt ihn ins Tuch, das sie ins Traggestell gebunden hat, und lädt ihn auf den

Rücken. Er juchzt und schlägt mit den Händchen auf ihre Schulter, als sie sich draussen den andern anschliessen, die zum oberen Steinberg ziehen. Man grüsst einander freudig, selbst Heinrich hat für einmal ein Scherzwort auf den Lippen. Nur Agathe und Christina bleiben mit ihren Kleinen zu Hause. Alle andern, Männer, Frauen und Kinder, sind dabei – niemand will dieses erste Tanzfest auf dem Bödeli verpassen.

Im Wald spüren sie die weichen, braunen Nadeln des Vorjahres unter ihren Füssen. Das Rauschen des Wasserfalls im Tal ist zu hören, der wie ein dicker, weisser Arm durch ein Felsloch schiesst. In steilen Kehren steigen sie hinauf zu den Alpen auf dem oberen Steinberg. Von dort bewegt sich der Zug der Leute dem Hang entlang in die andere Richtung. Dann stehen sie am felsigen Berg, den oben das grasbewachsene Bödeli abschliesst.

Barbara war noch nie da oben. Bis jetzt war ihr Schritt leicht, jetzt aber spürt sie das Gewicht des Kindes, sie keucht, braucht ihre Hände, um sich zwischen den Felsblöcken hochzuziehen, und wenn jetzt nicht diese Töne einsetzen würden, die ihr durch Mark und Bein gehen, wäre ihr der Aufstieg zu viel. Sie zieht sich über die letzte Felsstufe hoch und sieht, alle sind schon oben, geschart um die beiden Fiedler.

Burkhard steht breitbeinig da, er begrüsst jeden Ankömmling einzeln, auch Barbara drückt er die Hand, schaut sie aber nicht an, sein Blick liegt auf ihrer Schürze, bevor er sich anderen zuwendet.

Man nimmt ihr das Traggestell ab, sie hebt Johan heraus. Er rudert mit den Ärmchen und macht kleine

Schritte auf dem Grasboden. Sie nimmt ihn an der Hand, das Bödeli ist breit, es gibt aber ein paar Felsschrunden, wo man aufpassen muss.

Das spitze Horn zeichnet sich vor der Sonne schwarz ab, dahinter ragen Bergzacken auf, die sie nicht kennt, dann folgt das gespaltene Horn. Als sie mit den Augen weiterwandert, sieht sie die Wetterlücke zwischen dem breiten Horn und dem Tschingel Horn und wendet sich ab. Über die Bergkette gleitet ihr Blick hinunter ins öde Tal der Rottalherren und hinüber zum schwarzen Mönch, der weiter oben in einen weissen Gipfel mündet, genannt Jungfrau, zu den Häusern von Wengen, hinunter ins Tal der Lütschine und wieder hoch zum Hang von Gimmelwald und der Terrasse von Mürren. Ihr ist schwindlig, als sie über die Bergkette von neuem beim spitzen Horn anlangt, mit den ziehenden Wolken im Hintergrund.

Johan zerrt an ihrer Hand, sie findet zurück aufs Bödeli zwischen den Bergen und Wolken, wo sich die Leute aus dem unteren und oberen Ammerter gelagert haben. Man beobachtet Barbara und Johan, sie setzt sich zu den unteren Ammertern, Anni macht ihr Platz. In letzter Zeit stichelt sie nicht mehr. Dass Barbara Jacob heiraten soll, ist kein Thema mehr, Burkhard hat es nicht verlangt. Die erfolgreich verlaufenen Geburten, die Barbara begleitete, haben die Stimmung gedreht.

Der bärtige Wilhelm und seine Frau Elsi sitzen in ihrer Nähe, sie sind besser genährt als noch vor einem Jahr. Die Buben der Familie sind unten bei den Ziegen geblieben, Wilhelm reicht ihr ein Stück Käse. Neben Wilhelms Familie sitzt Heinrich mit seinem Schwager

Ulrich, dessen Frau Ursula und den beiden Mädchen Lena und Agnesa. Ulrich schneidet Barbara vom Brot ab, man hat in den beiden Familien nicht vergessen, dass sie dank Conrads Rindern gut durch den Winter gekommen sind, und nun gibt es noch den kleinen Heini, dem sie auf die Welt geholfen hat. Auch Jacob ist da, er ist mit Walter, Rudolf und Anni zum Bödeli hochgestiegen. Gilyan spielt Verstecken hinter dem Rücken seiner Mutter, Johan gurgelt vor Lachen, nie hat er sich an Gilyans Spaltlippe gestört.

Barbara zählt die oberen Ammeter. Sie sind zahlreicher als die unteren. Lötschen hat wieder Leute verloren. Aber was soll man tun, wenn das Land nicht für alle reicht und nicht genug Essen da ist? Man wandert aus, hofft, dass es anderswo besser ist.

Die Fiedler spielen eine schmissige Melodie, nur selten kratzen die Bogen auf den Saiten. Der Imbiss ist beendet, die Ammerter wiegen sich im Takt der Musik, und dann steht Ruedi, der Zimmermann, auf, zieht Anni hoch und beginnt zu tanzen mit seiner Frau, er tanzt etwas ungelenk, Annis Haube verrutscht, aber sie lacht. Der vierschrötige Ulrich fordert seine Ursula zum Tanz, unbeholfen stösst er sie herum. Die oberen Ammeter schliessen sich dem Tanz an. Auch die Mädchen Lena und Agnesa halten sich bei den Händen und tanzen mit, Gilyan nimmt die Hände des kleinen Johan und dreht ihn mit sich, der Kleine gluckst vor Freude.

Burkhard kommt heran, fordert Jacob auf, mit Barbara zu tanzen. Als Jacob über seine steifen Beine klagt, fordert Burkhard Barbara selbst zum Tanz. Überrascht erhebt sie sich, schon greift er nach ihrer Hüfte und ihrer Hand, sie sieht sein bärtiges Gesicht vor sich, er blickt sie an, sie schaut weg. Er wirbelt sie herum, die Musik ist in ihren Ohren, sie sieht den blauen Himmel über sich, in dem die Wolken tanzen, so wie auch sie tanzt, ausgelassen, alles ist vergessen, nur die Musik ist da und sein Arm, in dem sie fliegt.

Nach drei Tänzen verklingt die Musik, ausser Atem setzen sie sich. Met wird ausgeschenkt, die Männer haben ihn in Ziegenschläuchen mitgetragen, man scherzt miteinander, schaut hinunter ins hintere Tal der lauteren Brunnen, welches das ihre geworden ist, man geniesst es, an diesem Samstag ruhen die Hände für einmal ein paar Stunden.

Dann nehmen die zwei Musikanten ihre Fiedeln wieder auf, von neuem beginnt der Tanz. Schwager Walter fordert Barbara auf, weil Christina nicht da ist, und Barbara willigt ein, Walter ist ein guter Tänzer, wenn auch nicht so ungestüm wie Burkhard. Sicher führt er sie durch die anderen Tanzpaare, und wieder einmal fällt ihr auf, wie ähnlich die Brüder in Gestalt und Grösse sind, nur das Gesicht ist anders. Wenn sie doch die Züge mit ihrer Hand zurechtrücken könnte – dann wäre es Conrad, mit dem sie tanzt … Ein wirrer Gedanke, sie schüttelt den Kopf über sich selbst.

Gilyan hat Johan zu derb herumgestossen, der Kleine fällt, schürft sich das Knie auf, er weint. Sie löst sich von Walter, nimmt den Kleinen in die Arme, bläst auf die Kratzer, bis er lächelt. Sie setzt ihn neben sich, er zupft am Gras, reisst die violetten und gelben, sternförmigen

Blumen aus. Sie schliesst die Augen, hört das Stimmengemurmel und darüber das Gefiedel. Die Musik trägt sie zurück.

Die Tanzfeste in Lötschen. In Conrads Armen ist sie geflogen. Sie spürt den Wind auf ihrer Haut, erschauert. Es ist lange her. Er kommt nicht zurück.

Weitere Tänze folgen, Barbara tanzt nicht mehr, Burkhard auch nicht. Die unteren Ammeter sitzen nur da und lauschen der Musik, die oberen Ammeter tanzen weiter, noch haben sie nicht genug.

Der kleine Johan liegt auf dem Rücken und schläft mit offenem Mund. Barbara schaut nach der Sonne. Sie wird noch ein Stück weiter ziehen auf ihrer Bahn, bevor sie hinter den Bergen verschwindet. Aber im Herbstmonat sind die Tage schon viel kürzer. Sie steht auf, lädt den Kleinen, der aufgewacht ist, in die Trage, schultert ihn und verabschiedet sich. Man schaut der grossen Frau mit dem Kind auf dem Rücken nach, das Blau ihrer Schürze scheint auf, als sie hinter dem Felsrand verschwindet.

Der Kleine hängt schwer an ihrem Rücken. Vorsichtig sucht sie sicheren Tritt, stützt sich an den Felsen am Wegrand ab. Es ist nicht einfach, das Tanzbödeli zu erklimmen, und noch schwieriger, wieder abzusteigen. In der Nacht ist es hier unheimlich. Man sagt, dass die Elfen im Mondschein tanzen und in Sturmnächten Gnomen ihr Unwesen treiben.

Als sie den Hang entlanggeht, haben sich die Wolken verzogen, die Sonne sengt ihren Kopf und Rücken, obwohl Mitte Herbstmonat schon vorbei ist. Die Wetterlücke in blendendem Weiss liegt gegenüber, sie schaut nicht hin.

Sie wischt sich den Schweiss von der Stirn, kneift die Augen zusammen. Endlich tritt sie am oberen Steinberg zwischen die ersten Tannen des Waldes.

Zwischen den Bäumen weiter unten setzt sie das Traggestell mit dem Kleinen einen Moment ab, ihre Schultern schmerzen. Es ist still im Wald. Sie hört nur das leise Knarren der Bäume im Wind, Spinnen haben ihre Netze aufgespannt im Gebüsch.

Da – ein Geräusch, schnelle Schritte. Sie schreckt auf. Burkhard nähert sich. Johan ist erwacht und staunt den bärtigen Mann so überrascht an wie sie selbst. Burkhard bricht einen Zweig ab und kitzelt den Kleinen, der hell auflacht. «Ich nehme dir Johan ab, er ist zu schwer für dich», sagt er, und schon nimmt er die Trage, schlüpft in die Riemen und geht mit grossen Schritten voran, sie folgt nach.

Erst unten an der Lütschine hält Burkhard inne, der Kleine ist längst eingeschlafen und liegt mit dem Kopf an seinem Rücken.

Burkhard dreht sich um, er spricht zu ihr, schaut aber an ihr vorbei. «Johan braucht einen Vater», stellt er fest, «und du brauchst einen Mann. Dein Trauerjahr ist um. Ich bin dieser Mann.»

Barbara wird bleich. «Du willst mich ehelichen? Ich bin doch nicht frei, Conrad liegt im ewigen Eis, du warst dabei.»

«Der Leutpriester wird uns seinen Segen geben. Letzten Sonntag habe ich mit ihm gesprochen.»

Sie schüttelt verwirrt den Kopf. Burkhard will sie heiraten. Der Tanz war Absicht. Er zaudert nicht. Wieso wählt er gerade sie, eine Witwe mit Kind?

«Warum ich?», fragt sie.

Er mustert sie. «Ich wollte dich schon in Lötschen – die stolze Barbara, du hast mir immer gefallen. Dein Vater willigte nicht ein.»

Barbara erstarrt, schluckt leer.

«Sobald wir verheiratet sind, ziehst du zu mir, stehst meinem Hauswesen vor, ziehst Johan auf und die gemeinsamen Kinder, die noch kommen werden.»

«Aber ... » Verzweifelt sucht sie nach einer Entgegnung, einem Halt. Ihre Augen gleiten über das wuchernde Farn, das braune Laub und die Tannnadeln auf dem Boden, dann hoch zu ihm. Johans Köpfchen liegt noch immer an seinem Rücken. «Ich brauche Zeit», sagt sie atemlos.

«Zeit?», fragt er unwirsch. Er nimmt das Gestell mit dem Kleinen von der Schulter, hängt es an ihren Rücken. «Du bringst Johan nach Hause, kehrst zurück mit deiner Antwort. Ich warte beim Talbachfall drüben.»

Sie nickt. Wie in Trance legt sie den Weg nach Schirboden zurück, geht am Felsen mit dem Mahnfinger vorbei, zermartert sich das Hirn, ob der erhobene Finger sie vor der Heirat warnen will oder davor, sie nicht einzugehen. Endlich vor ihrem Haus in Ammerten angelangt, stösst sie die Tür auf, legt Johan auf den Strohsack. Er steckt den Daumen in den Mund, schläft weiter. Sie fällt auf die Knie. Wenn sie nur jetzt die Muttergottes aufsuchen könnte in der Kapelle auf dem Martibiel. Oder die heilige Barbara in Ferden. Vielleicht würde ihr eine der

Heiligen ein Zeichen geben. Burkhards Frau soll sie werden. Ist sie nicht immer noch Conrads Frau?

«Heilige Barbara, sei mit mir, Muttergottes, bitte hilf mir.» Sie faltet die Hände, will beten, die Worte kommen aber nicht, ihre Kehle ist wie ausgetrocknet, die Zunge ein Stück Holz, ihr Kopf leer.

Nach einer Weile legt sie die Hände über die schmerzenden Augen. Conrads Frau. Burkhards Frau. Oder einfach Barbara? An Conrads Seite war sie Barbara, er liess sie gewähren. Inzwischen ist sie noch mehr Barbara geworden. Greta hat sie unterwiesen, hat ihr einen Weg gezeigt. Eine weise Frau will sie werden, ist aber noch am Anfang. An Burkhards Seite kann sie keine weise Frau werden – da wäre sie lediglich Burkhards Frau.

Barbara nimmt die Hände vom Gesicht. Ihre Augen gewöhnen sich an die Helligkeit, die durch die Luke fällt. Sie wirft einen Blick auf das schlafende Kind und verlässt das Haus, geht den Weg zurück, biegt ab zum Wasserfall.

Burkhard lehnt an einem Baumstamm. Einen Moment beobachten sie beide, wie gewaltig das Wasser durch den Felsring schiesst und unten im Becken aufschäumt.

«Ich kann dich nicht heiraten», sagt sie ins Rauschen des Falls hinein.

Er starrt sie an, wie wenn er Mühe hätte, sie zu verstehen. «Du willst Conrads Witwe bleiben?»

«Conrads Witwe, ja. Und Barbara – ich bleibe Barbara. Unsere Wege führen nicht zusammen.»

Er zuckt zurück, wie wenn sie ihn geschlagen hätte. «Deine Antwort ist Nein?» Röte schiesst in sein Gesicht. «Schon dein Vater gab dich mir nicht, obwohl er hätte froh sein können, dass ich dich begehrte. Und du selbst sagst auch Nein zu mir. Weisst du eigentlich, wer du bist? Die Tochter einer Schurtendiebin bist du!»

Barbara erschrickt. Was wirft er ihr an den Kopf? Das kann nicht sein.

Wutentbrannt fährt er fort: «Du begegnest mir mit Hochmut, lehnst mich ab! Ein nutzloses Weib bist du. Aber was soll man anderes erwarten von einer, die sich mit einer solchen Schürze schmückt?»

«Das ist meine Schürze, und meine Mutter war keine Schurtendiebin!» Sie starrt auf die Falte zwischen seinen Augen.

«Diese Schürze schenkte dein Vater deiner Mutter zur Hochzeit.» Er beugt sich vor, reisst ihr die Schürze vom Leib, hält sie verächtlich zwischen seinen Fingern und lässt sie zu Boden fallen.

Barbara strauchelt, kann sich auffangen, sie bückt sich nach dem blauen Häuflein. «Die blaue Schürze hat mir mein Vater vom Markt gebracht.»

«Nein. Dein Vater wollte unbedingt diese Frau aus Giätrich heiraten, obwohl man ihm im Dorf abgeraten hat. Alle kennen die Geschichte. Mit der Schürze wollte er die Braut von der Schattseite herausputzen. Nach der Hochzeit aber wagte sie sich kaum je ins Dorf, mit der Schürze schon gar nicht. Man schnitt sie, deine Mutter.»

Sie drückt die Schürze an sich. «Davon wusste ich nichts.»

Burkhard ist noch nicht fertig. «Sogar zur Hochzeit hast du die blaue Schürze getragen und Conrad damit lächerlich gemacht. Wenn du die Meine geworden wärst, hättest du sie nie getragen. Ich hätte dir anderen, schöneren Putz besorgt. Du bist grossgewachsen, hast einen stolzen Gang – man hätte vergessen, dass deine Mutter eine von den Schurtendieben war.» Er überlegt, fährt ruhiger fort: «Du bist eine gute Tänzerin, Barbara, eine ansehnliche Frau, ich hätte über deine Herkunft hinweggesehen. Vielleicht überlegst du es noch einmal.» Er streckt die Hand aus.

Barbara weicht zurück. «Nein, Burkhard, es kann nicht sein.»

Sie dreht sich um, geht rasch davon. Die Sonne ist aus dem Tal geschwunden. Wie hat sie nur tanzen können heute, tanzen mit diesem Mann? Wankelmütig ist sie geworden, verleugnet hat sie sich.

«Schurtendiebin, Tochter einer Schurtendiebin.»

Woher kommt die Stimme – schreit er ihr die Beleidigung hinterher? Das ist keine Männerstimme. Es sind ihre Ohren, die hallen.

Schurtendiebin. War sie darum immer die Fremde, schon in Lötschen? Annamaria muss es gewusst haben, Conrad auch, der Vater auf jeden Fall. Niemand hat ihr die Wahrheit gesagt über ihre Mutter, über die Schürze. Warum hat ihr der Vater die blaue Schürze geschenkt, sie damit zur Aussätzigen gemacht?

Sie betrachtet das blaue Bündel in ihrer Hand. Die Bändel sind eingerissen. Burkhard hätte ihr die Schürze verboten – er erwartet, dass sie sie nie mehr anzieht.

Er täuscht sich. Sie wird die Risse nähen, so dass die Schürze aussieht wie neu. Bei besonderen Gelegenheiten wie heute wird sie sie tragen – ihm zum Trotz.

Ammerten, Wintermonat, 1301

Barbara zupft die Fasern vom Rocken, lässt die Spindel drehen, bis ihr beim Hinsehen schwindlig wird. Die Schafe sind geschoren, die Wolle ist gewaschen und gekardet, sie sitzt an diesem milden Tag im späten Wintermonat bei offener Tür im Licht. Noch ist kein Schnee gefallen. Ulrich, der Metzger, hat ihr zwei der herangewachsenen Lämmer geschlachtet. Die Häute hat er behandelt und aufgespannt, das Fleisch ist eingesalzen und hängt zum Trocknen über dem Herd.

Sie dreht den Faden, ist froh um die Arbeit, die sie ablenkt. Öfter hängt sie den Gedanken nach. Eine Fremde ist sie, Tochter einer Schurtendiebin. Im Vertrauen hat sie Christina gefragt, ob es wahr sei. Die Schwägerin nickte scheu, sie weiss davon. Alle wissen es. Nur sie wusste es nicht. Bis es ihr Burkhard an den Kopf schleuderte. War sie darum immer ein bisschen anders? Annamaria war nicht anders und hatte die gleiche Mutter. Und die Schwester hat nie etwas Schlechtes über die Mutter gesagt. Sie, Barbara, hätte sie gern gekannt. Aber die Mutter ist tot, sie kann sie nicht erreichen, nicht zu ihrer Herkunft befragen.

Schurtendiebin. Das Wort lastet schwer. Die Schurtendiebe sind immer von neuem auf der Sonnseite in Lötschen eingefallen, haben Angst und Schrecken verbreitet, sie kennt die Geschichten. Allerdings sagt man, die Leute vom Schattenhang hätten ursprünglich selbst auf der Sonnseite gelebt, spätere Einwanderer hätten sie auf die Schattseite vertrieben. Diese Wanderer sollen vor vielen

vielen Jahren von Norden über die Berge nach Lötschen gekommen sein.

Conrad und sie wurden von den Lawinen aus Giätrich vertrieben und wanderten mit den andern über die Lücke zurück nach Norden, sie gründeten Ammerten.

Sie sind nicht die einzigen. Man erzählt, dass viele andere Walser ebenfalls in grossen Zügen nördlich und südlich über die Alpen gewandert seien, um neue Dörfer zu gründen und ein Auskommen jenseits der Heimat zu finden.

Hier, im Tal der lauteren Brunnen, sind sie alle Fremde. Man liess sie gewähren, weil sie niemandem etwas wegnahmen – Ammerten, den Ort mit den sauren Kirschen, gab es nicht vor ihrer Ankunft, niemand hatte die Alpen zuhinterst im Tal bewohnt. Auch Mürren und Gimmelwald begründeten die Walser.

Im Tal weiss man nichts über die Schurtendiebe in Lötschen – nur die Ammeter wissen vom Makel ihrer Herkunft. Für die Leute im Tal ist sie nur eine unter anderen Fremden. Einmal mehr ist sie froh über die grosse Wanderung.

Lichtsprengsel zieren ihre Handrücken, Barbara blickt auf. Die Schatten sind lang im Wintermonat, die Sonne kommt erst spät hinter dem breiten Horn hervor. Johan spielt mit ein paar Klötzchen vor der Tür.

Ein plötzlicher Schlag spaltet die Stille, Poltern, Rollen. Johan zuckt zusammen, und auch Barbara erschrickt. Dann strahlt er. «Bubu», sagt er und zeigt mit dem Finger nach unten. «Bubu» ist sein Wort für Burkhard. Der steht unten vor seinem Haus, zieht mit beiden

Händen die Axt hoch und zielt auf den Klotz vor ihm auf dem Holzblock. Ein weiteres Stück Holz poltert herunter und rollt neben das erste. Von neuem zieht er die Axt auf und lässt sie mit ganzer Kraft niedersausen. Johan lässt seine Klötzchen fallen und folgt Burkhards Bewegungen.

Auch die anderen Ammeter sind aus dem Haus getreten. Wie Johan verfolgen sie bewundernd die kräftigen Schläge und das Poltern des Holzes. Auch Wilhelm, Elsi und ihre drei Knaben, die soeben die Ziegen zur eingezäunten Weide getrieben haben, verfolgen das Schauspiel. Heinrich, Jacob, Walter und Ruedi sind am Holzen im hinteren Tal. Ihre Frauen aber sind da, Agathe trägt den kleinen Heini im Arm, Christina ihr Babi. Auch Ulrich, der wegen des Gestanks die Häute aus verschiedenen Schlachtungen abseits vom Dorf bearbeitet, blickt herüber.

Anni, die gefolgt von Gilyan mit einem Bündel Holz aus dem Wald tritt, setzt es vor Barbaras Hütte ab, wischt sich über die Stirn. «Was ist nur mit Burkhard los?», fragt sie. «Er spaltet das Holz nicht nur – er zerschlägt es mit ganzer Kraft. Wie wenn das Holz büssen müsste.» Sie schaut Barbara von der Seite an. Diese hat sich wieder der Handspindel zugewandt, dreht den Faden, fährt aber jedes Mal zusammen, wenn wieder die Axt niedersaust.

Burkhard hat die neue Axt mit der glänzenden Schneide am Martini-Markt in Unterseen gekauft, hat dafür eine Ziege und ein grosses Stück von seinem Käse verkauft. Nach seiner Rückkehr zeigte er die Axt stolz im Dorf herum, und die Männer prüften mit den Fingern die scharfe Schneide.

Nun will es Anni wissen. «Man sagt, du habest einen Antrag von Burkhard abgelehnt. Das kann doch nicht sein! Keine Frau, die bei Verstand ist – eine Witwe erst noch – würde Burkhard abweisen.»

«In der Tat», sagt Barbara und blickt nicht auf, «so etwas würde man nicht tun.»

Anni ärgert sich über die ausweichende Antwort und zieht Gilyan hoch, der sich neben Johan gesetzt hat. Noch einmal schaut sie dem Aufziehen und Niedersausen der Axt zu. «Burkhard weicht dir aus, er schlägt voller Wut auf das Holz ein. Das sagt genug. Ein Wunder, dass er sich für dich interessiert hat.»

Barbara spinnt weiter an ihrem Faden.

Anni, ohne Antwort geblieben, überlegt sich einen weiteren Vorstoss. Da fällt ihr die Stille auf: Das Schlagen hat aufgehört.

Burkhard blickt wild in die Runde, wirft die Axt hin und stürmt den Hang hoch. «Was starrt ihr? Macht euch an die Arbeit, davon gibt es genug! Morgen ist Sankt-Andreas-Tag, wir müssen unseren Zehnten abliefern. Macht das Heu bereit. Es geht los bei Tagesanbruch.» Hastig drehen sich alle um, Anni nimmt das Holz und macht sich mit Gilyan davon.

Burkhard kommt herbei. Er grüsst Barbara nicht, bückt sich aber zu Johan, an dem er einen Narren gefressen hat und den er öfter auf seinen Schultern reiten lässt, wenn Barbara nicht in der Nähe ist. Noch immer rollen seine Augen im Gesicht, und der Bart wuchert ungestutzt. Der Kleine schaut ihn zweifelnd an, läuft zu Barbara und versteckt sich hinter ihr.

Ein Donnerwetter entlädt sich. «So ist das also – du hängst am Rock deiner Mutter? Merke dir, Kleiner – man versteckt sich nie hinter einer Frau. Bald bist du gross und stellst deinen Mann.» Burkhard stapft davon und verschwindet im Wald.

Die Ammeter, auf dem Weg nach Hause, haben die Worte gehört. Anni sagt zu Ruedi: «Siehst du? Burkhard schneidet Barbara. Er wäre der beste Vater gewesen für Johan, aber sie verschmähte ihn.»

Ruedi zuckt die Achseln. Das sind Dinge, die ihn nichts angehen. Er hofft nur, dass Burkhard sie nicht den ganzen Winter seine Wut spüren lässt. Sie brauchen ihn. Mit den beiden Mühlsteinen, die er im Frühling fertig behauen hat, haben sie ihre Roggenkörner gemahlen. Dank seiner Umsicht haben auch alle oberen Ammeter ein Zuhause. Er, Ruedi, ist als Zimmermann gefragt, man hat ihn gut entschädigt. In Lötschen dagegen war er nie auf einen grünen Zweig gekommen.

Ammerten, Wonnemonat 1302

Barbara kniet am Wasser, sie schrubbt die Wäsche über einem Brett an der Lütschine. Im Winter war es still in Ammerten, der Bach gefroren. Nun rauscht er wieder, plätschert, sucht sich seinen Weg um die grösseren Steine herum, überzieht die kleinen mit einer glatten, glänzenden Schicht. Die Lütschine entspringt beim Gletscher an der Wetterlücke. Conrads Körper liegt dort oben im Eis. Seine Seele aber ist im Himmel, davon ist sie überzeugt, auch wenn er nicht in heiliger Erde bestattet ist und nie eine Totenmesse für ihn gelesen wurde.

Der Bach verbindet sie mit ihm. Die Lütschine, scheint ihr manchmal, spricht mit ihrem Raunen zu ihr, erzählt von Conrad. Und von früher, als es hier noch kein Ammerten gab, die Rottalherren uneingeschränkt wüteten und in Trachsellauenen mit rostroten Felsbrocken das Bett auffüllten, bis der Bach über die Ufer trat.

Auch diesen Winter sind keine Lawinen auf Ammerten heruntergedonnert.

Nur die Walser in Trachsellauenen wurden mehrmals vom Gepolter der Schneemassen erschreckt, die eisige Brocken mit sich wälzten. Beim ersten gemeinsamen Kirchgang erzählten sie davon, niemand aber sei zu Schaden gekommen. Trachsellauenen ist mehr den Lawinen ausgesetzt. Dafür spriesst im tiefer gelegenen Weiler, beim Drechsler Christian und seinen Mitbewohnern, das Gras schon viel üppiger, und längs dem Bach wachsen die runden, gelben Blumen, die Ankebälli, die sie besonders mag.

Im kleinen, abgeschlossenen Becken, über das sie sich beugt, ist ihr Bild gespiegelt, das Gesicht ist noch bleich vom Winter, eine Haarsträhne hängt ihr ins Gesicht. Ihre Augen glänzen, die Haut ist glatt, sie ist noch jung, achtzehn, ihr Kind wird zwei im Herbst.

Ja. Man hat diesen Winter in Ammerten oft über Burkhard und Barbara gesprochen, und die Leute sind verstummt, wenn sie sich näherte. Vielleicht dachte man, dass sie doch noch zusammenkommen, Anni hat sie manches Mal ungläubig gemustert und sich schroff abgewandt.

Sie wundert sich, dass man von Burkhards Antrag weiss, sie hat sich niemandem anvertraut. Burkhard ist ihr aus dem Weg gegangen, er hat sie gemieden, wie wenn sie aussätzig wäre oder eine Sünderin. Das ist aufgefallen im Dorf, wie auch das wütende Holzhacken. Manchmal hatte sie Angst vor ihm. Jetzt aber ist alles anders. Als er vom Maienmarkt zurückkam, schwang er seinen Stock und trällerte vor sich hin.

Einen Moment streckt sie den schmerzenden Rücken, blickt über die schwarzen Röcke und Überkleider, die sie gerieben hat und die wie grosse, schwarze Flecken die Felsen überziehen.

Nun noch Jacobs Kittel und Hosen. Er hilft ihr weiterhin in Feld und Stall, sie kocht und wäscht für ihn. Das Gras ist gewachsen, es ist mit gelben und weissen Blumentupfern gesprenkelt. Auch die Büsche haben ausgeschlagen und treiben Blätter, obwohl der Schnee noch nah ist. Der Winter war mild, die Schneemengen nie gross. Bereits Mitte Lenzmonat sind sie hinunter ins Tal zur Kirche Gsteig gewandert, nachdem sie in den kalten Monaten wiederum mit Heinrich gebetet hatten.

Der zweite Winter in Ammerten war einfacher. Sie hat viel mit Johan gesprochen, mit ihm auch über Dinge geredet, die er nicht verstehen kann, aber es tat ihr gut, sie zu sagen. Auch mit der heiligen Barbara hat sie gesprochen. Wenn sie die Augen schloss, hat sie sie vor sich gesehen in der Kirche in Ferden mit dem Turm im Arm.

Sie selbst, die Ammeter Barbara, trägt ebenfalls einen Turm, wenn auch mit weniger Leichtigkeit. Die heilige Barbara kann Wunder wirken, die Muttergottes noch viel mehr. Eine einfache Frau kann das nicht. Trotzdem hat sie diesen Winter wieder einigen Leuten helfen können. Elsi, die Schmerzen hatte beim Wasserlösen, hat sie Wacholder gegeben, jeden Tag sollte sie zwanzig Beeren kauen, und die Schmerzen sind nach ein paar Tagen verschwunden. Walter, der eine schlecht heilende Wunde vom Holzen hatte, hat die Ringelblumensalbe geholfen.

Manchmal kommt man erst spät zu ihr, wenn die Leiden bereits heftig sind, dann wird es schwierig. Sie versucht sich alles in Erinnerung zu rufen, was sie bei Greta gelernt hat. Manchmal riecht sie auch nur an den Beeren, Blättern und Salben und greift das heraus, was ihr richtig scheint. Johan mag die verschiedenen Düfte und Gerüche, sie hält ihm das eine oder andere Schälchen unter die Nase, er schnuppert und strahlt sie an. Eine bittere Wacholderbeere aber, die er sich in den Mund steckte, spuckte er wieder aus.

Barbara beugt sich über Jacobs Kittel und Hosen, reibt sie und spült sie im Bach aus, bis sie eiskalte Finger hat.

Dann richtet sie sich auf, überblickt ihr Werk. So viele Kleider liegen da, dass man meinen könnte, sie habe für das ganze Dorf gewaschen und nicht nur für einen alten Mann, eine Frau und einen kleinen Buben.

Sie blickt auf, kneift die Augen zusammen. Ein Paar schreitet über den Weg aufs Dorf zu, festlich angezogen.

Diese beiden kennt sie nicht. Doch. Der Mann ist Burkhard. Er trägt ein samtenes Wams über dem Kittel und knielange Leinwandhosen. Das Überkleid der blonden Frau an seiner Seite ist weiss, die Schürze glänzt grün, sie trägt Blumen im Haar. Als sie auf Barbaras Höhe sind, winkt er sie heran, und sie folgt dem Zeichen – so lange hat er sie nur wie Luft behandelt.

Burkhard hat seinen Bart gestutzt, ein triumphierendes Lachen überzieht sein Gesicht. «Das ist meine Frau Trini aus Gsteigwiler. Und das ist Barbara, Conrads Witwe, von Ammerten.»

Das also ist Burkhards Antwort auf ihren Entscheid und diesen Winter, der an ihm zehrte. Burkhard ist nicht mehr allein, er hat jetzt eine Frau an seiner Seite. Barbara gibt ihr die Hand, Trini ist noch sehr jung, hat ein offenes Gesicht und Laubflecken auf der Nase.

Burkhard eilt weiter, er zerrt seine junge Frau hinter sich her, und Barbara hört, wie er vor seinem Haus ins kleine Horn stösst, mit dem sonst die Knaben Willi und Peter die Ziegen rufen.

Die Türen öffnen sich, die Frauen kommen aus den Häusern, die Männer von den Weiden, wo sie Zäune instand stellen.

Barbara, die am Weg steht, hört Burkhards Stimme, die sich überschlägt: «Kommt alle heran. Das ist meine Frau Trini, die Müllerin an meiner Seite, Mutter meiner künftigen Söhne. Wir haben uns am Maienmarkt kennen gelernt, der Leutpriester in Gsteig hat uns eben getraut. Lasst eure Arbeit ruhen – ich lade euch ein zum Fest. Holt die Fiedler aus dem oberen Ammerten, bringt Tische und

Bänke zu meinem Haus. Nun macht schon, glotzt nicht. Heute wird gefestet. Es geschieht nicht alle Tage, dass euer Anführer heiratet.»

Die Ammeter staunen: Wo ist der düstere, wütende Burkhard dieses Winters? Ein strahlender Bräutigam steht da, die Braut ist jung und ansehnlich, keine Walserin, aber eine Frau vom Eingang des Tals, man kann nicht immer unter sich bleiben. Es gibt kein Mädchen im heiratsfähigen Alter im Dorf, Burkhard geht voran wie immer. Ihr Anführer hat gut gewählt, scheint ihnen, das muss man feiern.

Tische und Bänke sind bald aufgestellt, Käse, Trockenfleisch und Brot, das die Frauen in der vergangenen Woche gebacken haben, werden aufgetischt, Burkhard zaubert einen Schlauch mit Wein hervor und eine Lederflasche mit einer hellen Flüssigkeit, die heiss in die Köpfe und Glieder fährt. Die Fiedler klemmen ihre Instrumente unters Kinn und spielen auf, man isst und stösst an, Burkhard versucht ein paar wackelnde Tanzschritte mit seiner Braut, aber der Wein und der Flaschengeist haben ihn trunken gemacht, er gibt es bald auf, stolpert zurück zur Bank.

Nur eine ist nicht dabei, das fällt nicht auf. Anni hat es zwar bemerkt, vergisst es aber wieder, weil auch sie einen grossen Schluck vom Flaschengeist genommen hat.

Man wiegt sich hin und her auf den Bänken, Männer und Frauen sind sich für einmal unschicklich nah, das ist heute nicht wichtig, man soll die Feste feiern, wie sie fallen.

Erst beim Einnachten schickt man die Frauen nach Hause, die Männer bleiben noch eine Weile sitzen und machen sich erst auf den Heimweg, als Burkhard mit seinem frisch angetrauten Trini ins Haus torkelt.

IV BARBARA

Ammerten, Lenzmonat 1315

Ein kalter Tropfen landet auf Barbaras Stirn. Sie schaut hoch zum Dach ihres kleinen Hauses, blinzelt in die Sonne. Es ist Ende Lenzmonat, der Schnee schmilzt. Die Wiese zwischen den Häusern schimmert grün zwischen den Schneeinseln.

Johan steht am Holzbock, er zieht das Beil auf und lässt es niedersausen, das Holz splittert und poltert herunter. Ihr Sohn spaltet das letzte noch übriggebliebene Holz des Winters. Sie staunt über seine kräftigen Arme, den hochaufgeschossenen Körper – fünfzehn wird er im Herbst.

Von den Männern, die eben den Hang hochsteigen, unterscheidet er sich kaum in der Gestalt, nur Burkhard, der mit seinem Hund vorangeht, ist breiter gebaut. Etliche der Ammeter nähern sich den vierzig, sind vom Alter gebeugt, einige Haarschöpfe leuchten silbern unter den Mützen. Vor ihrem Haus bleibt Burkhard stehen und die nachfolgenden Männer mit ihm.

Er mustert Johan. «Wir brauchen dich, junger Mann, du kannst für uns die Bäume hochklettern, um das Seil zu befestigen, und dann helfen, die Stämme hinunterzuziehen.»

Barbara erschrickt. «Warum willst du Johan für die gefährlichsten Arbeiten? Er bleibt hier, bei mir.»

Johan schaut von seiner Mutter zu Burkhard und senkt den Blick.

«Nun komm schon, Johan, sei ein Mann!» Burkhard breites Gesicht verzieht sich zu einer Grimasse. Er schreitet voran dem Wald entgegen, ohne zurückzublicken, der fromme Heinrich, der vierschrötige Ulrich, der bärtige Wilhelm und Schwager Walter folgen ihm, sie haben Äxte und Sägen umgeschnallt, Burkhard zudem eine Armbrust, eine seiner neusten Erwerbungen. Nur Jacob fehlt, der im vergangenen Herbst gestorben ist, und Ruedi. Johan blickt fragend zu ihr. Sie nickt, und er eilt mit grossen Schritten dem Männertrupp nach.

Barbara geht ins Haus, sie lässt die Tür offen, damit sie Licht hat für ihre Arbeit. Johan braucht neue Hosen und einen neuen Sonntagskittel, abwechselnd ist sie am Weben und Nähen, die Kleider müssen fertig werden, der erste Kirchgang und die Frühlingsarbeiten stehen bevor – das Säubern der Äcker und Wiesen von Steinen, Ästen und Geschiebe. Sie setzt sich auf die Bank, fährt mit der Hand über den braunen Stoff von Johans Sonntagskittel. Sie hat den Stoff selbst gewoben, Mass genommen am gross gewordenen Sohn und den Stoff zugeschnitten. Jetzt noch der Saum. So viele Kleider hat sie über die Jahre für ihn gewoben und genäht, etliche Hosen hat er im Wald zerrissen, aus den kleinen Kitteln ist er schnell herausgewachsen.

Sie streicht den schwarzen Rock glatt. Noch immer trägt sie vorwiegend schwarz. Die schwarze Barbara, nennen sie einige. Nur selten einmal, am Sonntag, ist ihre Bluse weiss, und nur an Festtagen nimmt sie die blaue Schürze hervor. Burkhard meidet dann ihren Anblick, sie trotzt ihm. Nie hat er sie vor den andern als Schurtendiebin bezeichnet. Sie gehen einander aus dem Weg, das genügt.

In den vergangenen Jahren hat sie das Kind aufgezogen, das Feld bestellt, geheut, geemdet, geerntet, die Wintersaat ausgebracht, die Tiere besorgt, gewaschen, gesponnen, gewoben, genäht, gekocht. Im Winter, wenn der Schnee sie einmauert, hat sie sich in eine Decke gehüllt, um trotz der Kälte handarbeiten zu können.

So schnell ist Johan herangewachsen, so rasch sind die Jahre verflogen. Manchmal glaubt sie das Kleinkind noch vor sich zu sehen, in Stoff gewickelt, an ihrer Brust. Aber bald richtete er sich auf, kroch, stapfte zögernd umher, ging vors Haus, purzelte den Hang hinunter, rappelte sich auf, kletterte wieder hoch. Das nächste Mal bewältigte er den Hang, er ging mit aufs Feld und in den Wald und dann zur Kirche nach Gsteig. Immer mehr Arbeiten konnte er ihr abnehmen, die Ziegen hüten, Heu einbringen, die Schafe scheren und in den letzten Wintern Holz sägen und spalten. Es ist gut, dass er die Männerarbeiten übernimmt. Jacob wurde immer schwächer in den letzten Jahren, Johans Kraft nahm zu.

Im Wintermonat öffnete Jacob eines Morgens nicht, als sie ihm das Essen bringen wollte, und als sie die Tür aufstiess, lag er stocksteif und kalt auf dem Strohsack. Sie schloss ihm die Augen, faltete die Hände. Noch war kaum Schnee gefallen, die Männer hatten ihn auf eine Bahre gelegt und hinuntergetragen zur Kirche Gsteig. Der Priester las die Totenmesse, und Jacob wurde in der heiligen Erde des Friedhofs unweit von Greta bestattet.

Der Saum ist fertig, sie richtet sich auf, hält den Kittel vor sich hin – er wird Johan gut kleiden. Ihr kleiner Sohn ist gross geworden wie viele andere Kinder in Ammerten auch. Gilyan, Ruedis und Annis Sohn, ist zum Mann herangewachsen, seine Spaltlippe fällt weniger auf, weil Barthaare in seinem Gesicht spriessen. Auch die Geisshirten Willi, Peter und Michel, Söhne von Wilhelm und Elsi, sind nun erwachsen. Ulrichs und Ursulas Töchter Lena und Agnesa sind junge Frauen, sie haben zwei kleinere Brüder, in Ammerten zur Welt gekommen. Heinrich und Agathe sind Eltern von fünf Kindern. Walter und Christina haben sechs Kinder, die Schwägerin ist hager von der vielen Arbeit und Sorge um die Kleinen. Ihre älteste Tochter, die blonde, bald vierzehnjährige Babi, Barbaras Patenkind, ist der erste Säugling, dem sie auf die Welt geholfen hat. Viele weitere Kinder sind gefolgt, alle Mütter nahmen Barbaras Hilfe in Anspruch. Ausser Trini. Burkhard befand, seine Frau brauche keine Hebamme. Trini hat sechs Mädchen allein geboren, alle sind gesund.

Schatten fällt auf den Kittel in ihrem Schoss. Ruedi, der Zimmermann, steht im Eingang. «Anni schickt mich. Sie hat starke Schmerzen im Bein und Angst, dass sie nicht zur Kirche gehen und nicht arbeiten kann im Ostermonat, wenn alles anfängt. Du sollst kommen.»

So ist das also. Anni schickt nach ihr. Anni, das Lästermaul, das sie immer schlecht gemacht hat. Burkhard und Anni sind die einzigen, die sie in den letzten Jahren nie beigezogen haben. Hier im unteren Ammerten, im oberen Ammerten, ja selbst in Trachsellauenen und Gimmelwald ruft man sie, wenn jemand krank ist oder eine

Geburt ansteht. Nicht aber Anni. Auf Wunderwerk könne sie verzichten, sagte sie mehrmals laut vor allen Frauen beim Waschen und Holzsammeln. Es brauche Gottvertrauen, wenn ein Weh auftrete, nicht Salben und Tinkturen, von denen man nicht wisse, ob nicht doch ein bisschen Hexenwerk dabei sei.

«Ich komme», sagt sie zu Ruedi. «Eben ist Johans Sonntagskittel fertig geworden.» Sie geht zum Brett an der Wand, wo sie die Salben, Tinkturen und Kräuter aufbewahrt, wählt Tiegel mit Ringelblumensalbe und Arnikatinktur aus, packt sie in einem Leinentuch in den Korb.

Ruedi wartet geduldig, bis sie sich das Schultertuch umgelegt hat und ihm folgt. Die Schneeflecken sind glitschig, Ruedis Haus ist aber nah. Er öffnet die Tür, lässt Barbara ein, bleibt selber draussen.

Durch die offene Tür fällt das Licht auf die abgemagerte Anni auf dem Strohsack. Sie streckt Barbara die Hände entgegen, es ist nicht klar, ob zur Begrüssung oder Abwehr.

«Du hast Schmerzen?», fragt Barbara und stellt ihren Korb ab. «Zeige mir dein Bein.»

Anni zieht die Decke fester um sich. Barbara kniet nieder, schlägt sie von unten zurück. Ein übler Geruch schlägt ihr entgegen. Am linken Bein sind dunkle Flecken und weisse Hautverfärbungen zu sehen, über dem Knöchel ist eine aufgeplatzte Wunde. «Ein offenes Bein», stellt sie fest, «wie lange hast du das schon?»

«Die braunen Flecken werden immer dünkler, sind aber schon lange am Bein», sagt Anni, die errötet ist wegen des Gestanks, «die Wunde ist erst seit ein paar Tagen offen. Ich verstehe nicht, warum sie nicht verheilt. Das Jucken ist schrecklich.» Sie will kratzen, Barbara hält ihre Hand fest.

«Nicht, Anni. Ich werde etwas auftragen, das die Schmerzen lindert und die Entzündung hemmt.»

«Und das soll wirklich nützen – ist das nicht Hexenwerk, und ich muss es beim Priester beichten?», entfährt es Anni.

Barbara lächelt. «Beichten musst du das nicht. Wenn du aber nicht willst …»

«Doch», sagt Anni schnell. «Was soll ich denn machen? Bald sind wir draussen auf den Feldern, ich habe so viel Wäsche zu waschen, dabei kann ich mich kaum aufrecht halten. Burkhard darf mich nicht so sehen. Ich bin doch nicht faul – ich kann einfach nicht.»

Barbara hat in die Glut geblasen und Wasser aufgesetzt, behutsam reinigt sie die offene Wunde mit warmem Wasser und dem sauberen Tuch, streicht dann Salbe ein in Richtung des Herzens. Beim Säubern der Wunde beisst Anni auf die Zähne, das Einreiben der Salbe dagegen ist angenehm, es ist, wie wenn sich im Bein etwas lösen würde, das sich angestaut und ihren Körper schwer gemacht hat. «Im Ostermonat hält Gilyan Hochzeit – da will ich auf den Beinen sein. Ich bin so froh, dass Ulrich ihn als Schwiegersohn will, wegen seiner Spaltlippe können wir ja nicht wählerisch sein. Mein Sohn ist die bessere Partie als die Söhne von Wilhelm und Elsi, die sind ja immer noch bettelarm. Ruedi hat mit dem Bauen dies und das verdient, eine Ziege und ein Schaf hier, ein paar Münzen dort. Burkhard hat bestimmt, dass Gilyan das verwaiste Haus von Jacob und Greta bekommt, wenn er sich verehelicht. Da konnte Lena nicht nein sagen.»

Das sind Neuigkeiten für Barbara, die wenig unter die Leute kommt. Lediglich am Sonntag besucht sie die gemeinsame Andacht. Sie liegen auf den Knien in Heinrichs Stube, er betet vor, sie wiegen sich vor und zurück, bitten die Heiligen um Fürbitte, gehen ohne viel Worte wieder auseinander. Anni sprudelt schon weiter: «Trini ist wieder guter Hoffnung, das siebte Kind. Burkhard hofft sehr, dass es endlich ein Knabe ist. Er will einen Nachfolger haben. So stolz ist er auf seine Mühle am Milibach. Nie, sagt er, wäre er in Lötschen zu Besitz gekommen, weil sein Vater die Mühle dem älteren Bruder vererbt hat. Alle aus dem unteren und oberen Ammerten mahlen nun bei Burkhard. Wenn jetzt noch ein Sohn auf die Welt kommt, sind alle seine Wünsche erfüllt.»

Auch Trinis Schwangerschaft ist neu für Barbara. Sie hat die Salbe fertig aufgetragen, deckt das Bein zu. «Bleib heute liegen», rät sie. «Morgen schaue ich mir die Wunde noch einmal an. Wenn es gut ist, werde ich dir das Bein einbinden, und du kannst bald wieder an die Arbeit. Es freut mich, dass Gilyan mit Lena einen Hausstand gründet.»

«Ulrich gibt zwei seiner Rinder als Mitgift. Die Schwäger Heinrich und Ulrich sind arbeitsam, Ulrich ist ein guter Metzger, sie haben sich einiges erschaffen.»

Barbara nickt, packt ihren Korb. Anni gibt ihr die Hand. «Danke, dass du gekommen bist. Ich wagte mich nicht mehr hinaus.»

Zurück im Haus näht Barbara bei offener Tür, bis sie ein eigenartiges Tosen und Knallen hört. Die Rottalherren? Jedesmal erschrickt sie bei diesem Geräusch, denkt an die Lawine in Giätrich. Der Himmel ist heiter. Aber dann kommt Wind auf, sie schliesst die Tür und näht im Schein des Feuers beim Herd. Ein Mus köchelt, Johan ist immer noch nicht zurück.

Erst beim Einnachten stösst er die Tür auf, ein Windstoss fährt ins Haus, bläst ihr die Haare ins Gesicht. Triumphierend zeigt er ein langes, geripptes Horn. «Für dich», sagt er, «ein Steinbockhorn.» Barbara ist überrascht. Sie löffeln das Mus, und Johan erzählt mit sich überschlagender Stimme vom Fällen einer Tanne, die krachend niederstürzte. «Und dann war da plötzlich ein Steinbock unter der Felswand und schaute zu uns herüber. Burkhard befahl, im Halbkreis auf ihn zuzugehen und schickte seinen Hund vor. Der Steinbock, vor der Wand in die Enge getrieben, starrte den Hund an, und als er zur Seite springen wollte, war es zu spät, Burkhard hat ihn mit seiner Armbrust getroffen, das Tier ist sofort verendet. Wir haben uns aufgeteilt, einige haben die Äste der Tanne abgeschlagen und den Stamm heruntergeschleift, ich half mit dem Steinbock. Vor Burkhards Haus hat ihn Ulrich zerlegt. Fleisch habe ich keins bekommen, ich bin ja noch nicht richtig dabei bei den Männern. Als aber im Magen des Steinbocks Haarkugeln zum Vorschein kamen, habe ich sie an mich genommen. Eines der Hörner verlangte ich für dich. Burkhard stutzte, hat es mir aber gegeben.»

So viel aufs Mal hat Johan noch nie geredet. Barbara nimmt das Horn entgegen. Sie wird daraus Fingerringe schneiden, die gegen viele Krankheiten helfen – vielleicht wird sie Anni einen an den Finger stecken, um die Wirkung der Salbe zu unterstützen. Den Rest des Horns wird sie mahlen, das Pulver hilft bei Krämpfen, hat Greta gesagt. Die Magenkugeln sind heilkräftig, besonders bei fallender Sucht. Sie bedankt sich bei Johan, sagt nicht, dass ihr das Geschenk Mühe macht, weil es Burkhard ist, der den Steinbock erlegt hat.

Ammerten, Brachmonat 1315

Die Wetterlücke gleisst oben im Tal. Sie muss den Blick abwenden – mit ihr wird sie sich nie mehr aussöhnen. Aber das Breithorn daneben, es gibt Sicherheit. Auch wenn die Rottalherren poltern und sausen mit dem Wind, wenn Unglück hereinbricht über sie selbst oder das Tal – immer werden sie von Ammerten und Schirboden seinen breiten, weissen Rücken sehen.

Den Morgen über hat sie im Garten neben dem Haus gearbeitet, Bohnen gesteckt und Rüben gesät, die Erbsen spriessen bereits. Sie verscheucht die Hühner, wäscht sich die Hände, packt den Korb und steigt den Hang hinab zur Lütschine. Der Schnee schmilzt in der Höhe, das Wasser des Bachs ist weisslich, bald, am Johannistag, wird es Zeit zum Alpaufzug. Sie geht dem Bach entlang, bewundert die Büschel der gelben Ankebälli.

Nach der Wegbiegung sieht sie die Stallscheunen von Schirboden vor sich und die Stadel mit den Steinplatten zum Schutz gegen die Mäuse. Die Männer ersetzen Pflöcke und verbinden sie mit Brettern oder stecken das Holz kreuzweise zum Zaun. Auf Schirboden liegen die gemeinsamen Felder. Auf dem einen Acker keimt das Grün des im Frühling angesäten Hafers, auf dem zweiten spriesst der Winterroggen, das dritte Feld liegt brach, dort weiden die Kühe im saftig spriessenden Gras.

Sie stellt den Korb ab, hält die Hand über die Augen. Die Sonne steht genau im Mittag. Auch Burkhard hat den hohen Sonnenstand bemerkt, er legt das Beil ab und gibt das Zeichen zur Mittagsrast. Die Ammeter haben Burkhard vor ein paar Jahren zum Ammann gewählt. Schon zuvor war er es, der alles bestimmte. Barbara lässt sich neben ihrem Sohn nieder, der bei den Männern sitzt. Die andern Frauen sind schon da – nur Anni und Trini fehlen. Sie brechen das Brot, das sie gemeinsam in der ersten Woche des Monats im Dorfbackofen gebacken haben. Barbara packt geräuchertes Fleisch und frischen Ziegenkäse aus. Johan greift zu, sie essen schweigend.

«Wer ist das am Hang dort oben?» Michel, der jüngste Sohn von Wilhelm und Elsi, kneift die Augen zusammen. «Das sind keine Ammeter.»

Alle wenden den Blick nach oben. Ein Mann und eine Frau mit schweren Lasten am Rücken stehen unter dem steinernen Mahnfinger. Burkhard ruft und winkt, sie winken zurück, kommen den Hang herunter und stellen aufatmend ihre hoch beladenen Traggestelle ab. «Ist das Ammerten?», fragt der junge Mann.

Burkhard führt wie immer das Wort. «Ihr seid auf Schirboden bei Ammerten. Wo wollt ihr hin?»

«Wir sind Walser aus Kippel und wollen zu euch, man hat uns von Ammerten erzählt.»

«Schon viele Jahre sind keine Lötscher mehr gekommen. Was bringt euch her?», fragt Burkhard streng.

«Das Gleiche wie wohl vor Jahren euch – die Not», erwidert der junge Mann. «Der letzte Winter war hart, wir haben zu wenig Land. Man hat uns geraten, euch zu folgen. Ich heisse Stephan und das ist meine Frau Hanna.»

«Gut, Stephan», sagt Burkhard. «Ihr seid jung. Wenn ihr arbeiten könnt, seid ihr willkommen. Land gibt es noch im oberen Ammerten. Setzt euch.»

Erleichtert setzen sich die beiden neben Barbara und Johan. Barbara schiebt ihnen Brot und Fleisch hin, hungrig kauen sie.

Die junge Frau blickt sie von der Seite an. «Seid Ihr Barbara?», fragt sie schüchtern. «Der Prior trug uns auf, Barbara zu finden, die grosse Frau mit dunklen Augen und schwarzen Haaren.»

«Ja, ich bin Barbara – der Prior lebt noch?» Wenn er doch hier wäre und in Gsteig die Messe lesen würde, denkt sie.

«Der Prior lebt, aber Euer Vater ist tot.» Stephan zieht einen kleinen Beutel hervor und übergibt ihn Barbara. «Der Prior hat uns den Beutel anvertraut, nachdem er uns den Segen für unsere grosse Wanderung erteilt hatte. Bei unserem Seelenheil mussten wir versprechen, ihn gleich nach der Ankunft zu übergeben. Euer sterbender Vater habe ihm den Beutel beim Versehgang übergeben, der Vater bitte Euch um Verzeihung, sollen wir ausrichten.»

Barbara erbleicht. Der Vater ist tot. Sie öffnet den Beutel, findet drei Gulden. Der Vater. Diese späte Reue. Verzeihen? Er lebt nicht mehr, ist auf dem Gottesacker in Kippel begraben. Die blaue Schürze. Sie steckt den Beutel in den Rock. Drei Goldgulden. Woher hat er sie? Meinte er es doch gut mit ihr? Danke, Vater, murmelt sie.

Die Ammerter erheben sich, das Mittagsbrot ist zu Ende. Stephan und Hanna schultern ihre Lasten ein letztes Mal, Burkhard weist ihnen den Weg zum oberen Ammerten, sie ziehen los. Barbara sieht dem jungen Paar mit den schwankenden Lasten nach. Genauso sind vor fünfzehn Jahren Conrad und sie selbst über die Lücke gezogen, und auch unter Hannas Schürze, hat sie bemerkt, regt sich ein Kind.

Johan nimmt sein Beil und geht zu den Männern. Barbara packt den Korb, schliesst sich den Frauen an.

In diesem Moment kommt ihnen Anni um die Wegbiegung entgegen, sie ruft, verwirft die Hände, Barbara fällt der Steinbockring an ihrem Finger auf. Annis Bein ist nach längerer Behandlung verheilt, sie kann wieder laufen und arbeiten. Annis Haube ist verrutscht, sie keucht. «Barbara. Burkhard. Es ist Trini. Sie verliert viel Blut. Das Kind kommt nicht. Ich kann nicht helfen.»

Burkhard erstarrt. «Weiberdinge», sagt er üblicherweise verächtlich bei Geburten. Aber diesmal geht es um Trini, seine Frau, und er ist überzeugt, dass das Kind der lang ersehnte Knabe ist. Sein Blick streift Barbara, schweift weiter, kommt zurück und bleibt an ihr haften. «Du gehst hin», befiehlt er, «und wirst das Kind retten.»

Anni und Barbara eilen voraus. «Burkhard hat mich am Morgen geholt, weil es nicht vorwärtsging, Trini hat ihre Töchter sonst in wenigen Stunden geboren.» Sie ist verstört. «Das viele Blut, ohne dass das Kind da ist – ich verstehe es nicht.» Barbara holt Tücher, Faden und Salben in ihrem Haus. Als sie sich Burkhards Haus nähert, hören sie Schreie. Trini hat ihre Mädchen zum Bach geschickt, dort reiben sie Wäsche, die kleinen Mädchen helfen den grossen. Sie mustern Barbara, von der Hilfe kommen soll, zucken bei jedem Schrei zusammen. «Beeile dich.» Anni zieht sie zur Tür des Hauses herein, das sie noch nie betreten hat.

Trini liegt auf einem blutigen Strohsack, ihre blonden Haare kleben am Kopf, der Körper verkrampft sich unter den Wehen. Zwischen ihren Beinen liegt etwas Blutiges. Es ist die Nachgeburt. Barbara erschrickt. Noch nie hat sie gesehen, dass die Nachgeburt vor dem Kind kam. Sie tastet Trini ab, redet ihr gut zu. «Das Kind muss heraus», sagt sie ruhig in der kurzen Wehenpause und reibt Melissenöl ein, «sammle deine Kräfte.»

Trinis Anspannung lässt etwas nach, sie öffnet die Augen. «Ich habe Angst», stösst sie hervor, « seit ein paar Tagen spüre ich das Kind nicht mehr. Burkhard weiss nichts davon, er wartet so sehr auf seinen Sohn.»

Barbara lässt sich ihre Besorgnis nicht anmerken. Es ist wichtig, dass es vorwärtsgeht und Trini nicht noch mehr Blut verliert. Als sich Trinis Körper unter der nächsten Wehe aufbäumt, fordert sie sie auf, zu pressen.

Trini presst mit allen Kräften, die sie noch hat, Barbara hilft mit ihren Händen. Und plötzlich ist es da, das Köpfchen, und dann das ganze Kind. Ein blasser Knabe. Barbara wischt sein Gesichtchen ab. Er atmet nicht. Sie klopft auf seinen Rücken, hebt ihn an den Füsschen hoch. Sie weiss es, versucht es aber noch einmal, versucht alles. Es hilft nichts. Der Knabe ist tot, schon im Leib seiner Mutter gestorben. Sie nimmt den Faden, nabelt das Kind ab, wäscht es sorgfältig, schlägt es in ein Tuch. Ein schönes Kind. Wieso nur dieses Unglück? Sie legt den Knaben neben seiner Mutter auf den Strohsack, streicht über Trinis Gesicht, diese wendet sich von ihr ab.

Anni bricht zuerst in Wehklagen aus, dann stimmt Trini ein in die schauerliche Klage, sie hat sich zusammengerollt, Tränen strömen über ihr Gesicht. Barbara reinigt das Lager notdürftig, schlägt die Nachgeburt in ein Tuch und geht hinaus, um sie unter dem Nussbaum zu vergraben. In diesem Moment eilt Burkhard herbei, hält inne, als er das Wehklagen hört, stürmt ins Haus. Ein Aufheulen. Dann Stille. Er steht mit dem Kind im Arm auf der Schwelle, kommt zu Barbara heran.

«Dieser Knabe muss leben», stösst er hervor. «Ich werde dieses Kind mit meinem Körper wärmen und zur Kirche Gsteig tragen. Es wird für den Priester einen Schrei ausstossen oder zumindest weinen, damit er es taufen kann. Wenn dann kein Leben mehr in ihm ist, wird es doch in der heiligen Erde des Gottesackers bestattet.» Drohend blickt er sie an. «Du bist schuld, wenn das Kind nicht lebt und ich es ohne Taufe hinter dem

Friedhof verscharren muss. Nimm dich in Acht, Barbara. Dieser Knabe ist mir das Liebste im Leben.»

Sie will erklären, sich verteidigen, aber er hört nicht zu, geht mit grossen Schritten davon, das Kind im Arm, er drückt es an sich, verschwindet auf dem Weg hinunter ins Tal.

Trinis Töchter am Bach schauen mit grossen Augen zu Barbara, sie haben das Wehklagen gehört, das Gesicht ihres Vaters und den reglosen kleinen Bruder gesehen. Barbara winkt sie herbei. «Geht zu eurer Mutter», sagt sie, «sie braucht euch jetzt.» Magdalen, die kleinste der Töchter, schmiegt das Köpfchen in Barbaras Schürze. Sie bringt die Mädchen ins Haus.

Ammerten, Herbstmonat 1315

Es ist der Tag des Erntedankfests auf dem Tanzbödeli, alle Ammeter haben sich auf der Kanzel hoch über dem Tal versammelt. Alle ausser Trini, die seit der Totgeburt kaum mehr aus dem Haus geht. Am Tag nach der Geburt kam Burkhard von Gsteig zurück, niemand weiss, was mit dem toten Kind geschehen ist.

Burkhard rief seine Gemeinde zusammen, alle scharten sich um ihn. Sein Haar war zerrauft, er schien um Jahre gealtert. «Tritt vor!», herrschte er Barbara an. Sie gehorchte, und alle Blicke lagen auf ihr, der grossgewachsenen Frau mit der stolzen Haltung, die den Blick nicht senkt wie die anderen Frauen, auch diesmal nicht. Wieder einmal ringelte sich eine widerspenstige Strähne ihres schwarzen Haars unter der Haube hervor.

Er würdigte sie keines Blickes. «Diese Frau, Conrads Witwe, hat versagt. Mein Sohn ist tot. Ich wusste es doch, hätte nicht ihre Hilfe anfordern sollen. Das ist kein Befehl, aber ich rate euch, auf ihre Dienste zu verzichten. Ihre Salben und Tinkturen bewirken nichts Gutes. Mein Haus wird sie nie wieder betreten.» Burkhard kehrte sich ab und ging mit grossen Schritten davon.

Der Bannstrahl hatte sie getroffen. Sie ging allein zurück zu ihrem Haus, nur Anni und Christina blieben in der Nähe und verabschiedeten sich. Diese beiden Frauen sind es auch, die neben ihr waschen, das Emd zusammenrechten, den reifen Roggen mit der Sichel schnitten und den Winterroggen aussäten. Agathe, Ursula und Elsi, die alle mit Barbaras Hilfe geboren haben, halten Abstand, ihre Männer wollen es so. Keine der Frauen ist krank oder in Erwartung – wäre es anders, wenn sie es wären? Von den Männern begegnet ihr nur noch ihr Schwager Walter mit einem Grüssgott, alle anderen weichen ihr aus.

Selbst Johan drückt sich an ihr vorbei in der Früh, am Abend isst er wortlos, was sie gekocht hat, antwortet einsilbig. Als sie Kräuter einlegte, knurrte er, der Geruch sei unerträglich, dabei liebte er doch als Kind Melisse, Minze oder Salbei, er sog die Düfte in sich ein, konnte nicht genug an den Tiegeln und Tinkturen riechen. Als sie an diesem Morgen aufwachte, war der Platz neben ihr leer, sein Strohsack und alle seine Kleider fort. Barbara wartet auf seine Ankunft. Sie wird ihn zur Rede stellen, hier, auf dem Tanzbödeli, auch wenn es Burkhard nicht passt.

Burkhard hat fast den ganzen Erntemonat in seinem Mühlehaus verbracht, sogar geschlafen hat er dort, kaum geht er noch heim zu Trini und den Töchtern. Das Wasserrad dreht unermüdlich im Milibach, mit seinen Mühlsteinen mahlt er das Korn, er mahlt für die oberen und unteren Ammeter, aber auch die Bauern von Trachsel- und Sichellauenen bringen ihr Korn zu ihm – Dinkel, Hafer, Roggen –, weil sein Mehl das feinste ist. Letzthin, als Barbara den Hang hochstieg, stand Johan bei der Mühle, er schien sich nicht sattsehen zu können am grossen Wasserrad.

Männer und Frauen haben je einen Kreis gebildet auf dem Tanzbödeli. Barbara, die ihre blaue Schürze umgebunden hat, sitzt ausserhalb, nur Anni und Christina haben sich ihr halb zugedreht, Anni trägt noch immer den Ring. Kürzlich feierten Gilyan und Lena Hochzeit. Gilyan sitzt bei den Männern, er ist grossgewachsen und kräftig, die Schnauzhaare verdecken die Spaltlippe, nur wenn er lacht, klafft sie auf.

Burkhard nickt auffordernd zu Heinrich, dieser unterbricht den Rosenkranz und stemmt seinen schweren Körper hoch, er dankt Gott im Namen aller für die Ernte. Er betet vor, und sie beten nach, dann setzt er sich und senkt seinen Kopf, fährt weiter mit dem Rosenkranz, murmelt vor sich hin, Kügelchen um Kügelchen gleitet durch seine Hand, bis er den Kranz vollendet hat.

Die anderen Ammeter heben den Kopf, nun kommt das Fest. Man bricht das Brot miteinander, isst vom Alpkäse von Obersteinberg. Met aus Ziegenschläuchen wird ausgeschenkt, die beiden Fiedler aus dem oberen

Ammerten nehmen ihre Instrumente hervor und setzen zum Spiel an. Die Musik plärrt und schluchzt über das Bödeli, die Männer holen ihre Frauen zum Tanz, stossen sie übers Gras und die Steinplatten, ungelenk ist der Tanz, aber selbst der ernste Wilhelm und der grobschlächtige Ulrich lachen, Heinrich hat den Rosenkranz aus der Hand gelegt und Agathe um die Mitte gefasst, die Frauen lachen ihre Männer an, heute vergisst man die tägliche Müh, alles ist vergessen, nur die Töne, der Tanz und die Sonne zählen, noch einmal scheint sie kräftig, ihre Strahlen fallen gefächert über das spitze Horn und berühren das Tanzbödeli, niemand denkt daran, wie schmal das Bödeli ist, wie tief der Abgrund und wie nah der Winter, der bald wieder ganz Ammerten erfassen und alles Leben ersticken wird.

Johan ist nicht gekommen. Barbara streicht über die blaue Schürze, Burkhard schaut weg. Nur er und sie allein tanzen nicht, während die andern ausgelassen herumtorkeln. Für einmal haben sie ihren Anführer Burkhard vergessen. Und sie merken auch nicht, dass Barbara und Burkhard kurz nacheinander vom Bödeli verschwinden und durch den Fels absteigen. Unter den Felsen biegt Barbara auf den Weg ein, der den steilen Hang entlang zum Obersteinberg führt, und erst als sie bei den ersten Tannen auf der Alp angekommen ist, hört sie die Schritte hinter sich. Als sie sich umdreht, sieht sie in Burkhards wutentbranntes Gesicht.

«Du», sagt er, «mit deiner blauen Schürze. Du bist an allem schuld. Du hast mich abgewiesen. Mein Sohn ist unter deinen Händen gestorben. Der Priester taufte ihn nicht, er ist ausserhalb des Friedhofs verscharrt und wird nie in den Himmel kommen.»

«Es ist nicht meine Schuld, Burkhard, ich habe alles getan, was ich konnte. Auch Conrad ist nicht in heiliger Erde bestattet. Du warst mit ihm. Ich war versucht, dir die Schuld zu geben, habe es aber nicht getan. Das Schicksal wollte es so, eine höhere Macht. – Ich bin früher abgestiegen, weil ich Johan suche. Ich weiss nicht, was mit ihm ist.»

Er hat ihr zugehört, sie denkt schon, dass sie die Worte richtig gewählt hat. Als sie Johan erwähnt, verzerrt sich sein Gesicht von neuem.

«Du willst wissen, was mit ihm ist? Johan ist von meiner Art, Barbara. Er ist in die Mühle gezogen, wird bei mir das Müllern lernen. Er hat genug von dir, deinen Kräutern, diesem Weibszeug. Johan ist ein Mann. Und da mir kein Sohn geschenkt wurde, habe ich ihn zum Nachfolger gewählt. Er taugt etwas, dein Sohn, er ist nicht wie du.»

Barbara wird blass. «Johan kommt nicht zurück zu mir?»

«Nein, Barbara.» Er nimmt sie bei den Schultern, sie kann sich nicht aus seinem Klammergriff befreien. «Nie hast du begriffen, dass wir zusammengehören, dass wir aus dem gleichen Holz geschnitzt sind, Mann und Frau. Dein Vater hat mich abgewiesen, du ebenfalls. Johan aber weist mich nicht ab – er schaut zu mir hoch. Weil es Johan gibt, schonte ich dich, Barbara. Für das aber, was du mir angetan hast, wirst du zahlen!» Er nähert sein Gesicht dem ihren, sie blickt in ein einziges, starres Auge. «Die

Leute gehen dir aus dem Weg. Keiner wird mehr die Männerarbeit für dich machen, niemand wird mehr deine Hilfe anfordern, du Kräuterhexe, du Schurtendiebin. Diese Worte brauche ich nicht vor den andern. Johan soll nicht durch dich beschmutzt werden. Du kannst weiter in deinem Haus leben, aber du bist vogelfrei. Verstehst du: vogelfrei!»

Sie duckt sich unter seinen Händen weg, läuft auf die Tanne zu, ist aber nicht schnell genug. Er ergreift sie von hinten und wirft sie zu Boden, schiebt ihren Rock hoch, drückt ihre Arme nach unten und öffnet die Hose. «Einmal im Leben sollst du erfahren, dass wir Mann und Frau sind. Dass aus uns etwas hätte werden können. Es ist zu spät.» Er stösst in sie hinein. Sie kann sich nicht bewegen, spuckt ihm ins Gesicht. Er stemmt sich hoch, wischt den Speichel ab. «Das wars, Barbara, wir sind fertig miteinander.» Er knöpft die Hose zu. Sie richtet die Röcke und springt auf. «Deine blaue Schürze ist schmutzig geworden, tut mir leid», höhnt er. Er dreht sich um, schlägt den Weg nach Ammerten ein.

Er hat sie geschändet. Niemand wird ihr glauben, wenn sie ihn anklagt. Johan ist auf seiner Seite.

Sie wird nicht nach Ammerten gehen, sondern weiterwandern auf diesem Höhenweg. der immer schmaler wird. Es ist der Pfad, der zum kleinen See führt, der das obere Horn spiegelt. Oberhornsee. Wasser braucht sie. Sie muss sich waschen. Nicht unten in der Lütschine, jemand könnte sie beobachten. Der Pfad steigt an, sie keucht, und es ist gut, dass sie ausser Atem kommt, dann muss sie nicht denken, nur wandern, immer weiter.

Kennt sie das nicht, ist sie nicht die Wanderin, die über diese Lücke dort oben gekommen ist, die so weiss strahlt, dass es in ihren Augen brennt? Die Lücke hat ihr Unglück gebracht, sie senkt den Blick.

Es gibt Weiden hier, die im Herbst noch grün sind, die Rinder haben nicht alles Gras abgerupft. Da, diese zarten Blumen in hellem Violett, die sich zu Kelchen öffnen – sie sind schön. Noch ist kein Schnee gefallen, sie kann ohne weiteres aufsteigen zum kleinen, grünblauen See. Manchmal, wenn der Sommer sehr heiss ist, verliert er sein Wasser, aber nicht in diesem regenreichen Jahr.

Immer weiter steigt sie empor, erreicht die Hochebene, glaubt schon, dass der See verschwunden ist, doch plötzlich liegt er da wie eine glatte Fläche. Durchsichtig ist er und kalt, aber sie spürt es kaum, als sie Schuhe und Strümpfe auszieht, die Röcke hochhebt und hineinwatet. Sie schöpft Wasser und trinkt, sie säubert sich. Dann watet sie hinaus, lässt die Röcke fallen, streicht die Schürze glatt. Die Schürze ist gar nicht verschmutzt, das Blau leuchtet wie immer, der geflickte Riss ist kaum sichtbar.

Sie schaut auf die Berge und in den See, in dem sich die Berge spiegeln, alles fliesst ineinander, blau und grau, unten und oben, kaum weiss man, woran man sich halten soll. Als sie sich vorbeugt, hat sie die Umrisse einer Frau vor sich, dunkle Haube, helles Gesicht, schwarze Jacke, blaue Schürze. Die Frau beugt sich vor und zurück im Gleichklang mit ihr, dann steht sie still, die Arme in die Hüften gestützt. Eine Frau mit sicherem Stand. Niemand kann ihr den Boden unter den Füssen wegziehen. Auch Burkhard nicht.

Sie setzt sich. Grosse, flache Steine liegen hier zuhauf. Sie nimmt einen der Steine, besieht die feinen, weissen Adern, die ihn durchziehen, und legt ihn auf den Felsen vor sich, und er schmiegt sich an diesen Fels, wie wenn er dafür geschaffen wäre. Sie wählt den nächsten Stein und legt ihn auf den breiten, unteren Stein, rückt ihn zurecht. Und dann geht es weiter mit einem schmaleren, einem besonders breiten und einem gerundeten Stein, den flachsten der Steine nimmt sie für die Arme, die seitlich abstehen, und legt darüber einen helleren Stein für den Kopf und einen dunklen als Hut oder Haube.

Sie geht ein paar Schritte zurück, mustert ihr Werk. Das ist eine Steinfrau. Die Frau blickt nicht zu ihr hin, sondern über den See, festgefügt steht sie auf dem länglichen Fels. Barbara stösst sie an. Die Frau fällt nicht. Nicht jetzt. Sie wird fallen, wenn die Herbststürme kommen, wenn der Winter einbricht. Das ist die Natur, das ist gottgegeben – hienieden besteht nichts für die Ewigkeit. Vorderhand aber steht die Steinfrau, sie lässt sich nicht erschüttern. Barbara legt ihr die Hand auf den Kopf.

Am Tag nach Michaeli ist Barbara im Wald, sie sammelt Holz für den Winter. Es hat geregnet in der Nacht, ein modriger Geruch steigt von den Blättern auf. Da. Sie hört Stimmen, die hellere Stimme ist jene von Christina, die dünklere gehört Anni. Die beiden reden so wie sie selbst, Walserdeutsch. Gestern, bei der Prozession zum Michaelistag, mischten sich die Stimmen. Die Leute von Wilderswil, Aarmühle und Bönigen reden anders, sie horchen auf, wenn die Leute aus dem hinteren Tal sprechen und stellen fest: Das sind Walser, man hört es gleich. Wie alle andern haben sie gestern den Heuzehnten auf der Burg abgeliefert, die Männer hatten schon Tage zuvor begonnen, das Heu hinunterzutragen. Einige haben mit Kleinvieh oder Geld bezahlt, so auch Barbara.

Anni und Christina kommen heran, sie grüssen. Ursula, Agathe und Elsi, die ihnen gefolgt sind, weichen zurück und wenden sich ab. Gestern war alles anders, zur Kirche Gsteig und in der Prozession zu Ehren des heiligen Michael ist sie im Zug der Frauen mitgewandert. Sind vor Gott nicht alle gleich? Niemand wollte es mit dem heiligen Michael verderben, dessen hölzerne Figur vor ihnen auf den Schultern der Männer schwankte. Schliesslich ist es der heilige Michael, der am Todestag und beim Jüngsten Gericht von den guten und bösen Taten eines Menschen weiss, nur er kann den Teufel bezwingen.

Die Ammeter Frauen glauben Burkhard wie ihre Männer: Barbara macht Dinge, die andere Frauen nicht tun, sie bildet sich etwas ein auf ihr Wissen und ihre Kräuter, und Burkhards Sohn ist trotzdem gestorben. Vielleicht aber war es Gottes Wille und nicht Barbaras Tun, wer weiss es schon? Am Jüngsten Tag wird entschieden, wer in den Himmel kommt und wer in die Hölle, es ist nicht an den Menschen, voreilig zu richten. Auch Burkhard könnte einmal fehlen – aber niemand würde es wagen, ihm das ins Gesicht zu sagen.

Seite an Seite mit der Schwägerin und Anni sucht Barbara nach Holz, zieht es aus dem Laub, zwischen den Farnen und dem Moos hervor, schichtet es zu einem Haufen. Nach einer Weile streckt die untersetzte Anni ihren schmerzenden Rücken und lässt sich aufs weiche Moos fallen, sie bedeutet den beiden anderen Frauen, es ihr gleich zu tun.

Wie immer weiss Anni Bescheid über alles, was in Ammerten und Umgebung vor sich geht. «Im oberen Ammerten steht eine Geburt an», meldet sie. «Es ist Hanna, die neu aus Kippel zugewandert ist. Sie will dich als Hebamme, Barbara.» Sie schaut sich um, senkt die Stimme. «Burkhard ist zwar Ammann für ganz Ammerten, sein Arm aber reicht nicht überallhin. Was will er denn? Wie sollen die Frauen ohne deine Hilfe gebären?»

«Falls noch einmal ein Kind kommt, werde ich dich brauchen», hält Christina fest.

Anni ist in Gedanken bereits weiter. «Margarethe, die Mutter des Müllers aus Gimmelwald, ist im Sommer verstorben. Sie wohnte im kleinen, alten Haus am Milibort, in der Nähe der neuen, grossen Mühle. Der Müller will das Haus verkaufen, da er keine Kinder hat.» Christina und Anni überlegen, ob jemand von Ammerten das Haus kaufen könnte für einen Sohn, der einen Haushalt gründet – wer aber hat schon das Geld für einen solchen Kauf? Burkhard hat Geld, er hat es in seine Mühle gesteckt. «Das Häuschen wird wohl an Leute von Gimmelwald gehen», schliesst Anni und erhebt sich.

Barbara bleibt sitzen, ihre Hand hat sich im Rock um den Beutel mit den drei Goldgulden geschlossen, den sie immer mit sich trägt. Vielleicht ist es das – ein Häuschen in Gimmelwald, neu anfangen anderswo, aber doch in der Nähe? Weiterwandern? Fast jeden Morgen, wenn sie die Tür aufmacht, hat sie Burkhard vor Augen. Er schärft die Klinge seines Beils vor dem Haus, spaltet Holz, geht mit Johan zur Mühle, zieht mit den Männern ins Gläck, sammelt Wacholderspitzen, um sie im Winter zusammen mit Salz und Roggenmehl dem Vieh zu verfüttern.

Sie sind fertig miteinander – er hat es richtig gesagt. Mit Gewalt hat er sie genommen. Sie hat ihm ins Gesicht gespuckt. Als Witwe ist sie schutzlos. Aber sie hat ihre Mittel. Greta hat gesagt, dass die Johannisblume – Arnika – einen Abort fördere. Jeden Tag hat sie einen Löffel der mit geistigem Wasser hergestellten Tinktur geschluckt, damit sich kein Kind in ihr einnistet. Vor zwei Tagen rann Blut an ihrem Bein herunter, sie hat es so freudig begrüsst wie nie sonst.

Sie überlegt. Schmerzt nicht noch mehr als die Schändung, dass er ihr Johan genommen hat? Nie mehr ist der Sohn in ihr Haus gekommen, seine Ecke ist leer und verwaist. Er meidet sie wie die andern auch. Kein Wort mehr hat er an sie gerichtet.

Auf einmal hat sie die Steinfrau vor Augen. Am Oberhornsee steht sie, blickt übers klare Wasser. Könnte sie nicht auch anderswo stehen, an einer verborgenen Stelle der Lütschine etwa, die von der Alp Sefinen kommt und unter dem Milibort in Gimmelwald durchfliesst? Die Sefinen-Lütschine treibt die neue Mühle des dortigen Müllers an, der Burkhard ein Dorn im Auge ist, weil er mit ihm im Wettstreit liegt.

Sie springt auf, und ihr Holzhaufen wächst doppelt so schnell wie vorher. Christina und Anni mustern sie überrascht. Flink wie ein Mädchen läuft Barbara durch den Wald – und zählt doch schon über dreissig Jahre.

Gimmelwald, Heumonat 1317

Barbara erwacht, sucht mit den Augen nach der Luke, nach dem Licht. Licht ist da, viel mehr, als sie gewohnt ist, Butzenscheiben füllen die Luken. Neben ihr liegt niemand.

Milibort in Gimmelwald. Sie kniet hin in den Streifen Licht, dankt wie jeden Morgen der Muttergottes und der heiligen Barbara. Dankt für dieses kleine Haus, für ihr neues Leben und dafür, dass man ihre Arbeit schätzt. Sie ist Hebamme für die Gimmelwalder, die Mürrener, für die Leute von Stechelberg und selten für jene vom oberen Ammerten.

Sie kleidet sich an, schlüpft in die Holzschuhe mit den Lederriemen, flicht ihr Haar, wobei ihr von neuem die Silbersträhne auffällt, die sich unters Stirnhaar gemischt hat. So viel Licht ist in ihrer kleinen Stube, Licht ohne Zugluft. Die Butzenscheiben sind ein Hebammenlohn wie auch das Spinnrad, mit dem sich leichter spinnen lässt als mit dem Rocken, und vieles andere mehr. Der junge Christian, Sohn des alten Drechslers aus Trachsellauenen, hat ihr die durchsichtigen Scheibchen geschenkt und in die Luken gefügt als Dank für die Hilfe bei der Geburt seiner Zwillinge. Die Butzenscheiben stammten aus einer Waldglaserei, sagte er, nur vornehme Leute hätten sie in ihren Häusern. An der Wand hat sie ein Brett befestigt für ihre Salben und Tinkturen.

Sie geht ums Haus herum zum Stall unter der Stube, öffnet das Gatter für die Schafe und Ziegen. Die Ziegen steigen mit ihrem kleinen Hirten jeden Tag zu höher gelegenen Alpen auf, am Abend bringt er sie zurück. Schon hört sie das Horn, mit dem er alle Ziegen zusammenruft, und treibt sie ihm zu. Die Schafe bleiben auf dem Wiesland, das zu ihrem Häuschen gehört, sie klopft auf ihre wollenen Rücken. Der Berg Schwarzmönch erhebt sich ihr gegenüber, zu ihrer Rechten ist eine Felswand. Es ist ihr angenehm, dass die Wetterlücke von hier verdeckt ist, das breite Horn aber fehlt ihr. Im Winter ist Gimmelwald schattig. Was soll sie sich beklagen? Sie nimmt den Kessel und macht sich auf den Weg hinunter zur Wasserbrigg, wo die neue Mühle des Müllers von Milibort steht. Rasch sind sie sich handelseinig geworden im Herbst vor zwei Jahren, der Müller hat ihre Goldgulden genommen, das Mühlerad und sein Wohnhaus vergrössert, sie hat mit Besen, Bürste und Wasser das Häuschen gereinigt und es noch im Weinmonat bezogen.

Bevor sie den Kessel füllt, macht sie wie fast jeden Tag die paar Schritte zur kleinen, sandigen Bucht im Ufergebüsch. Sie lächelt. Da steht sie, die Steinfrau. Letzten Sommer hat sie hier schon eine Steinfrau gebaut, jedes Jahr gibt es eine neue. Sie ist kleiner als jene am Oberhornsee. Auch hier hat es flache Steine. Einen Abend lang hat sie gesucht, sie zusammengefügt, ausgetauscht, und dann war sie fertig, die steinerne Barbara, wie sie sie manchmal nennt. Die grollenden Gewitter dieses Sommers haben sie nur wenig erschüttert, sie hat ein paar Steine neu zusammengefügt und einen dunkleren für die Haube frisch aufgesetzt. Die Steinfrau steht. Und wenn sie im Winter fällt, baut sie sie einfach neu auf.

Sie verabschiedet sich von der Steinfrau, geht durch die Büsche zurück, bückt sich und taucht den Eimer ins

Wasser der sprudelnden Sefinen-Lütschine. Auch ihr Haus in Ammerten fand neue Besitzer. Die letzte Geburt vor ihrem Weggang war Hannas Niederkunft in einer engen Stube im oberen Ammerten. Die Geburt verlief einfach, Hanna hielt bald einen gesunden Knaben im Arm. Während Barbara den Körper der Wöchnerin mit Wildrosensalbe einrieb, fragte der junge Vater, ob sie bereit wäre, ihr Haus zu verkaufen, sie hätten von ihrem Wegzug gehört. Noch am Wochenbett waren sie sich über den Preis einig geworden. Stephan und Hanna zahlten ihr drei Pfundmünzen, ein Schaf und eine Ziege kamen dazu. Mit einer Trage, auf der ihre kleine Truhe, die Kochtöpfe und Kessel Platz fanden, zog sie aus Ammerten weg. Die Türen blieben geschlossen, niemand zeigte sich. Schwankenden Schrittes wanderte sie wie beim ersten Mal, musste diesmal aber keinen Pass und nicht Schnee und Eis überwinden, sondern nur den Hangweg hinüber nach Gimmelwald. Später kehrte sie noch einmal zurück, lud sich eine leichtere Ladung auf den Rücken und trieb die Schafe und Ziegen mit sich.

Ein Mann steht vor ihrem Häuschen – sie sieht ihn schon von weitem. Als sie näher kommt, erkennt sie Ulrichs kräftige, gedrungene Gestalt. Er dreht die Kappe in der Hand. «Du sollst kommen», sagt er, «Ursula liegt in den Wehen und verlangt nach dir.»

Sie setzt den Kessel ab. «Ich weise keine Frau in Not zurück», sagt sie zu Ulrich. «Aber bist du sicher, dass ihr euch Burkhard widersetzen wollt?» Nie mehr war sie im unteren Ammerten seit ihrem Wegzug. Nun erwartet Ursula ein spätes Kind. Und will sie dabeihaben, obwohl ihr Mann und ihr Schwager Heinrich Anhänger von Burkhard sind. Er nickt und drängt zum Aufbruch. Barbara nimmt ihren Korb und folgt ihm mit Abstand.

Oberhalb der Wasserbrigg, im Schwendiwald, wählt Ulrich den oberen Weg. Dieser Weg ist nur im Sommer begehbar und führt durch viele kleine Schluchten dem Hang entlang zum oberen Ammerten. Will Ulrich das Haus von Burkhard umgehen, das am Eingang des unteren Ammerten steht? Er schreitet schnell voraus, sie hat Mühe, ihm zu folgen. Der Wald und die Schluchten ziehen sich hin, endlich öffnet sich der Weg auf Wiesen, die von weissen Lilien, blauen Glockenblumen und Blüten in Rosa und Gelb gesprenkelt sind, die Wildrosen blühen. Üppig spriesst das Silbermantelkraut am Wegrand, das sie als Tee oder Tinktur für Frauenleiden braucht.

Ein frischer Duft, manchmal süsslich, manchmal herb, zieht über die Wiese, und Barbara scheint in diesem Moment, dass die Blumen in Gimmelwald nicht so schön blühen wie hier, obwohl sie noch gestern das hochspriessende Gras und die wogenden Blüten vor ihrem Häuschen bewundert hat.

Heuduft steigt ihr in die Nase, die oberen Ammeter sind am Heuen, verwundert schauen sie auf Ulrich und Barbara, die keine Heugabeln in der Hand tragen, sondern mit einem knappen Grüssgott an ihnen vorbeiziehen. Sie erkennen die Hebamme, die sie schon lange nicht mehr erblickt haben, und nicken sich zu: Ein Kind kommt, man braucht im unteren Ammerten eine weise Frau, da hat man die schwarze Barbara geholt, deren Haarsträhne, die unter der Haube hervorschaut, jetzt allerdings weiss ist. Ja, die Barbara hatte es nicht leicht, es gab ein Zerwürfnis mit dem Ammann und sie zog nach Gimmelwald. Vielleicht ist es beigelegt, da man sie holt.

Ulrich eilt in grossen Schritten über die mit Felsbrocken gesprenkelten Wiesen hinunter, bis sie ins untere Ammerten gelangen, Er führt sie direkt zum Haus, in die Stube zu Ursula. Barbara schickt Ehemann Ulrich und Schwager Heinrich, der seinen Rosenkranz nicht aus der Hand legt, hinaus, sie sollen sich draussen nützlich machen, das hier ist Frauensache. Erleichtert nehmen sie ihre Heugabeln und ziehen davon. Nur Agathe ist noch da, schüchtern wie Ursula auch. Als Ursula von einem neuen Weh ergriffen wird, sagt Agathe, wohl auch im Namen ihrer Schwester: «Es tut uns leid, Barbara, dass es so gekommen ist. Du hast Heini und den jüngeren Kindern auf die Welt geholfen. Ursula braucht dich.»

Sie untersucht die Gebärende. Ursulas untersetzter Körper hat Wasser eingelagert, sie ist verkrampft, der Geburt steht sonst aber nichts im Wege. Dann reibt sie Melissenöl in den sich aufbäumenden Körper, lässt Agathe Melissentee aufbrühen. Der verkrampfte Körper beruhigt sich unter ihren Händen, in den Wehenpausen trinkt Ursula vom Tee und ist wieder bereit für das anstrengende Gebären. «Es tut mir leid, dass ich mich so anstelle bei diesem späten Kind», seufzt sie, und dann schreit sie plötzlich, Barbara merkt, dass Ursulas Körper genug geweitet ist zum Pressen und gibt den Befehl dazu. Das Kind gleitet in die helfenden Hände der Hebamme und beginnt zu weinen, Barbara trennt es ab, säubert es und wartet auf die Nachgeburt. Sie vergräbt sie bei der Tanne im Hof, und als sie zurückkommt, hat Agathe ihrer Schwester das Kind an die Brust gelegt. «Ein Mädchen», stellt Ursula enttäuscht fest, herzt es aber dennoch. «Ach, ein Mädchen», entfährt es kurz darauf auch Ulrich, den Agathe herbeigeholt hat. «Ihrer Mutter aber geht es gut, ich brauche die Frau zum Arbeiten und für die Kinder, hab Dank, Barbara.» Er packt ihr Würste und eine Speckseite in den Korb.

Als Barbara sich verabschiedet, drücken ihr Ursula und Agathe dankbar die Hand. «Wir werden dich im Herbst holen, wenn Lena niederkommt, meine Tochter. Wenn das Kind nur keine Spaltlippe hat wie sein Vater Gilyan ...». Heinrich ist herbeigekommen, er will für Barbara beten und beginnt gleich damit, sein Mund, fällt Barbara auf, ist schon fast zahnlos.

Vor dem Haus hält sie inne und wählt dann den Weg zum Milibach. Man hat ihr gesagt, dass Burkhard beim Heuen hinten im Tal sei und Johan in der Mühle. Sie späht hinein. Auch hier ist das Wasserrad neu. Johan füllt Mehl ab. Er ist noch einmal gewachsen und etwas breiter geworden, sein Gesicht ist weiss bestäubt. Sie überlegt, ob sie ihm zurufen soll. Da schaut er plötzlich hoch, direkt in ihr Gesicht. Sie grüsst, er überlegt einen Moment, grüsst zurück. Dann dreht er ihr den Rücken zu.

Sie wählt den Weg hinunter zur Lütschine. Da. Etwas Rotes leuchtet im Gebüsch. Sie bückt sich, nimmt eins der Früchtchen und spürt seine saure Süsse auf der Zunge. Ammeren, Ammeretten, Ammerten. Die Sauerkirschen, die dem Dorf den Namen gegeben haben. Sie blickt sich um. Die braun gebrannten Häuser ziehen sich den Hang hinauf, fast alle haben einen kleinen Garten.

Auch ihres. Die Bohnen, die sich dort hochranken, sind aber nicht die ihren, sondern jene von Hanna. Und da ist Burkhards grosses Haus, die abgemagerte Trini irrt wie ein Geist im Garten umher, wirft den Hühnern Körner hin.

«Barbara!» Sie kennt die Stimme, beginnt zu laufen. Er will sie strafen für die Geburtshilfe bei Ursula, sie ist in sein Reich eingedrungen.

«So warte doch, es ist nicht, was du denkst!», ruft er.

Sie hält inne, und schon ist er neben ihr. Auch Burkhard ist gealtert, Furchen ziehen sich durch sein bärtiges Gesicht. «Es ist Conrad. Zwei Lötscher haben ihn gefunden, die heute über die Lücke kamen. Sie bringen ihn auf einer Bahre herunter.»

Wechselnde Gefühle ziehen über ihr Gesicht wie ein Spiel der Wolken. «Ich will ihn sehen.»

«Er ist es, die Beschreibung passt. Ich werde dafür sorgen, dass er ins Tal getragen wird. Es braucht einen Priester, eine Messe.»

Ihr ist schwindlig. Aber sie weiss, was sie zu tun hat. «Ich werde den Leutpriester holen. Er wird in der Kirche Gsteig die Totenmesse lesen.» Sie dreht sich um und lässt Burkhard zurück.

Noch einmal schlägt sie den Weg von Ammerten hinunter nach Trachsellauenen ein, am Tal der Rotherren vorbei und weiter nach Sichellauenen und nach Stechelberg, wo sie jetzt am Sonntag jeweils zu den Gotteshausleuten stösst, wenn sie mit den Gimmelwaldern den Hang herunterkommt. Die Blumen am Wegrand, die vom Erz glänzenden Gesteinsbrocken, die Bäume, die Lütschine –

sie sieht alles und sieht nichts. Conrad. Er ist wieder da, geht aber nun endgültig. Er ist nicht mehr im ewigen Eis eingeschlossen, muss nicht mehr nächtens im Gratzug der unerlösten Seelen mitziehen. Sie wird ihn noch einmal sehen, bevor ihn Erzengel Michael ins Reich der Toten geleitet.

Im ganzen Tal wird Heu eingebracht, grosse Fuder davon schichtet man auf Wagen, auch in Wilderswil. Von weitem schon sieht sie die Wachen bei der Lütschinebrücke, gegenüber der Kirche Gsteig. Sie geht an ihnen vorbei direkt aufs Kloster Interlaken zu. Das Gesicht des Hardermannli, gut sichtbar in der Felswand über Unterseen, kann ihr heute nichts anhaben. Beim ersten Anblick erschrak sie über das Felsgesicht, und noch heute läuft es ihr manchmal kalt über den Rücken. Man hat ihr die Geschichte erzählt. Eigentlich ist sie tröstlich: Wer Unrecht tut, wird bestraft.

Vor der Klosterpforte erinnert sie sich, wie sie damals mit Conrad Einlass begehrte, wie sie die Säcke mit Getreide, Linsen und Erbsen erhielten, die sie durch den ersten Winter brachten. Nun steht sie ganz allein hier, nur ein paar Bettler, mit ausgefransten Kleidern und starrend vor Dreck, drängen sich neben sie. Sie zieht am Strang, das Glöckchen scheppert. Der Pförtnerbruder verscheucht die Bettler mit seinem ausgreifenden Arm. «Was will sie?», fragt er unwirrsch.

«Ich will den Leutpriester der Kirche Gsteig sprechen. Er soll eine Totenmesse halten für meinen verstorbenen Mann.»

Der Pförtner lässt sie ein. «Ich hole den Chorherren.»

Schon scheppert die Eingangsglocke von neuem, der Pförtner lässt Nonnen ein, die in weissen Schürzen von ihrer Tagesarbeit im Siechenhaus am Rugen zurückkehren, und ein paar Mönche, die ihren Fang aus der Aare mit sich tragen, Fischgeruch zieht über den Klosterhof. Die Nonnen verschwinden im Innern des Klosters, das den Frauen vorbehalten ist, die Mönche bringen die Fische in die Küche, wo die offene Tür schwarze, dampfende Kochtöpfe zeigt. Im Kreuzgang neben dem Garten ergehen sich Nonnen mit Psalmenbüchern in den Händen. Für die Klosterfrauen wurde in den vergangenen Jahren eine grosse Kirche gebaut, grösser als jene der Klosterbrüder. Man sagt, im Kloster Interlaken seien über dreihundert Nonnen, aber nur dreissig Mönche. Die Glocken setzen mit mächtigem Geläut ein. Die Nonnen im Kreuzgang klappen ihr Psalmenbuch zu, die Krankenpflegerinnen nehmen ihre Schürze ab, alle begeben sich in die grosse Kirche.

Der Pförtnerbruder meint barsch zu ihr: «Die Glocken rufen zur Vesper, sie muss warten.»

Die Glocken klingen aus. Barbara sinkt in die Knie, faltet die Hände und schliesst die Augen, wie die Klosterbrüder und Nonnen es in ihren Kirchen tun. Sie hat viel Grund zu danken. Durch die offenen Kirchentüren hört sie den Hymnus und die Psalmen, manchmal sind es tiefe Stimmen aus der Männerkirche, manchmal hohe, reine Stimmen aus der Frauenkirche. Eine Lesung folgt, der Wechselgesang, Marias Lobgesang, Fürbitten, das Vaterunser, in das sie unwillkürlich einfällt, ein Gebet und der Segen. Als sie die Augen öffnet und sich erhebt, kommen die Mönche und Nonnen aus der Kirche, schweigsam, den Blick gesenkt.

Der Pförtnerbruder nähert sich dem Leutpriester. «Die Walserin dort bittet Euch, für ihren Mann die Totenmesse zu lesen.» Es ist derselbe Chorherr, der die Messen in Gsteig liest wie damals, als sie im Tal der lauteren Brunnen angekommen sind. Er ist älter geworden, wie sie selbst auch, sie hat sich an ihn gewöhnt und er sich an die Gotteshausleute. Er kommt heran. «Eine Totenmesse will sie, noch diesen Abend?» Er mustert sie mit seinen kleinen Augen, die nicht gut sehen, ständig kneift er sie zu Schlitzen zusammen.

Sie erklärt ihm ihr Anliegen und auch, dass sie ihn schon vor vielen Jahren um eine Totenmesse gebeten habe für ihren Mann, der im Gletschereis verschollen war, jetzt aber gefunden worden sei und nach Gsteig gebracht werde.

Er kneift die Augen noch mehr zu. «Eine im Eis eingeschlossene Seele muss sich läutern, das ist jetzt geschehen, der Tote hat sich aus dem Eis befreit. Ich werde um die siebte Stunde für ihn die Messe lesen.» Er dreht sich weg, sie ist entlassen. Der Pförtner öffnet ihr, sie steht draussen auf der Wiese vor dem Kloster, von dem man sagt, dass es immer mehr Land besitze und Güter anhäufe, den Armen aber immer weniger abgebe. Heute ist sie zufrieden mit dem Kloster. Man hat sie und ihr Anliegen ernstgenommen. Es kommt alles gut, sie ist versöhnt. Eine grosse Last weicht von ihren Schultern.

Kurz vor der siebten Stunde trifft der Zug mit dem Toten bei der Kirche ein, die Burgwachen senken ihre

Lanzen und lassen den Zug durch. Vier Männer tragen die Bahre – Burkhard, Johan, Walter und Ulrich. Die anderen Ammeter Männer und alle Frauen ausser der Wöchnerin laufen im Zug mit. Die vier Männer setzen die Bahre vor dem Bild an der äusseren Kirchenwand zu Ehren des heiligen Michael ab.

Barbara hat auf Conrad gewartet. Sie kniet nieder an der Bahre, bekreuzigt sich. Nur der Kopf und die Schultern des Toten sind entblösst, der Körper ist in ein Leichentuch gehüllt. Der Kopf ist braun, aber sie erkennt Conrads Züge. Er ist kaum verwest, wirkt jünger als sie selbst. «Die Zeit ist weitergegangen ohne dich. Ruhe in Frieden, Conrad», flüstert sie. Sie berührt mit den Fingerspitzen seine Stirn, bekreuzigt sich noch einmal und erhebt sich. Gemeinsam mit Christina und Anni steht sie hinter der Bahre mit dem Toten, und für die neugierigen Zuschauer, die vom Gletschertoten gehört haben, sehen sie aus wie die drei Frauen und der Tote auf dem gemalten Bild in ihrem Rücken. Nur die Kerzen fehlen. Es ist noch hell an diesem Sommerabend, eben schreitet der Leutpriester in seinem bodenlangen Kapuzenmantel die Treppe herauf.

Er segnet den Toten, und dann betreten die Ammeter und einige der Zuschauer die Kirche. Barbara kniet zuvorderst, der Bahre gegenüber. Der Gesang mit dem Requiem aeternam erklingt, diese Worte, die sich ihr eingeprägt haben, es folgen die Lesung zum Jüngsten Gericht, der Gesang der Gabenbereitung und zuletzt das Lux aeterna, das Ewige Licht. Das alles ist Balsam für ihre Seele. Conrad ist auf gutem Weg. Der heilige Michael, dem diese

Kirche gewidmet ist, begleitet ihn ins Reich der Toten. Conrad muss sich nicht fürchten vor dem Jüngsten Gericht, er wird auf dem Friedhof bestattet, in heiliger Erde.

«Auf Wiedersehen, Conrad», murmelt sie.

Gimmelwald, Christmonat 1349

Licht fällt durch die Butzenscheiben. Ist es der Morgen oder nur der Widerschein des Schnees, der gefallen ist? Barbara wälzt sich vom Strohsack auf die Knie, nimmt den Rosenkranz, lässt die Kügelchen durch die knotigen Finger gleiten. Als sie das zehnte Mal das Ave Maria gebetet hat, fällt ihr der Rosenkranz aus der Hand, sie reibt sich die kalten Finger, stemmt sich mühsam hoch.

Am Herd bückt sie sich, bläst in die Glut, und als die Flammen züngeln, legt sie Holz nach, schiebt den Kochkessel übers Feuer, einen Brei will sie kochen, der sie innerlich wärmen soll. Barbara öffnet die Tür. Schnee, weiss wie ein Leichentuch, liegt auf dem Hang am Milibort. Gut, dass sie nicht zur Sefinen-Lütschine hinunter muss, sie nimmt ein paar Handvoll vom weichen Weiss und schliesst die Tür. Sie schmilzt den Schnee im Kessel, gibt Milch dazu und das Griess, lässt den Brei köcheln. Gestern, als noch kein Schnee lag, holte sie Wasser in der Lütschine. Die Steine am Bach waren vereist, sie hatte Angst, sich die Knochen zu brechen. Trotzdem suchte sie die Steinfrau auf. In früheren Jahren hatte der Bach die Steinfigur im Wintermonat mitgerissen. Diesmal stand sie noch da, mit Eis überzogen.

Barbara faltet die Hände. Die Steinfrau. Die heilige Barbara. Heute ist der vierte Tag des Christmonats – ihr Geburtstag, aber auch das Fest der heiligen Barbara. Sie nimmt die blaue Schürze aus der Truhe, bindet sie um und kniet sich vor die kleine Figur, die sie vor Jahren einem fahrenden Walser Händler abgekauft hat, der über die Lücke kam und mit seinen Waren von Haus zu Haus ging. Die heilige Barbara, rotes Kleid, goldener Mantel und Krone, trägt den Turm in der einen, einen Kelch mit Hostie in der anderen Hand. Wie immer bewundert sie, wie leicht die Heilige ihre Lasten trägt. Sie faltet die Hände. «Bitte, heilige Barbara, sei mit mir an diesem Tag, welcher der deine ist. Amen.»

Sechsundsechzig Lenze. Nie hätte sie gedacht, dass sie einmal so alt wird. Ihr Haar ist schlohweiss, der Rücken gebogen, die Haut faltig. Ihre Beine sind gut, die Hände gichtig, aber noch tauglich für Hebammendienste, sie trinkt viel Tee von Birkenblättern und Brennesseln und legt Tücher mit verdünnter Arnikatinktur auf. Ihr Kopf? Sie kann nicht mehr alles im Kopf behalten, muss aufpassen, dass sie die Kräuter und Mittel nicht durcheinanderbringt. Ihr Blick fällt auf das Spinnrad. Wie fleissig hat sie Wolle gezupft und versponnen in der frühen Zeit in Gimmelwald. Seit ein paar Jahren aber setzt das Rad Staub an, sie hat genug Kleider, wenige nur wird sie in diesem Leben noch brauchen.

Der Herrgott hat ihr ein langes Leben beschieden. Sie ist die Letzte der alten Ammeter. Wilhelm und Elsi, Heinrich und Agathe, Ulrich und Ursula, Walter und Christina, Ruedi und Anni, Burkhard und Trini – alle liegen auf dem Friedhof in Gsteig. Zuerst starb die verwirrte Trini, die sich von der Totgeburt nie mehr erholt hatte. Schwägerin Christina gebar mit Barbaras Hilfe noch einmal ein Kind, einen Knaben, starb aber wenige Jahre danach. Walter nahm sich Ursula zur Frau, die nach Ulrichs Hinschied ebenfalls verwitwet war, sie zog ihre jüngste Tochter und seinen kleinen Sohn auf. Burkhard starb zuletzt, erst vor ein paar Jahren. Er hat seine jüngste Tochter Magdalen mit ihrem Sohn Johan verheiratet. Seit Burkhards Tod gehört die Mühle Johan.

Es ist Anni, die ihr von den Geschehnissen in Ammerten erzählt hat, bis sie selbst verstarb. Johan hat nie mehr mit ihr gesprochen. Er hält Burkhards Bann länger ein, als dieser selbst es getan hat. Denn nach Ursulas Niederkunft hat man sie für alle Geburten der Kinder und Kindeskinder nach Ammerten geholt, und immer ist sie gegangen. Nur ihre Grosskinder kamen ohne sie zur Welt, weil Johan verkündete, seine Frau Magdalen brauche keine Hilfe – jene seiner Mutter schon gar nicht.

Es will nicht recht hell werden an diesem Tag, Barbara zündet ein Wachslicht an. Sie schöpft Brei, setzt sich auf die Bank und löffelt, kaut dazu an einer Brotrinde.

Die schwarze Barbara nannte man sie – sie war den Leuten unheimlich, ein bisschen fremd. Jetzt, im Alter, heisst man sie die weise Frau von Gimmelwald. Man holt sie für Geburten hier, in Mürren und in Stechelberg. Ammerten ist ihr zu weit entfernt, vor einem Jahr hat sie ihre Patentochter Babi, Christinas Tochter, in Geburtshilfe unterwiesen. Die Kranken in Gimmelwald klopfen immer noch, auch im Winter, an ihre Tür. Sie hat ihr Wissen vergrössert in all den Jahren, beim Kirchgang mit der Kräuterfrau aus Wilderswil über dieses und jenes Leiden gesprochen und sich ausgetauscht. Nicht immer kann sie helfen – manchmal erlöscht das Licht eines Menschen, Gott will es so, sie lindert das Leiden, und der Priester kommt zum Versehgang.

Im Alltag muss sie nicht darben. Wenn die Gimmelwalderinnen backen, bringen sie ihr vom Brot. In ihrem Garten wachsen Erbsen, Linsen und Bohnen. Die Schafe und Ziegen geben ihr Milch, im Sommer käst sie noch immer. Fleisch, Korn und Salz sind der Entgelt für ihre Dienste. Die Gaben sind reich, in Gydisfluh hat man ihr letzten Sommer gar ein paar Goldmünzen zugesteckt als Dank für die Hilfe bei einer Geburt.

Brosamen sind auf ihre blaue Schürze gefallen. Sie nimmt sie in die Hand, öffnet die Tür und wirft sie den Dohlen hin, die unter dem verschneiten Apfelbaum picken. Da. Jemand kommt herauf von der Wasserbrigg. Sie kennt die Gestalt. Es ist ihr Mann, Conrad! Nein. Conrad ist kein Wiedergänger, seit vielen Jahren schon ist er in heiliger Erde bestattet. Jetzt sieht sie das bärtige Gesicht unter der Kappe. Es ist Johan, ihr Sohn – auch er ist älter geworden. Einen Moment ist sie versucht, die Tür vor ihm zu schliessen. Sie tut es nicht. Er bleibt stehen, sie mustern einander.

«Mutter. Es ist Magdalen. Sie ist schwanger mit dem fünften, sicher unserem letzten Kind. Seit Stunden geht es nicht vorwärts mit der Geburt, Babi kann nicht helfen. Bitte komm.» Zum ersten Mal seit mehr als dreissig

Jahren hat er das Wort an sie gerichtet. Sie hält sich am Türpfosten fest.

«Der Weg nach Ammerten ist zu weit für mich, Johan. Ich kann nicht.»

«Du musst kommen, Magdalen stirbt sonst. Vielleicht stirbt sie auch unter deinen Händen. Dann haben wir aber wenigstens versucht, sie zu retten.»

«Bitte verstehe», sie weicht ins Innere des Hauses zurück, das Wachslicht flattert wild im Durchzug. «Es ist mir nicht möglich, diesen Weg im Winter zurückzulegen. Selbst im Sommer schaffe ich es nicht mehr.»

Er steht unter der Tür, schaut nicht in die Stube, nur in ihr Gesicht. «Ich werde dich begleiten, dir helfen. Wenn du nur kommst und Magdalen beistehst.»

Sie dreht sich um, zieht die Stiefel an – die Gabe eines Schuhmachers im Tal, dessen Wunde am Arm sie kuriert hat – und wirft den Kapuzenmantel über. «Ich bin bereit.» Sie bläst das Wachslicht aus, nimmt den Korb, der immer mit dem Nötigsten bereitsteht.

Sie folgen Johans Fusstritten hinunter zur Wasserbrigg. Einen Moment hält sie Ausschau nach der eisigen Steinfrau, obwohl sie weiss, dass sie von hier nicht zu sehen ist.

«Wir nehmen den unteren Weg», sagt er im Schwendiwald und nimmt ihr den Korb ab, «setz die Füsse in meine Spuren.»

Der Weg ist abschüssig, glitschige Wurzeln und Steine sind durch den Schneeschaum verdeckt. Sie gleitet aus, fällt aber weich aufs Laub, nicht einmal die Schürze ist verdreckt. Er hilft ihr auf die Beine. «Diese Schürze hast du immer bei Festen getragen. Trägst du sie heute für dich oder die heilige Barbara?»

Barbara staunt: Johan kennt ihren Namenstag. Sie geht jetzt vor ihm, damit er sie auffangen kann, wenn sie von neuem fällt. So wenig weiss sie von ihrem Sohn. Nicht einmal, ob er am Aufstand gegen das Kloster teilgenommen hat. Die Walser gehören nicht mehr dem Herrn von Turn. Vor drei Jahren hat Freiherr Peter von Turn zu Niedergestelen seine leibeigenen Lötscher im Tal dem Augustinerkloster Interlaken verkauft. Der Chorherr verkündete es von der Kanzel. Peter von Turn sei der Sohn des früheren Herrscherpaares Johann von Turn und Elisabeth von Wädenswil, erklärte der Chorherr, der seit längerem den alten, kranken Leutpriester vertrat. Johann von Turn sei schon lange verstorben, seine Gattin Elisabeth liege auf dem Friedhof des Klosters Interlaken begraben. Der Chorherr liess sie wissen, dass sie den Zehnten nicht mehr ihrem weltlichen Herrn schuldeten, sondern dem Kloster. Sie seien nun Gotteshausleute mit Leib und Seele.

Mit Leib und Seele. Barbara klettert ohne Johans Hilfe über einen umgestürzten Baumstamm, stösst sich heftig das Bein, aber das kümmert sie jetzt nicht. «Warst du bei den Aufständischen dabei?»

Er mustert sie überrascht. «Das Kloster hat immer mehr Vermögen angehäuft und machte immer weniger Vergabungen. Der Zehnt wurde mit Härte eingefordert, auch in den schlechten Sommern. Selbst der Herr von Turn ist milder gewesen als die Klosterbrüder. Wir, die Männer von Ammerten, Gimmelwald und Lauterbrunnen, schlossen uns den Aufständischen an.»

«Ihr wurdet geschlagen», sagt Barbara, die in Gimmelwald einiges gehört hat.

«Die Übermacht von Bern war zu gross. Auf Geheiss Berns mussten wir dem Kloster Interlaken auf der Höhematte den Treueeid schwören. Diesen Eid müssen wir jährlich am Sonntag nach Walpurgis wiederholen.» Er schnaubt. «Trotzdem. Das Kloster kann sich nicht mehr alles erlauben, Bern schaut den Chorherren fortan auf die Finger. Die Klosterbrüder sollten ein Vorbild für uns sein. Man sagt aber, dass hinter den Klostermauern lose Sitten herrschen zwischen den Mönchen und Nonnen. Wenn du mich fragst: Unsere alten Herren waren die bessern Herren.»

Barbara staunt über die Worte ihres Sohnes. «Wir können uns die Herren nicht auswählen», sagt sie. «Nicht alle Chorherren sind gleich. Es kann sich zum Bessern oder Schlechtern wenden. Zum alten Leutpriester in Gsteig habe ich Vertrauen. In dieser Kirche sind wir Gott nah.» Sie erzählt ihm nicht, dass sie vor gut einem Jahr, als ihre Kräfte noch für den Besuch des Gottesdienstes reichten, beim Leutpriester war. Bei ihm, der nach langer Krankheit zurückgekehrt war, legte sie die Beichte ab. Er hörte ihr aufmerksam zu, trug ihr hundert Ave Maria und hundert Paternoster auf und segnete sie. Und da sie die Letzte der Beichtenden war, traten sie gleichzeitig aus dem Beichtstuhl. Er kniff die Augen zusammen. «Die Walserin mit dem Ehemann, der viele Jahre im Gletschereis lag, bevor ich ihm die Totenmesse lesen konnte. Sie lebt noch!» Er lächelte, bevor er in seinem schwingenden Priestergewand mit schleppenden Schritten seines Wegs ging.

Trachsellauenen liegt vor ihnen, Johan geht neben ihr. Ihre Stiefel sind nass, aber es macht ihr nichts aus, sie geht neben ihrem Sohn, den sie nur bis fünfzehn gekannt hat und gerade erst wieder kennen lernt, als reifen Mann. Sein Gesicht hat sich verdüstert. «Babi kann nicht so viel wie du. Du sollst Magdalen retten, sie ist mir wichtiger als das Kind.» Er überlegt. «Burkhard war immer mein Vorbild. Vielleicht hat er dir Unrecht getan. Deine Mittel stammen aus der Natur, das kann nicht schlecht sein. Ich vertraue dir, darum habe ich dich geholt.»

«Ich tue mein Bestes, kann aber nichts versprechen», sie drückt seine Hand.

Wortlos gehen sie nebeneinander über die Lichtung von Trachsellauenen, am Haus des Drechslers Christian vorbei. Rauch, der von den Häusern aufsteigt, ist das einzige Lebenszeichen. Die Sonne scheint durch die verschneiten Zweige, die Lütschine rauscht, jeder der runden Steine im Bach ist einzeln mit einer Schneekappe überzogen, es kommt ihr vor, wie wenn sie eine Versammlung abhielten. Einige der Steinköpfe sind rot, über Trachsellauenen liegt das Rottal. Es ist aber kein Kesseln und Sausen zu hören, die Herren haben sich zur Winterruhe begeben. Ein fast unwahrscheinliches Blau überzieht das Himmelszelt.

Hinter dem Weiler kommt der steile Aufstieg durch die Felsen. Hier liegt mehr Schnee, sie sinkt ein. Er geht voraus, sie folgt in seinen Tritten. Schnee fällt von einer Tanne, sie streift ihn vom Mantel. In der Mitte der Steigung hält sie keuchend inne, geduldig wartet er auf sie. Eine kleine Grotte öffnet sich am Wegrand, mit Eiszapfen behangen. Welche Gnomen oder Feen leben wohl hier? Wenn nur ihr Herz nicht so klopfen würde, wenn nur ihre Knochen nicht so schmerzen würden. Ganz still ist es, nur ihren und seinen Atem gibt es und den rauschenden Fluss. Da. Ein Steinbock erscheint ihnen gegenüber, er starrt die Menschen an und sie das Tier, bevor er mit einem Sprung im Tobel verschwindet.

Schritt für Schritt durchsteigen sie den felsigen Hang, weichen den vereisten Stellen aus, bei den letzten Felsbrocken gibt er ihr die Hand. Nun öffnet sich das Tal vor ihnen, fast haben sie die Höhe von Ammerten erreicht. Neben Johans Fussspuren liegen die Spuren des Steinbocks im Schnee, er ist ihnen durch den Wald entgegengekommen. Sie weicht einer mit Eis überzogenen Felsplatte aus, versinkt im tiefen Schnee, er hilft ihr heraus. Nun ebnet sich der Weg, es gilt nur noch, das letzte Stück durch den Schnee zu stapfen.

Die Bergkette erscheint vor ihnen, das Breithorn, die Wetterlücke, das Tschingelhorn und das gespaltene Horn. Seit Conrad gefunden wurde, ist sie mit der weissen Lücke versöhnt. Sie schaut zu ihr hoch, zu den vielen Schrunden, dem Schnee und Eis, und kann sich nicht vorstellen, wie sie je über diesen Pass gewandert ist.

In den letzten Jahren sind kaum mehr Lötscher über die Lücke gekommen. Die Winter sind härter geworden, der Schnee bleibt länger liegen, es ist kälter, in regnerischen Sommern ist das Getreide auf den Äckern verfault. Man überlegt, ob es noch Sinn macht, auf den höheren Alpen Roggen zu säen. Noch einmal hebt sie den Blick zur Wetterlücke. Schade, dass sie von Gimmelwald nicht sichtbar ist. Nur wenn sie nach Mürren hochsteigt, hat sie die Lücke vor Augen.

Johan beschleunigt den Schritt, sie tut es ihm gleich. Magdalen, Johans Frau, wartet, sie leidet, sie müssen sich beeilen. Letzte Strahlen liegen auf dem verschneiten Hang mit den Häusern von Ammerten, Rauch steigt auf aus dem Haus, das einst ihr gehörte. Dann verschwindet die Sonne hinter dem Breithorn, das Weiss des Schnees dunkelt zu Blaugrau. Sie stehen vor Burkhards Haus – Johans Haus seit seinem Tod –, schlagen den Schnee von den Stiefeln und treten ein.

Es ist still im Haus. Babi huscht heran. «Eben ist sie eingeschlafen, nach vielem Weh. Ich bin froh, dass du hier bist, Barbara. Die Geburt geht nicht voran, ich weiss nicht, was das ist.» Wie ähnlich Babi ihrer Mutter Christina sieht – die blonden Haare, die schmale Gestalt. Babi ist aber nicht schüchtern, ihre Augen leuchten lebhaft, sie leitet Frauen an bei der Geburt, hat schon einige Entbindungen gemeistert.

Magdalen, dunkelhaarig, hager, liegt auf der Bettstatt. Sie schläft mit offenem Mund, unter dem Hemd wölbt sich der Bauch. Die Form des Bauches gefällt Barbara nicht. Sie tastet ihn ab. Das Kind liegt falsch, mit dem Kopf nach oben. Magdalen erwacht, sie beisst sich vor Schmerz in die Hand. Barbara greift in den Korb, reicht ihr ein mit Stoff umwickeltes Stück Holz.

Sie verlangt Decken, Tücher, alles, was man finden kann, um Magdalens Becken zu stützen, erklärt, dass sie versuchen wird, das Kind zu drehen. Aber zuerst braucht es Geduld, sie reibt den Leib der Schwangeren mit krampflösender Ringelblumensalbe ein. Johan verlässt die Stube, sie hört, wie er im Nebenraum auf und ab geht. Die älteren Kinder, zwei Knaben und zwei Mädchen, hat er zu den Nachbarn geschickt.

Magdalen hat sich unter ihren Händen etwas entspannt. «Es ist anders mit diesem Kind als mit den früheren. Ich bin froh um dich.» Sie drückt Barbara die Hand. «Mein Vater hat dir die Schuld zugeschoben am Tod des kleinen Bruders. Meine Mutter wusste es besser, aber sie war verwirrt, niemand hat ihr geglaubt.» Barbara legt ihr die Hand auf die Stirn, Magdalen schliesst die Augen.

«Wir drehen das Kind», sagt Barbara ruhig. Sie zeigt ihrer Patentochter den Griff, Magdalen stöhnt. Barbara schüttelt den Kopf. «Das Kind will nicht. Es geht auch so.» Sie zieht die Decken und Tücher sorgfältig unter der Gebärenden hervor und stopft sie ihr in den Rücken, so dass sie fast aufrecht sitzt. Das Weh ist heftig, der Geburtsgang, stellt Barbara fest, bereits genügend offen. «Pressen!» Magdalen presst, ihr Gesicht läuft rot an. Beim dritten Mal ist es soweit, die Füsschen sind geboren, der Körper rutscht nach bis zu den Schultern. «Schau, Babi, die Arme sind nicht da. Du musst sie holen, damit der Kopf geboren wird.» Sie löst die Ärmchen mit ihren knotigen Händen, das Kind gleitet heraus. Magdalen beisst auf das Stoffholz, kein Schrei entfährt ihr, nicht einmal ein Stöhnen.

«Das Kind ist da, ein Knabe», ruft Barbara laut, damit Johan es hört. Der Kleine läuft rot an und beginnt zu schreien. Sie nabelt ihn ab, wartet auf die Nachgeburt, gibt sie in einen Kessel, damit man sie später vergraben kann.

Barbara setzt sich auf einen Schemel, lockert ihre Haube und nimmt sie ab, ihr weisses Haar fällt über die Schultern. Erschöpft schliesst sie die Augen, während Babi die Wöchnerin wäscht und zudeckt. Johan stürmt herein, sieht Magdalen mit dem Kind im Arm. Er streicht ihr und dem Kleinen übers Gesicht. «Willkommen, Conrad.»

Conrad? Barbara schaut das Kind an. Der Name passt. Sie nimmt die blaue Schürze ab, gibt sie Magdalen. «Die Schürze ist für dich.» Sie lässt sich nicht aufhalten von Johan und Magdalen, die für ihre Hilfe danken, schlüpft in Stiefel und Mantel.

Draussen zieht sie die Kapuze übers Haar. Ihr Körper schmerzt, sie spürt jeden Knochen. Eine Walserin ist sie, eine Wanderin durchs Leben. Noch einmal blickt sie sich um. Die Berge und das Dorf sind verschwunden, Schneetreiben setzt ein. «Hab Dank, heilige Barbara, für diesen Tag», murmelt sie und geht hinaus in die schneeverwehte Nacht.

Personen

Mittelalter: Auswanderer aus Lötschen, die Ammerten gründen

- **Conrad** und **BARBARA**, Sohn Johan
- **Burkhard** (später mit **Trini** aus Gsteigwiler verheiratet), sechs Töchter, darunter die jüngste Tochter Magdalen
- **Heinrich** und **Agathe**, Sohn Heini, vier weitere Kinder
- **Jacob** und **Greta**, kinderlos
- **Rudolf** und **Anni**, Sohn Gilyan
- **Ulrich** und **Ursula**, Töchter Lena und Agnesa, zwei Söhne, eine Tochter
- **Walter** und **Christina** (Schwager/Schwägerin von Barbara), Tochter Babi, sechs weitere Kinder
- **Wilhelm** und **Elsi**, Söhne Willi, Peter und Michel, eine Tochter
- **Stephan** und **Hanna** (spätere Zuwanderer), ein Sohn

- Nicht ausgewandert: Barbaras verwitweter Vater, **Werner** und **Annamaria** (Schwager und Schwester), deren Söhne Jakob, Paul und Tochter Maria, ein Sohn

Ammeters im 19./20. Jahrhundert

- **Christian Ammeter**, geb. 1849 in Isenfluh, gest. 1938 in Starbuck, Kanada
  Eltern: Christian und Maria Ammeter
  Schwester Maria mit Ehemann Johann Wyss
  Schwester Elisabeth mit Ehemann Konrad Wyss
  Bruder Hans mit Ehefrau Susanna

  Heirat 1872 in Gsteig b. Interlaken, mit

- **ELISABETH Ammeter**, geb. 1852 in Isenfluh, gest. 1921 in Karabulach, Russland
  Eltern: Peter und Lisebeth Ammeter
  Bruder Peter mit Ehefrau Rösi und u.a. Kindern Rosina und Friedrich
  Bruder Johannes mit Ehefrau Änni
  Bruder Christen mit Ehefrau Mädi

Kinder

- **Christen Ammeter**, geb. 1873 in Isenfluh, gest. 1943 in Winnipeg, Kanada
  Heirat 1893 in Elisabethal, Russland, mit
  Rosina Ammeter (1871-1956), zehn Kinder
- **Fritz Ammeter**, geb. 1875 in Isenfluh, gest. 1942 in Starbuck, Kanada
  Heirat 1901 in Katharinenfeld, Russland, mit
  ANNA Stücker (1881-1965, u.a. Schwester Rosa), fünf Kinder: Gottlieb, Klara, Karl, Werner, Fritz(li)
- **Gottlieb** Ammeter, geb. 1877 in Isenfluh, gest. 1951 in Winnipeg, Kanada
  Heirat 1900 in Katharinenfeld, Russland, mit
  Rosi Daiber (1879-1972), zwölf Kinder
- **Elise** Ammeter, geb. 1879 in Isenfluh, gest. 1968 in Lützelflüh
  Heirat 1903 in Alexanderhilf, Russland, mit
  Ferdinand Bernhard (1874-1917), sechs Kinder
- **Hans** Ammeter, geb. 1881 in Karabulach, Russland, gest. 1971 in Starbuck, Kanada
  Heirat 1904 in Alexanderhilf, Russland, mit
  Emma Locher (1887-1965), zwölf Kinder
- **Emma** Ammeter, geb. 1883 in Karabulach, Russland, gest. 1942 in Winnipeg, Kanada
  Heirat 1905 in Karabulach, Russland, mit
  Adolf Trachsel (1883-1966), fünf Kinder
- **Peter** Ammeter, geb. 1885 in Karabulach, Russland, gest. 1967 in Starbuck, Kanada
  Heirat 1912 in Alexanderhilf, Russland, mit
  Pauline Rothfuss (1894-1964), sieben Kinder

- **Gotthilf** Ammeter, geb. 1887 in Karabulach, Russland, gest. 1969 in Anola, Kanada
  Heirat 1919 in Katharinenfeld, Russland, mit
  Clara Ryff (1900-1992), vier Kinder
- **Alfred** Ammeter, geb. 1889 in Karabulach, Russland, gest. 1926 in Karabulach
  Heirat 1918 in Katharinenfeld, Russland, mit
  Clara Locher (1900-1981), vier Kinder
- (Rosa) **Lina** Ammeter, geb. 1890 in Karabulach, Russland, gest. 1970 in Kien-Aris
  Heirat 1910 in Katharinenfeld, Russland, mit
  Albert Lerch (1879-1946), fünf Kinder
- **MARTHA Ammeter**, geb. 1899 in Karabulach, Russland, gest. 1948 in Burgdorf
  Heirat 1921 in Karabulach, Russland, mit
  Ernst Siegenthaler (1894-1992),
  vier Kinder: Marie, Erna, Reinhold, Gertrud

Literatur / Quellen

- Ammeter-Stücker, Anna: Briefe (3 Briefe aus Russland, 5 Briefe aus Kanada). Russlandschweizer-Archiv, in: Schweizerisches Sozialarchiv, Zürich.
- Ammeter, Friedrich: Lebensschicksale der Familie Ammeter im Kaukasus. In: Das Alpenhorn, Sonntags-Beilage zum Emmenthaler Blatt, 1929, Nr. 40-46, S. 318-367.
- Arbeiten im Jahreslauf: Führer durch die gleichnamige Ausstellung im Lötschentaler Museum. Kippel, 1986.
- Bellwald, Ignaz: Lötschental. Visp, 2000.
- Berns mutige Zeit: das 13. und 14. Jahrhundert neu entdeckt / hrsg. von Rainer C. Schwinges. Bern, 2003.
- Die besten Jahre unseres Lebens: Russlandschweizerinnen und Russlandschweizer in Selbstzeugnissen, 1821-1999 / Peter Collmer (Hg.). Zürich, 2001.
- Bloetzer, Hans: Steinalte Sagen aus Lötschen. Spiez, 1981.
- Borst, Otto: Alltagsleben im Mittelalter. Frankfurt a. Main, 1983.
- Gallati, Rudolf: Interlaken – vom Kloster zum Fremdenkurort. Interlaken, 1977.
- Haus und Wohnung im Lötschental: Führer durch die gleichnamige Ausstellung im Lötschentaler Museum. Kippel, 1982.
- Käser, Künstler, Kommunisten: vierzig russisch-schweizerische Lebensgeschichten aus vier Jahrhun-

derten / Eva Maeder, Peter Niederhäuser (Hg.). Zürich, 2009.
- Ein Kratten voll Lauterbrunner Sagen / gesammelt von Hans Michel. Interlaken, 1980.
- Michel, Hans: Buch der Talschaft Lauterbrunnen, 1240-1949; Geschehnisse und Brauchtum in den Dörfern Lauterbrunnen, Wengen, Mürren, Gimmelwald, Stechelberg und Isenfluh. 4. Aufl. Lauterbrunnen, 1979.
- Oberländisches Volksblatt: Anzeiger von Interlaken. Interlaken, 1879.
- Peters, P. J.: History and genealogy of Christian Ammeter, 1849-1938. Winnipeg, 1982.
- Schweizer im Zarenreich: zur Geschichte der Auswanderung nach Russland / Roman Bühler … (et al.). Zürich, 1985.
- Siegenthaler, Ernst: Schweizer Käser im Kaukasus / hrsg. von Alfred G. Roth. In: Burgdorfer Jahrbuch, 53, 1986, S.45-118
- Stähli-Lüthi, Verena: Kirche Gsteig. Gsteig-Interlaken, 1983.
- Stettler-Siegenthaler, Erna: Mein Leben. Ipsach (Selbstverlag), 2014.
- Tschudin, Gisela: Schweizer Käser im Zarenreich: zur Mentalität und Wirtschaft ausgewanderter Bauernsöhne und Bauerntöchter. Zürich, 1990.
- Waibel, Max und Erna A.: Auf Walserspuren durchs Lauterbrunnental. Interlaken, 2007.
- Waibel, Max: Das grosse Buch der Walser Sagen. Frauenfeld, 2010.

– Waibel, Max: Unterwegs zu den Walsern: in der Schweiz, in Italien, Frankreich, Liechtenstein, Vorarlberg und dem Tirol. Frauenfeld, 2003.
– Zinsli, Paul: Walser Volkstum in der Schweiz, in Vorarlberg, Liechtenstein und Piemont: Erbe, Dasein, Wesen. 5. Aufl. Chur, 1986.

Die Bücher von Paul Zinsli und Max Waibel sind wichtige Grundlagenwerke zu den Walsern. Eine wertvolle Quelle war auch Hans Michels «Buch der Talschaft Lauterbrunnen».

Informationen zu den Walsern:
– Internationale Vereinigung für Walsertum, www.wir-walser.ch, Zeitschrift «Wir Walser».
– Walservereinigung Graubünden, www.walserverein-gr.ch.
– Vorarlberger Walservereinigung (Vorarlberg, Tirol und Liechtenstein), www.vorarlberger-walservereinigung.at.

Dank

In Starbuck, Kanada, erzählten mir Louise Ammeter (geb. 1925 in Karabulach), Harry Ammeter (geb. 1934 in Starbuck) und das Ehepaar Ken (Enkel von Anna Ammeter-Stücker) und Becki Ammeter von den frühen Jahren der Auswanderung und den Schicksalen in der Familie. Erna Stettler-Siegenthaler, Ipsach, Enkelin von Christian und Elisabeth Ammeter und Tochter von Martha Siegenthaler-Ammeter, liess mich an ihren Erinnerungen an Aserbeidschan und die Rückkehr in die Schweiz teilhaben; leider ist sie im Frühjahr 2015 verstorben.

Ein herzlicher Dank geht an die Walserspezialisten Max und Erna A. Waibel für das Gespräch.

Meinem bisherigen Verleger Hugo Ramseyer vom Zytglogge Verlag danke ich für das kompetente Lektorat bei diesem und früheren Büchern und dem neuen Verlagsleiter Thomas Gierl von der Schwabe AG, Basel, für die gut angelaufene Zusammenarbeit.

Von Therese Bichsel ebenfalls bei Zytglogge erschienen

Grossfürstin Anna

Roman

ISBN 978-3-7296-0851-1

Zarin Katharina die Grosse verheiratete die erst vierzehnjährige Juliane von Sachsen-Coburg mit ihrem Enkel Konstantin. Aus der deutschen Prinzessin Juliane wurde die russische Grossfürstin Anna. Die Ehe war höchst unglücklich. Anna floh zurück nach Coburg und weiter in die Schweiz, nach Bern. Dort begründete sie ihr schönes Gut Elfenau an der Aare. In Bern schätzte man die Grossfürstin, Schwägerin des mächtigen Zaren Alexander. Anna führte aber nicht nur ihr offizielles Leben. Sie wurde heimliche Geliebte, bekam zwei uneheliche Kinder, die sie verbergen musste.

Nahe den Eisriesen
Prominenz in der Alpenprovinz
von Goethe bis Hodler

Porträts

ISBN 978-3-7296-0760-6

Gletscher, Seen, Wasserfälle, schöne Schifferinnen, all das trieb die Fremden in die Berge, schon vor zweihundert Jahren. Unter ihnen Berühmtheiten, die ihren Aufenthalt in Wort, Bild oder Ton festhielten. In zehn Texten mit Originalzitaten und Illustrationen spürt Therese Bichsel den Porträtierten nach, die sich bis «nahe den Eisriesen» (Brahms) in die Alpen vorwagten. Entstanden sind so zehn farbige Kurzporträts von Künstlerinnen und Künstlern, die inspiriert von den Bergen zu Pinsel, Feder und Notenpapier gegriffen und einige ihrer frischesten und gelungensten Gedichte, Dramen, Geschichten, Gemälde und Kompositionen geschaffen haben.

Ihr Herz braucht einen Mann
Marianne Ehrmann-Brentano, Schriftstellerin und Denkerin

Roman

ISBN 978-3-7296-0707-1

Marianne Ehrmann-Brentano war Schriftstellerin und Verlegerin und bereits 200 Jahre vor unserer Genderdiskussion eine Fachfrau für Herzensangelegenheiten. In philosophischen Essays, Artikeln und Aphorismen setzte sie sich mit der Mann-Frau-Beziehung auseinander und suchte – mit ihrer Leserschaft – nach dem idealen Mann und Partner.

Catherine von Wattenwyl
Amazone, Pfarrfrau und Spionin

Roman

ISBN 978-3-7296-0668-5

Catherine von Wattenwyl. Eine Frau, die nicht das Leben leben kann, das ihren Anlagen und ihrem innersten Wesen entspricht. Weil sie sich über die Regeln ihres Geschlechts und ihrer Zeit hinwegsetzt, muss sie scheitern. Aufwühlend und berührend, dieses grossartige Epochengemälde, in seiner dichten, bilderreichen Sprache.

Schöne Schifferin
Auf den Spuren einer aussergewöhnlichen Frau

Roman

ISBN 978-3-7296-0558-9

Elisabeth Grossmann, la belle batelière de Brienz, war eine der berühmtesten Frauen in der Frühzeit des Tourismus zu Beginn des 19. Jahrhunderts. Aber das Bild, das man von der schönen Schifferin malte und in Reiseführern zeichnete, zeigt nur eine Seite ihres aussergewöhnlichen Lebens.

Christiania
KGR.
NORWEGEN
KGR.
SCHWEDEN
NORDSEE
KGR.
DÄNEMARK
Dublin
KGR.
GROSSBRITANNIEN
UND
IRLAND
Cuxhaven
Hamburg
KGR.
NIEDERLANDE
London
Berlin
ATLANTISCHER OZEAN
DEUTSCHES
KAISERREICH
KGR.
BELGIEN
Paris
REP.
FRANKREICH
Bern
SCHWEIZ
Wien
Triest
KGR.
ITALIEN
REP.
PORTUGAL
Lissabon
Madrid
KGR.
SPANIEN
Rom
Marokko
Algerien